change the game

contents

- 教室 ……
- マキとDOPE ……
- HIPHOPとの出逢い ……
- ビッグマウス ……
- 想い ……
- ポイント・オブ・ノーリターン ……
- イニシャル"D" ……
- 対決 ……
- 自分との闘い ……
- 初めてのステージ ……
- 夏の終わりに ……
- 突き抜けていくとき ～あとがきに代えて～

教　室

壁を見ていた。壁になってしまいたいと思った。
休み時間は嫌いだった。授業中の方がずっと楽だった。

壁を見ていた。
壁になってしまいたいと思っていた。

天井を見た。
天井になってしまいたいと思った。

窓を見た。
窓にはならずに、その先のどこか遠い場所になりたかった。

休み時間は嫌いだった。授業中の方がずっと楽だった。
教室は、渋谷区にある、どちらかというとレベルの低い都立高校の１年Ａ組。この教室が自分にとって決定的に厄介(やっかい)な場所だと翔が気がついたのは先週、ゴールデンウィーク明けの雨の日だった。４月の入学式から１ヶ月たち、地域的な一致以外は無作為に集められた30人の男女の関係がやっと落ち着きを持ちだし、それぞれの持ち場と役割を理解し始めていた。

おシャレな雰囲気の者。おシャレじゃない者。
体力のありそうな者。体力のなさそうな者。
家に金がありそうな者。家に金がなさそうな者。
政治力をアピールする者。政治力などまったくなさそうな者。
機転が利きそうな者。機転が利かない者。
翔は自分がそのどの区分においても、ろくな力を発揮できないと知っていた。

体力もなければも見た目も普通以下、家だって普通の公団。借金

取りは来ない。しかし、自分の置かれている家庭環境が、あまり優れていないと気がついたのは小学校５年生のときだった。

きっかけはクラスメートの家にあったゴージャスな外車の存在だった。そのきれいな車体を見て、どうして自分の父親は軽自動車に乗っているのかということに気がついた。
　（自分の家は貧乏なんだ）

自分があまり体力がないと気がついたのは、中学１年のときの体育祭だった。小学校の運動会にはないバスケット大会で、彼はチームが負けることに最大に貢献してしまった。
　（自分は鈍いんだ）

自分がもてないと気がついたのは中学２年だった。
ひそかに恋心を抱いていたクラスメートの女子が、席替えで彼の隣になった。すると彼女は「翔の隣、キショイ」とつぶやいた。首を切り落とされたような感覚がした。
　（自分はもてないんだ）

そして高校１年になった今、自分という者が、何か素晴らしい力を発揮したり、注目を集めることもない、全く意味のないちっぽけな存在だと気がついた。

背中に痛みを感じた。
誰かがうしろから蹴飛ばしたらしい。
振り向かなかった。

誰かはわかっていた。
彼ら4人のうちの誰かだ。
彼らは入学式から一週間もたたずにできあがった男子のグループだった。似たような顔をしている4人組だった。
チーマーっぽくて、何か野犬のような目つきが特徴的。

「お前、名前、ナニ？」
リーダー的な雰囲気を持っている1匹がタバコ臭い息を吐く。
「三村」
翔はつぶやいた。休み時間が終わるチャイムが鳴ることを祈った。
「まあ、いいや。とりあえず買い物してきて欲しいんだよね。一階の売店でコーヒーを4つ」
「何で僕が行くんだよ…」
「俺の奴隷君になったから」
翔は何も言わずに黙っていた。
奴隷じゃないと言い返したところで、彼らにさらなる悪意を作り出すことになるだけなのはわかり切ったことだった。

「聞こえませんか〜」
「耳ありますか〜」
翔はゆっくりと立ち上がった。
「じゃあ買ってくるから、お金…」
4人は顔を見合わせ大きな声で笑い出した。
「俺たち貧乏だから貸しておいて」
翔は彼らの自分に対する悪意の全体図を理解した。

すると自分の中で何かが振動し始めた。
手を握りしめるけど、その振動は止まらない。
耐えられなくなり、逃げ出すように廊下に出た。
他のクラスメートたちが驚いたように彼のことを見た。
廊下に出ると歩き続けた。

行き場所はわからない。
ただ、その教室から離れたいだけだった。
突然、うしろから髪の毛をわしづかみにされた。
抗しがたい体力の差を感じながらトイレに連れ込まれた。
彼らの体力は怖くなかった。
鼻が折れるほど殴られはしないと思った。
でも、自分の声が出なかったことが一番怖かった。
小突かれたり、水道の水をかけられたりしながら、翔は隅でジッとしていた。
何かを言いたかった。
なのに、その言葉が何なのかがわからない。
始業のチャイムが鳴ると彼らは笑いながらトイレから出て行った。

翔はうずくまりながら、言いたかった「言葉」が何だったのかを考え続けた。

マキとDOPE

ねえ、気持ちは言葉にしないと駄目だよ！

トイレで小突かれたり、水をかけられるのは屈辱的だった。
　ただなぜか、悔しくも腹が立つこともなかった。
　まるで雨や嵐のような自然現象が自分を通り過ぎていったような感覚でしかなかった。
　翔はああいう連中の取り扱いには慣れている自信があった。
　それが唯一の自負心。
　自分のようなタイプの人間に対して、彼らのような集団は必ずカウンター的に存在する。
　まだまだ始まったばかりの高校生活。あと2年と10ヶ月だ。

ハンカチで濡れた髪や服を吹きながら、翔がトイレから出ると走ってきた女の子とぶつかった。
「うわっ！　やだ、アンタ、びしょ濡れじゃない」
「すいません」
　クラスメートの女の子だった。
　名字は忘れたが名前は知っていた。
　彼女は「マキちゃん」と呼ばれていた。
　クラスの女子の中で一番背が高い。
　翔よりも大きく、170センチ以上はある。
　長い手足で、外人のようなスタイルだった。

「なんで濡れているのよ」
「水が噴き出して」
　マキは翔の顔を、その奥を覗き込むように見つめた。
「ふ〜ん…あいつらがやったんでしょ」
「違う…」

「私、あの中の一人と中学が同じだったんだ。あいつ前の中学でもそんなことばかりしていたんだよ。自分だって中学２年まではいじめられてた系だったのに…」
「関係ないよ、自分は平気だし…」
「嫌ならイヤって言わないと。あいつらなんて、大したことないんだから」
「もう教室にもどらないと…」
「ねえ、気持ちは言葉にしないと駄目だよ！」

翔は彼ら４人のことなんてどうでもよかった。
彼の中で初めて感じる感情が湧き起こっていた。
恥ずかしかった。
マキに自分がいじめの標的にされたことを知られたことが耐えられなかった。
自然現象でしかなかったはずなのに、あの長い手足のマキに言葉をかけられた瞬間から、雨や嵐は悪意の塊に姿を戻した。

午後３時過ぎ、翔は部活が行われている校庭の隅を歩いていた。
濡れた制服は昼には乾いたけど、マキに言われた言葉はまだ顔に張りついているようだった。
翔は自分が本当に言葉にしたい気持ちとは何だろうかと考えていた。
そう考えると、連中からの攻撃などはどうでもよくなっていた。
そんなことよりも、もっと大事なことを自分はさぼっているような気がした。
でも、何を言葉にすればよいというのだろう。

「お腹が空いた」
「眠い」
「暑い」
「……」

校庭では、サッカー部や野球部が練習しながら大きな声を出している。
自分の中に、本当に言葉にすべきことなどあるのだろうか。
翔は言いようのない不安を感じた。
電車に乗った。夕方前の車内はすいていた。
空いている席に座ると、誰かが忘れていって放置されているオヤジ達が読む週刊誌が置いてあった。
手に取って開くと、自殺者が年間34,000人だという記事が目に入った。34,000人といえば、ちょっとした町の住人数だと思った。
一年に一度、そんな町が消え去っているということになる。
なのに、どうしてだろ…そんな惨劇に対する現実感がなかった。

「大人じゃん！」
真っ正面から声がした。見上げると目の前にマキが立っていた。
「ねえねえ、何でそんな雑誌、見てるの。勉強？」
「いや、席に置いてあったから…」
「ふ〜ん…ねえ横、座っていい？」
「…どうぞ」
翔の横にマキが座ると、彼女の異様なまでに細長い手足は、人間離れしている印象を与えた。
今の光景を写真で見たら、自分が小さな猿のように見えるんじゃ

ないかと思った。

「さっきは生意気なこと言ってゴメンね」
「生意気って…？」
「トイレから出てきたあと」
「いいよ、こっちが情けないだけの話だから。今に始まったことじゃないし…」
「ううん、私も、あんなこと言っておいて、あとから自分でも考えたんだ」
「何を」
「言葉にしなきゃってこと。私も自分の気持ちを言葉にできないことばかりだなって。だからあんな風に生意気なことをアンタに言ったのかも。ゴメンね」
「マキさんは僕とは違うでしょ」
「私の名前、知っているんだ」
「名前だけ、名字は忘れた」
「江原、江原マキ。私はあなたの名前は知っているよ。三村翔」

「なんで知っているの」
宇宙人のように遠い存在だと感じていた長い手足の彼女を、翔は近くに感じられた。
「さあ、何となく覚えていただけ」
「マキさんは…部活は入っていないの」
「私…ね、目指しているモノがあって、今の女子高校生の姿は、まだ仮の姿だと思っているの。
だから部活なんて興味なし。もちろん学校も興味なし」

「何を目指しているの」
「秘密だよ」
そう言うとマキは立ち上がり、無言の笑顔を一度見せると電車を降りていった。

『マキ』
そのうしろ姿を見ながら、翔の中で一つの言葉が生まれた。

休み時間、翔は教室で席に座って窓の外を見つめていた。
数キロ先に見える河川敷の緑色の芝生を見つめていた。
あそこで寝ころんだら気持ちが良いだろうと思った。
他の生徒たちはそれぞれに大声で笑ったり、奇声を上げたり、興奮気味で何かを話している。
翔は、みんなどうしてそんな簡単に自由自在に言葉を発せられるのだろうかと考えた。
自分の中には大きな声で言葉にできる気持ち、そのものがないのかもしれないと思った。
電車で２駅だけ彼女と一緒の時間を過ごした午後から一週間が経っていた。
今日は病欠しているのか、朝からマキが見あたらなかった。

「江原マキって今週の『Popteen(ポップティーン)』で読モやっているんだって」
「マジかよっ！　まあ、あいつデカイしな」

「でも、あんまり学校に来てなくない？」
「ドラマにも出たりして…」
教室のうしろで集まっている野犬の目をした４人組が大きな声で話していた。

「オイ！」
「お前だよ奴隷君、校門の前のコンビニで買い物してきてよ」
一人が翔のうしろ髪を引っ張った。
４、５日振りに彼らが翔に関心を向けてきた。

始まってしまったその事態に、翔はできる限り冷静に対処しようといくつかの選択肢を思い浮かべた。
（無視する）
（謝って勘弁してもらう）
（断固として戦う）
最後の一つは得策ではないとわかっていた。
運動部にも所属しているような彼らに、どうしたら自分の体力が通用するというのか。
マキの言葉が頭を過ぎっていった。
『気持ちを言葉にする』

振り返るとそこには４匹の野犬がいた。
彼らは何か話しているが、翔には「ガルルッ」というような唸り声にしか聞こえない。
怖くなり、翔は立ち上がり、教室から出て行こうとした。
するとうしろから１匹が飛びかかってきた。

その1匹は犬だというのに無言で膝蹴りをしてきた。
翔の身体がくの字になって廊下の壁にぶつかった。息ができなかった。
「テメーっ！　シカトしてんじゃねーよ！」
もう1匹がそう言って翔の顔をつま先で蹴飛ばした。
痛みはなかったが、鼻の奥にツンとした乾いた匂いが広がる。
続いて唇の周りが暖かくなった。
不思議に思い手で触れるとねっとりと暖かい液体がついている。
手が真っ赤になっていた。
かなり大量の鼻血が出ているようだった。
そんなにたくさんの自分の血を見るのは初めてだった。
立ち上がろうとすると床に広がっている自分の鼻血で滑って転んだ。
出血は止まらず白いシャツが真っ赤になった。

翔は走り出した。
逃げ出したくはないのに走り出していた。
自分ではない誰かが身体を乗っ取った感覚だった。
4匹は追ってきた。
何かを言っていたけど、翔の耳には犬が吠えているようにしか聞こえない。

どうしてかトイレに駆け込んでしまった。
そこがどんなメリットのある安全地帯になるかは保証外。
トイレの中の一番手前の扉を開いて中に逃げ込んだ。
そこに便器はなく、扉には鍵もなかった。

そこは、掃除用具入れだった。

４人は獲物を追いつめるかのように「ワンワン」と言いながら、扉を蹴飛ばしていた。
背中を押しつけて扉が開かないようにしたが、その結界が破られるのは数秒後だろう。
扉を自ら開いて謝ろうかと思った瞬間、掃除用具の一角にドライバーを見つけた。
何でこんなトコに…考える間もなく、翔はそのドライバーを手に持った。
扉を自ら開けて外に出た。

４匹は、ヨダレを垂らして笑っていた。
口元からは牙(きば)が見えていた。
だが、翔の手にあるドライバーに気がついた瞬間、彼らは４匹の野犬から、レベルの低い高校のチーマーっぽい不良に戻った。

翔の身体を何かが再び乗っ取っていた。
彼の意志ではない何者かが、手にしたドライバーの先を彼らに向けて振り回していた。
先が彼らの肩や背中に何度か突き刺さったが、皮膚を貫くことはなかった。

彼ら４人はトイレから逃げ出して行った。
遠く離れた場所で、翔に向かって何か言っていたが、翔には自分の荒い息の音でかき消されてハッキリとは聞こえなかった。

「お前キレてるな…」
驚いて振り返ると、奥の扉から坊主頭のいかつい男が、のそりとトイレに入ってきた。
「ナイフだったら、相手があいつらでも、ソッコウ捕まるな…」
大きくてごつかった。
同級生には感じたことのない重厚感がその分厚い胸元や四肢から発せられていた。

「そうだ、Ｔシャツ余ってるから１枚やるよ。この間のLIVEの売れ残り」
そう言って男はカバンの中からビニールに入った新品のＴシャツを渡してきた。
「周りにその血だらけのシャツは見せない方がいいだろ。騒ぎになれば、余計にお前の居場所がなくなる」
「ありがとう」
「居場所は自分で見つけろ！」
そう言って坊主頭の男はトイレから出て行った。

翔は手にしたドライバーを放り投げ、手洗いで顔の血を洗った。
トイレットペーパーで残った血をきれいに拭き取り、もらったＴシャツのビニール袋を開けた。
Ｔシャツには何か文字がプリントされていた。

　　　Third-i…LIVE 2007

翔は自宅に戻り、ネットで、今日もらったTシャツに書いてあるグループ名「Third-i(サードアイ)」を検索してみた。

彼はバンドか何かをやっているようで、そのTシャツはライブイベントのときの売れ残りみたいだった。
するといくつかがヒットした。その中で、彼らのグループのホームページと思われるものを開いた。

開いたサイトには坊主頭の彼の写真が載っていた。
今日トイレで出会った彼とは思えないような凶暴な顔つきで、フラッシュが終わったモニターの中からコッチを睨(にら)んでいる。

　　MC・DOPE

彼のもう１つの名前らしい。そのサイトのいろいろなページを見ていくと、翔は坊主頭の彼が、あるHIPHOPグループの中心的人物であることを理解した。
いくつかのイベントでLIVEも行っているらしく、高校生ながらアマチュアの領域ではないことが窺(うかが)えた。

彼らの曲を視聴できるページがあり、翔は興奮気味にそこをクリックした。

トラックもリリックも、DOPE、本人と書いてある。
渋谷の深夜を思わせる重低音のイントロに続いて、DOPEと呼ばれている、あの同級生の彼の言葉が続く。
そのRAPを聞いた瞬間、翔は首から背中に熱湯をかけられたような気分になった。
生まれて初めて知る感覚だった。
まさに彼のRAPに自分が飲み込まれていくようだった。

　♪掴め誇りを　込めろ思いを
　　マイクで変えるライフ　ロックする裏通りを♪

それは曲のほんの一部分だけなのに、"掴め誇りを"と強く言う彼の言葉が耳に残った。
自然と、トイレで野良犬の目をした同級生たちから水をかけられたことを思い出した。
鏡に映った自分の濡れた顔を思い出した。
濡れた自分を見ているマキの顔を思い出した。
すべて思い出したくないこと。
でも、忘れることも不可能。
自分に刻まれた出来事…。

翔はその場でモニターの中から彼を睨んでいるDOPEと呼ばれる彼と見つめ合い続けた。
「MC・DOPE」
翔は思わず彼の名前をつぶやいた。

一瞬にして彼のRAPに引き込まれ、自分の中に、彼の言葉が深く刻まれたことに気がついた。
サイトを見ていて、その言葉がリリックと言われていることも知った。
こんな世界に、あの彼が生きている事実に興奮が止まらなかった。
人は自分の思いや気持ちを、こんな風に表現して、音にして、他人に伝えることができるのだと知った。

今までで、洋楽のHIPHOPはいくつか聴いたことがあった。
ちょっとだけど、好きになれたのはエミネムだ。アルバムも２枚持っている。
映画も見た。でも格好良くてすごいというだけで、どこか違う世界の絵空事のようだった。

けど、「彼」のものは違っていた。
すべてが同じ色の目で見て、同じ色の鼻で嗅いで、同じ色の口から出てきたリリックだった。
だから同じ色のこの耳を通して、同じ思いを持つ心に広がるのだと思った。
同じ高校に通っていながら、彼と自分との間にはとてつもなく深く大きな溝があると思った。
翔は考えた…どうしたらその溝を少しでも埋められるのか。

次の日の放課後、翔は校門の前で、MC・DOPEと呼ばれる彼を待った。
まるで恋人に告白をしようとしているような気分だった。

何を言うべきなのかと考えた。
だが、気持ちだけは溢れていても、それらがきちんとした言葉にならなかった。
校舎から出てくる彼の姿が見えた。
坊主頭でいかつい彼は、他の生徒の中で少し異様な感じがした。
でも、ウェブの写真で彼が見せているような凶暴なものではなかった。

「DOPEさん、話してもいいですか」
翔は校門から出てきた彼のうしろを追いかけるように近づいた。
彼は驚いて振り返る。
「なんだ、お前か」
「ネットで見ました…Ｔシャツの文字を検索して」
翔がそう言うとDOPEは立ち止まった。
「ふ〜ん…まあ、学校ではタケでいいよ」
彼は照れたようにそう言うと、再び足早に歩き始めた。

「驚きました…僕。あんな風に自分の思いや言葉をメッセージにできるなんて。そんなことしていいんだって初めて知って」
「何言ってるかよくわかんねぇー」
「すいません、混乱しました。だから、とにかく、びっくりしました」
「何をどうしたいんだよ」
「僕も、ああいう風に…」
「だから何をだよ！」
「自分の気持ちをちゃんと伝えたくて。とにかく、すごく刺さり

ました」

翔がそう言うと、彼はカバンからCDを取り出した。
「宅録だから、音質も音圧もイマイチだけど」
「僕、それ、買います」
「いいよ、それはやるよ。その代わり次のLIVEに来てみろよ…」
DOPEはそう言って足早に去っていった。

翔は手にしたCDをカバンの中に仕舞い込むと駅に向かって走り出した。
早く家に帰って少しでも早く、そのCDを聴きたかった。

翔は興奮する気持ちを抑えながら、DOPEからもらったThird-iのCDを傷が付かないようにそっとプレイヤーに入れた。
曲が始まるまでの数秒間がとても長く感じられた。
まるで曲ではなく、さらに意味のある巨大な装置の始動を待ち望んでいるかのような気持ちになっていた。

♪掴め誇りを　込めろ思いを
　マイクで変えるライフ　ロックする裏通りを
　ただのアウトロー沈めた数を勲章と勘違い
　思い違いが　次の破壊を生み出す
　残るコブシの痛みも消せずに作り出す
　この衝動　抑えきれない行動

うしろで響くサイレンにも無表情
　　感情に変化なし　光なし
　　なにも見えない先のほう　終わりなき暗闇
　　もがき鳴らす合図の音
　　つかみ叫びぶっぱなすマイクロフォン
　　掴め誇りを　込めろ思いを
　　マイクで変えるライフ　ロックする裏通りを
　　響くドープビート闇を切り裂く
　　光を探す意思こいつはシリアス
　　抜け出すこのワンチャンス逃さねえ
　　ぜってえこのままじゃ終わらねえ
　　上がるモチベーション　俺は落ちねえぞ
　　目指す New Stage　ヤベえ高次元の
　　最新のライミン　外さねえタイミング
　　常にトップはるストリートランキング
　　自分に眠る　誇りを呼び起こす
　　このマイク1本で革命起こす
　　掴め誇りを　込めろ思いを
　　マイクで変えるライフ　ロックする裏通りを
　　掴め誇りを　込めろ思いを
　　マイクで変えるライフ　ロックする裏通りを♪

たくさんのヴィジョンが頭の中で交差した。
自然と涙が出ていた。
翔はその涙の意味を考えた。

悲しいわけでもなく、感動したわけでもない。
そんなことよりも、とても痛かった。
リリックの破片すべてが、自分の欠けている部分、目を背け続けてきた陰に、まるで狙い澄ましたかのように突き刺さっていた。

翔は母親が帰ってきて夕飯を作り終えるまで、その曲を何十回と繰り返し聴いた。
２曲目はまだ聞くつもりはなかった。

理由は、自分にはこの一夜だけで２曲を受け止められないことがわかっていたからだ。

夕飯を食べ終えると再び部屋に戻り、今度はそのリリックを紙に書き出し、曲に合わせて自分でRAPしてみた。
当たり前だけど、上手くいかなかった。
それでも、何度も何度も自分で書き出したリリックを見ながら何度もRAPしてみた。
サビとか少しだけ合わせられるようになったけど、早口な部分や独特のフロウが、どうしても上手くいかない。

夜、翔はベッドの中で、どうしてDOPEがHIPHOPを選んだのかと考えた。また、どうして自分の気持ちをRAPしようと思い立ったのだろうかと考えた。

彼のリリックには、ただ音楽が好きだとか、有名になりたいとか、成功したいとかだけではない、もっと奥から溢れ出てくるような

モノがあった。
そこには、彼の今までの人生で感じたことのないリアルな手触りがあった。そのリアルな手触りこそがHIPHOPかもしれないとも思った。

でもそんな大切な部分について、ただのファンのような薄っぺらい気持ちで尋ねることなどはできないと思った。

翔はDOPEが言ったように、彼のLIVEに行こうと思った。

ホームページでは来月に彼らが出演するライブイベントが渋谷のClubで行われると書いてあった。
そこに行けばDOPEがRAPで放つメッセージや、そのリリックに含まれているさらなる思いに触れることができるような気がした。

次の日、学校に行くと久しぶりにマキが来ていた。
翔は話しかけたかったけど、彼女の周りではクラスメートが取り囲んで何やら騒いでいて、彼が入っていけるような雰囲気ではなかった。

「すごいよ、だって『Popteen』の専属読モなんて、なんか芸能人みたいじゃん？」
「全然だよ、ホントまだまだだし…」
「何年かしたら『ガールズコレクション』とかにも出たりして」

周りで騒いでいる女の子たちの話を聞いていると、彼女は本格的

に雑誌のモデルの仕事を始めたらしい。
だが、マキの表情にはどこか陰があった。
クラス中の話題の中心でいながら、彼女はそんな自分の立ち位置を否定しているようだった。
ふと、翔は彼女のその表情にDOPEと似ているモノを感じた。
彼もこの高校の中ではどこか居心地が悪そうにしている。
CDの中で自分の持っているモノをすべてを解放しているときの輝きや凄みを見せようとはしない。

昼休み、翔が食堂の隅のテーブルでうどんを食べているとマキが近づいてきた。手には小さなサンドイッチ。

「ひさしぶり」
「雑誌の仕事、忙しかったの…？」
「うん、ちょっといろいろと大変だったよ」
「さっき雑誌見たよ、モデルみたいだった」
「ありがとう。でも、まだまだスタート地点にやっと来たばかりだから」
「こっちもいろいろあったよ」
「どうしたの？」
「Third-iっていうHIPHOPのアーティストのファンになったよ」
「へえー、アンタがHIPHOP」
マキはそう言って両手を広げ、ラッパーがよくする格好をして戯けた。
「今度、そのアーティストのLIVEに行くんだ。渋谷のClub」
「すごいじゃん、進化してるよ。アンタ変わってきたかも」

「そうかな、クラスじゃ相変わらず孤立しているけど…」
「私だって同じだよ、雑誌に出るのはクラスで目立つためじゃないんだから」
「マキさんのそういう考え方、すごくわかる気がする」
「そうだ、そのLIVE、私も一緒に行こっと！　いいでしょ？」

翔は顔から汗が噴き出してくるような気がした。
既に半分芸能人のような彼女と、渋谷のClubに行くことなどできる訳がなかった。
だいたいからして、そのLIVEにどんな格好で行ったらいいのかわからないくらいのレベルだし。

「いや、それはまずいでしょ」
「なんでよ、私じゃ御不満？」
「いや、君が俺みたいな変なのと出歩いたらみっともないかと思ったりして」
「あんたバカじゃないの、私たち同じクラスだし、それに…友達じゃん。何寝ボケたこと言っているのよ」

マキはそう言って立ち上がると、短いスカートから伸びる長い足をふざけて椅子に乗せた。
翔は視線のやり場に困って、うどんを食べ始めた。

「それに、HIPHOPのLIVEって、興味あったんだよね。私の携帯のメアド教えておくから予定をメールしておいて」

マキは翔の携帯電話を取り上げると、そこに自分のメアドを打ち込んだ。

翔はセンター街に向かって交差点を走っていた。
買ったばかりのLRGのTシャツに汗が染みてくるのが心配だったけど、マキとの初めての待ち合わせに遅刻してしまうことよりましだと判断した。
今日のTシャツは、コンビニで立ち読みした『411』に載っていた。
その場で写メを撮っておいて、代官山のスタジアムに電話してやっと手に入れた。
生まれて初めて買ったインポートのTシャツだった。
値段も、自分が考えていた数倍もするものだったけど、迷うことはなかった。

待ち合わせの店に着き、約束していた2階に駆け上る。
頭の中ではすでに、笑っている彼女の顔が広がっていた。
今日は自分だけに向けられているその表情。

彼女はいなかった。

店内をいくら見回しても、手足が蜘蛛のように長いマキはいなかった。

「では、ベタだけどセンターマックの２階に５時ね。遅刻厳禁。私は２分以上待つのが大嫌い。遅れる、ゴメ〜ン、というメールも大嫌い」

時計を見ると３分半過ぎている。
きっと１分半前に彼女はこの階段を怒って降りてしまったのだなと思った。

翔は再び階段を駆け降りた。
彼女はまだそれほど遠くには行っていないはず。
慌てて彼女の携帯に電話をかけようとした。
するとメールが届いた。
見るとマキからだった。開くのが怖かった。

✉「ゴメン、着替えに時間がかかって大遅刻、30分くらい待ってて。女はいろいろと大変なんだよ〜」

翔は安心すると同時に、急激に腹が立つという複雑な心境になった。
自分で遅刻厳禁と言っておきながら、30分も堂々と遅刻をしてくる女性の気持ちが理解できなかった。
でも、たった30分だけ我慢すれば、マキと２人で会うという現実が待っているのも事実。
アイスコーヒーをあらためて注文し、翔は席に座った。
半分ほど飲み干すと落ち着き、昨日買ったばかりのiPodに落としたDOPEの曲を聴き始める。

♪この街で仲間と見る朝日　差し込む光　反射する水たまり
　途方に暮れる俺を見下す大人も
　よく見りゃ陳腐なリーマンってことさ
　昨日も見たぜダセえリーマン　援交求めて満たす一晩
　落ちろ闇へ悪人　続くこの理不尽
　見えたぜ道理　説いてく自分に
　Bの流派　一撃必殺　この校舎の一角　かます一発
　1and 2 3 4 5 6　世の中とやらに決めるハイキック

　何回もマイクつかみ磨く腕　初めて見えたこの夢
　開くぜすべて
　知ったBig World　起こすBig Bang
　仲間と分け合いこの手にいつか♪

２階の窓から見ていると、センター街にはその曲を象徴するような様々な人間が無数に過ぎ去っていく。
まるでプロモを見ているかのような気持ちになった。
一人で通り過ぎていく、見た目も服装も少し地味な男。
きっと学校でも自分と同じように大人しいのだろう。
男である翔から見てもカッコいい雰囲気の背が高い男。
あんな男に生まれていたらどんな毎日なのだろうかと考えた。
思わず、小さな雑種がシェパードになりたがっているワンシーンを想像する。
女子３人組が大声を出して過ぎていく。
派手な外見を無理矢理演出しているような彼女たち。

まるで夏に湧いてくる虫のようだった。
近くに来ると、服装だけは派手だけど、化粧が上手くないのか、どこか服と肉体のバランスが悪かった。
そんな若い奴ばかりの街の中を、スーツ姿の小太りなサラリーマンが過ぎ去っていく。
その目つきはどこか普通ではない。

曲が終わり、アイスコーヒーを飲み干した。
翔は自分がマキに対して何を感じているのか、もう少し冷静に考えようと思った。
あの日、トイレの前で最高に情けない姿で出会ってしまって以来、マキに対して何か特別な想いが生まれているのは、自分が一番わかっていた。
でも、それは決してどこにでもあるようなただの恋愛感情ではない。

　『気持ちは言葉にしないと駄目だよ』

あのとき、野犬のような連中にずぶ濡れにされていた翔に対して、彼女が言った言葉だった。
それがスタートだったのだと思った。

DOPEと出会って、彼のリリックが心に深く刺さったのも、マキの言葉があったからなのだ。
センター街の中心からマキがやって来るのが見えた。
学校とは違い、デザインデニムは長い足にフィットして、胸元の開いたTEEとパープルのパーカーを着たキュートな彼女は明らか

に目立っていた。
すれ違うすべての男女が彼女のことを振り返っては、不思議な生き物に出会ったかのような驚きの表情を見せていた。
マキは店の前にやって来ると、２階の窓際にいる翔に気がつき手を振った。

（無理だ）
翔はきれいな色使いのメイクをしているマキを見てそう思った。
とてもじゃないけど、あんな女性と渋谷の街を歩くことはできない。
自転車も運転できない人間が、いきなりフェラーリの最新型を渡され、サーキットを走ってこいと言われたようなものかもしれない…。
マキは勢いよく階段を上ってくると、まるで抱きつくかのように翔の腕に飛びついた。
「ゴメンね、大失敗だよ。でもいろいろあったの、説明は面倒だから省略するけど」

彼はそれが恋愛など関係なく、単に、親しさの延長線にあるマキ特有の奔放な行為だと理解していた。
わかっていた。
でも、数センチの距離で、満面の笑みを見せている、彼女全体から発している不思議な磁力には逆らえなかった。
翔は自分の気持ちの一番深い場所に隠している「自分」をもぎ取られた気持ちになった。

（好きかも、恋愛、付き合う、恋人…）
彼女と向かい合っていると、陳腐な言葉が頭の中を過ぎ去っていくが、翔は懸命に冷静さを保ち続けた。
彼女への感情を消そうとしても、キリがないくらい、尽きることなく想いが溢れ出てくる。

マックの階段を下りて、２人でセンター街に降り立った。
LIVEが行われるClubに向かって歩き始めると、どうしてか一人で走ってきた40分前とは風景の色や匂い、手触りが違っていた。
何が違うかということを上手く言葉にはできなかった。
すべてがリアルに色めきたっているという感じがした。

「楽しみだね」
マキがいつもよりも少し派手なメイクの笑顔を見せた。翔は答えなかった。ただ、大きくうなずいた。
今の気持ちが大き過ぎて言葉にならなかったのだ。

翔とマキはセンター街を抜けて、DOPEたちのLIVEがあるClubエイジアに向かった。

翔はセンター街ですれ違う同年代の男性たちすべてが、マキのことを必ず一度は見るということに気がついた。
学校でも彼女の容姿が際だって目立っているのは知られていたけど、私服でメイクもしている彼女が街を歩くと目立ち方は尋常で

はなくて、少し戸惑うくらいだった。

「もう何曲かは聞いたんでしょ」
「2曲だけ」
「Third-iはどこで知ったの」

翔はDOPEが学校の留年している同級生だとは言わなかった。
「同級生でRAPしている奴がいて、仲良くなったら、CDもらったんだ」
（駄目だ…）
自分の幼い言葉で伝えると、どうもリアリティがない気がした。だから、今日その目で彼女自身が体感してくれればイイと思った。

「でもちょっと意外だったかも…あんたがHIPHOPのLIVEって」
「確かに、そういう感じじゃあないよね…」
「ううん、感じとかを言ってるんじゃないけど…ただ、どうしてHIPHOPを選んだのかなあって」
「どうしてだろう…」
「どうしてなの？」

翔は一番シンプルな答えを知っていたけど、どうしてかマキに言葉で上手く伝えられないような気がした。
「上手く言えないんだけど、リリックの中に自分が必要としている言葉がたくさんあった気がしたんだ。とくに、DOPEの曲には」
「じゃあ、他のHIPHOPはあまり知らないんだ」
「洋楽は少し聴いていたけど、邦楽は彼のが初めてかな…特にリ

リックまで意識して聞いたのは」
「楽しそうじゃん!?」
「何が？」
「HIPHOPの話しているあんた、なんか楽しそうだよ」
「そうかなあ、なんかそう言われると恥ずかしいかも…」
「私はまだまだ…だな」
「何が？」
「モデルの仕事やファッションのことを、そこまで楽しそうに話せない」
「何言っているの、マキさんはもう半分芸能人みたいじゃん。俺はHIPHOPを入り口から覗いてるだけだし…」
「でも、楽しそうだよ。羨ましいくらいに」

翔は答えずに、ポケットから今日のLIVEのフライヤーを取り出すとマキに渡した。
マキも黙ってそれを見ながら、Third-iと書かれている場所を指さした。

円山町に向かう坂の途中にLIVEが行われるClubはあった。
始まるまではだいぶ時間があったが、すでに路上は多くの同年代の男女で溢れ返り、車がまともに通れなくなっているような状況だった。

翔は目の前に広がる同年代の男女たちを見て一瞬怖じ気づいた。
彼らの中には翔が苦手とする如何にも「凶悪」そうな輩も少なくはない。

自分がカツアゲされたり暴力を振るわれる分には構わないけど、マキに何かされたら取り返しのつかない事態になってしまう。
また、それを阻止する腕力や政治力が皆無であることは自分が一番よく知っていた。

常連らしき集団の視線に緊張しながら入り口の前まで行くと、入り口には今日のライブイベント「R-NEXT」のポスターが貼ってあった。
タイムスケジュールが横に貼ってあって、Third-iは一番最初に出るらしい。

DOPEに言われたとおり、入り口の脇の受付で名前を告げると、スタッフが慣れた様子でオープン前の店内に招き入れた。
他のお客たちが、翔とマキに強い視線を注いでいた。
見たことのない奴らが関係者顔して入って行ったと思われたらしい。

「なんかみんな見ていて怖いね」
マキが戯けて翔の腕に手を絡めた。
翔はマキのネイルの先が腕に軽く突き刺さるのを感じた。
ドキンと胸の奥で心臓が大きく波打った。
まるで質の悪い不整脈だ。

暗い階段の奥のさらに小さな扉を潜り、細い関係者用の廊下を抜けると、アーティストたちが待機する楽屋のスペースになった。
細かく5つに仕切られた一番左の壁に「Third-i」と書かれた紙が貼り付けてあった。

スタッフがノックをすると扉が開いた。
正面に鏡のある小さな部屋に4人の男がいた。
DOPEは一番奥でうつむいていた。
他の3人が翔に完全に敵対的な視線を一斉に送った。
言われたとおりに楽屋までやって来てしまったけど、さすがに場違いのような気がして逃げ出したくなった。

「おっ！　ちゃんと来たな」
そう言ってDOPEが顔を上げた。
「こいつは同じ学校のツレ」
DOPEがそう言うと他の3人は敵対的な視線をやめた。
「彼女も連れてきたんだ」
DOPEがそう言ってマキを見た。
「なんだ、江原じゃん」
DOPEはマキを見るや飛び上がった。
「なんだあ、ゲーハー先輩じゃない」
「そのゲーハーはやめろよ、一応ラッパーとしてはDOPEなんだから」
「なんだ、どんなビッグアーティストかと思ったらゲーハー先輩だったんだ…」

2人の会話に翔や、他の3人も戸惑っていた。
「いやあ、こいつは江原マキっていってな、今も高校が同じだけど、中学も一緒で、中2まで入ってたバスケ部が同じだったんだ」
DOPEの態度や言葉遣いがいつもと違っていた。
「それだけの関係じゃないでしょ、夏合宿で…あんなことさせら

れたんだからね」
「オマエまだ言うのかよ！ しつけえな、また、今度。とにかく今日は楽しんでくれ。じゃあな、いま忙しいから」
そう言ってDOPEは翔とマキを楽屋から追い出した。

「知り合いだったんだね、それも中学から」
「知り合いなんてもんじゃないよ。先輩、バスケ部の夏合宿で何か変なもの食べて、腹こわして…それを私が洗濯…」
「なに？」
「まあ、それは昔のことだからいいか。でも、あの先輩、バスケ部やめてからずっとRAPとかしていて、ヤンチャだったし目立ってたよ」
「すごいね、そんな偶然てあるんだ」
「ふ〜ん。何か本当LIVE楽しみ、あの先輩さ、学校にあまりこないじゃん。それに私のことを避けているみたいであまり話さなかったから、もうRAPとかやめていたかと思っていたんだ」

翔はマキとDOPEが中学からの先輩後輩の間柄と聞き、不思議な運命のようなものを感じた。
自分が憧れる別々の人間が深く関わっていた…。
翔はマキの横顔を見ながら、ゆっくりと何かが動き始めたような気がした。
動き出したものが何なのか、それがどこに向かうのかもわからない。
でも、確実に、何かが始まったような気がしていた。

HIPHOPとの出逢い

#3 Pride

小さいけど、少しだけ「誇り」を
見つけられたような気がした。

フロアの最前列に翔とマキは立っていた。
満員だ。
振り返ると、フロアを埋め尽くす人の迫力に押しつぶされそう。
誰もが興奮気味で、それぞれの熱気が色を持って揺らいでいるようだった。

「こんなステージで、こんなたくさんの人の前でRAPするって、どんな感じなんだろう」
マキが翔の耳元で呟いた。
彼女の息を感じて意味もなく恥ずかしくなった。
同じように彼女の耳元で答えることはできなかった。
翔はステージを見上げながら、一番最初にパフォーマンスをするDOPEの今の気持ちを想像した。
緊張しているのだろうか。
怖くはないのだろうか。
自分が想像できる緊張感というのは、水泳大会のスタート前に感じた緊張感くらいだった。

たぶんDOPEだって、きっと緊張しているはずだ。
けど、彼はそんな緊張に負けてはいない気がした。
もしかしたら、その緊張感を楽しんでいるのかもしれない。

「なんかこういうLIVEって初めてだけど、いい感じ!!」

マキがそう言って翔の肩に手をかけた。
翔は、前にテレビで見た、日本の人気モデルたちが大きな会場で

行うファッション誌のイベントを思い出した。
同じ人間とは思えないようなスタイルの女性たちだった。
もしかしたらマキも同じような場所に立つかもしれない…。

翔は同じように客席から彼女のことを見上げている自分の姿を想像した。
DOPEも、もっと大きなステージに上がっていくかもしれない。

翔は周りを埋め尽くす客をゆっくりと見回し、自分はこの先、何をしたいのだろうかと考えた。

明かりがゆっくりと暗くなり始めた。
DJがブースに立って間もなくして、フロアに音が回り始めた。
同時にお腹の奥まで響く重低音が連続し始めた。
客が大きな声をあちこちで上げた。

「DOPE!!」

他の客の声に押されるように、翔は自然と大きな声を出していた。
久しぶりに出した大きな声だった。

同級生にトイレに追いつめられても隠れるように出なかった声。
便器と一緒に水をかけられても押し殺していた声。
ズブ濡れで奴らに向かってドライバーを振り回しても形にならなかった声。

重低音のビートが突然止まった。
同時にDOPEの低く、何かに構えているかのような声が聞こえ出す。

　♪掴め誇りを　込めろ思いを
　　マイクで変えるライフ　ロックする裏通りを♪

フロアにDOPEのRAPだけが鳴り響いたその瞬間、聞き慣れたビートが会場を揺らした。
まだ暗闇のステージの奥でDOPEが「あの曲」を静かにRAPし始めた。
そのリリックだけをゆっくりと何度も繰り返した。
翔はそれをすべて覚えていた。
下手くそだし、ビートに乗り遅れながらもすべてDOPEのRAPに合わせて口ずさんだ。

　♪掴め誇りを　込めろ思いを
　　マイクで変えるライフ　ロックする裏通りを
　　ただのアウトロー沈めた数を勲章と勘違い
　　思い違いが　次の破壊を生み出す
　　残るコブシの痛みも消せずに作り出す
　　この衝動　抑えきれない行動
　　うしろで響くサイレンにも無表情
　　感情に変化なし　光なし
　　なにも見えない先のほう　終わりなき暗闇
　　もがき鳴らす合図の音
　　つかみ叫びぶっぱなすマイクロフォン

掴め誇りを　込めろ思いを
マイクで変えるライフ　ロックする裏通りを
響くドープビート闇を切り裂く
光を探す意思こいつはシリアス
抜け出すこのワンチャンス逃さねえ
ぜってえこのままじゃ終わらねえ
上がるモチベーション　俺は落ちねえぞ
目指す New Stage　ヤベえ高次元の
最新のライミン　外さねえタイミング
常にトップはるストリートランキング
自分に眠る　誇りを呼び起こす
このマイク1本で革命起こす
掴め誇りを　込めろ思いを
マイクで変えるライフ　ロックする裏通りを
掴め誇りを　込めろ思いを
マイクで変えるライフ　ロックする裏通りを♪

今、DOPEがRAPしているその曲。
翔はそのリリックを聞く度(たび)に、自分でもRAPをしてみる度に、リリックが自分の奥の方に深く突き刺さった。

『掴め誇りを』

そのリリックとはすべて相反するように、翔は自分が何も掴(つか)んだことがないことを、何も誇りを持っていないことを知っていた。
今の自分にとっての「誇り」とは何だろう。

目映(まばゆ)いステージの上でRAPし続けるDOPEを見上げながら、彼のRAPとビートに体を揺らしながら思った。

翔は自分の手の中に細い指の存在を感じた。いつの間にか自分がマキと手をつないでいることに気がついた。
見ると彼女も嬉しそうにDOPEの上げている手の動きに合わせて、上げた手を上下に振っていた。

翔はそのマキの吸い込まれそうな大きな目を隠れるように見つめながら、どうして自分と一緒にLIVEに来てくれたのかと考えた。
あまりにも負のオーラが出ていた自分に対して、可哀想と思って、何かボランテイア精神みたいなものかもしれないと心配にもなった。

もし、こんな気持ちをDOPEに話したら、何と言うだろう…。
きっと笑われると同時に怒られるような気がした。
自分にプライドや自信がない人間の典型的な発想だし、それこそまさに自分が誇りを持っていない証拠だった。
DOPEのRAPをこれだけ聞いても、誇り自体が何なのかも全くわかっていないことになってしまう…。

（大好きになった…）
喉(のど)まで言葉が出ていながら口が開かない。
「ゲーハー先輩、格好いいじゃん。見直したわ」
マキが再び翔の耳元でそう言っては手を上下に振りながら飛び跳ねていた。
翔はそんな彼女を見つめながら大きく何度も頷(うなず)いた。

想像していた何倍も、LIVEで聞くDOPEのRAPは最高で、CDで聞いた時よりもはるかにビートとリリックが体に浸透していく感じがわかった。

　♪自分に眠る　誇りを呼び起こす
　　このマイク1本で革命起こす♪

けど、ビートに体を揺らし、リリックを繰り返し口にして、HIPHOPを体感していけばいくほどに、翔は自分の中に眠っている「誇り」を探せるだろうかと不安になった。

今日みたいなライブイベントに来て、ただのストレス解消でHIPHOPをカジッた感じになるのは嫌だった。
それでは、その辺のオヤジ達と大差がなくなってしまう気がしたからだ。
あのつまらない、見下されるだけの高校生活から逃げ続けてはいけない。

　♪Hey　Yo！！　俺はこのマイク1本で革命を起こす♪

DOPEの唸るようなRAPが何度も弱々しい自分に突き刺さる。
その瞬間、身体の奥で「カチン」と鋼鉄と鋼鉄がぶつかるような乾いた音がした。

「俺、絶対やる!!」
翔はマキの耳元で叫んだ。

「何？　どうしたの」
「俺、絶対にやるから、やってみるから‼」
マキは一瞬意味がわからず、不思議な顔をしたが、すぐにその意味を飲み込んだように頷いた。

ステージからの激しいストロボが、翔を見つめるマキの大きな笑顔を照らしていた。
こんなに長い間、彼女をまっすぐに見つめ続けている自分が信じられなかった。

すごく小さいものだけど、今、生まれて初めて自分の中に少しだけ「誇り」を見つけられたような気がした。

R-NEXTが終わった。

翔とマキは来た時と反対に円山町の坂を上って道玄坂方面に歩いていった。
通りの雰囲気は、明るかった時とだいぶ違っていた。
Clubやライブハウス、コンビニ周辺にはたくさんの人が溢れていて、それらの場所を自分の居場所として感じているような人達が多いように感じた。
危険な雰囲気はなかったけど、自分が知っている世界とは違って、どこか居心地悪く感じた。
買ったばかりのLRGのTシャツは汗で重くなっていた。

マキも汗をかきすぎたのか少しメイクが薄くなっていた。
でも、その方が自分が知っているマキの雰囲気で好きだった。
道玄坂に出ると、夜の渋谷駅に向かってゆっくりと坂を下っていった。

「ゲーハー先輩には会って行かなくて良かったんだ…ア‼ あのLIVEを見たら、ゲーハーなんてもう言えないよね、DOPEだよね」
「マキさんにとっては、今日のLIVEを見た後でも、ゲーハー先輩でいいんじゃん…前から知っているんだし」
「でも今日はマジで来て良かった。一番最後に出てきた童子-TはTVで見たことあったし…なんか超アガったかも」

翔は帰り際、控え室にもう一回入れてもらって、DOPEに「最高だった」と伝えたかったけど、今日は敢えてやめておいた。

（最高だった）
その言葉しか思い浮かばない自分が失礼なような気がしたからだ。
もっと彼のRAPやリリックに込められた意味を、安っぽくない言葉で感想を言いたかった。
また、マキの手前、急速に距離が縮まったHIPHOPに対して少し混乱している気持ちを冷静にしたいという判断もあった。

今日、ゲストライブをした童子-Tを除いて、LIVEに出演したのは、5組だった。
DOPEのThird-iは見た雰囲気では年齢的に一番若手だった。

2組目は3MCでHIPHOPなのに、客が縦に乗れるような盛り上がりだった。
3組目はフィメールラッパーで、4組目はレゲエだった。
DOPEのThird-i以外で、翔が少しだけ気になったのは5番目に出演したアーティストだった。
その5番目に出演したアーティストは、現実の世の中に対して、より深く強く、批判的に関わろうとする雰囲気がした。
だからリリックには今、世の中で問題になっていることや、少し前に話題になった世界的な大事件などをテーマにしたものが多かった。
翔は彼らのRAPに不思議と引きつけられた。

どこまで行っても、日常的に自分たちの視界に入ってくる世界だけのものだと思っていた、邦楽のHIPHOP…。
でも、彼らはそれだけに留まることなく、大人たちが大きく動かしているゲームにまで牙をむいていた。

HIPHOPがそんな大きなゲームに対して牙をむくことがどれ程の意味があるのだろうか…。

でも、そうやって目の前の手に触ることができることしか考えていなかったのが今までの自分だとも思った。

翔は、彼らの社会批判とも取れるリリックに、戸惑いと新鮮さを覚えた。

きっとそこにも意味はあるのだ。

湧き起こる言葉に、意味のないものなんてないのだろう…。

ままならない自分を突き飛ばしてくれたDOPEのRAP。
それに大きな衝撃を受けたことから始まったHIPHOPとの接点…。
自分が知らない世界観や表現方法が、その先には数え切れないほど存在しているということを目の前で見せられた気がした。

翔はマキとの時間を少しでも長く過ごしたいと思っていた。
渋滞している車をゆっくりと追い越しながら、時間にブレーキをかけるように歩いてきたつもりだったけど、あっという間に１０９を過ぎてしまった。
センター街の出口方面に渡り、見慣れた大きな交差点。
ここを渡ればハチ公前、彼女とはすぐにお別れだ。
また学校で会えるのに、今の時間がスゴク特別に感じる翔は、まだまだこの特別な時間を終わらせたくなかった。
次から次へと溢れ出てくるマキへの想い…。
頭の上では緑色のスタバの文字が光っている。

「ねぇ？　三村はRAPをやりたいって思ったんでしょ…」
「今は聞いているだけだけど、何か自分でも始めたいと思った」
「だいぶ、影響されたみたいだね…」
「うん、RAPをするなんて、今の自分の対極だけど…」
「DOPEみたいに、ステージに立ちたい？」

「RAPをするとか、ステージに立つとかはわからないけど、自分の中にある思いを言葉にできるなら、何か自分も変われる気がする…かなり無理っぽいけど」
「LIVEの間、ずっとステージを見ていた三村は学校にいる時とは別人だった」

翔は答えずにいた。

『俺、絶対にやるから、やれるから』

翔がフロアでマキに言った言葉。
その言葉には自分もマイクを握り誇りを掴むという宣言と同時に、いつかはマキに相応しい存在になり、好きという気持ちを伝えたいという思いが込められていた。
けど、今の自分ではまだまだその意味を伝えられないとわかっていた。

信号が青になろうとしている。このまま交差点を渡ってしまうと、彼女との時間はカウントダウン。
だけど、いまここでスタバに誘うことができれば、あと1時間、もしかすると2時間くらい、2人の時間を過ごせるかもしれない。
翔は自分が大して会話が上手くないということを知っていた。
だからもし、2時間以上もマキと一緒にいられても、楽しませる会話ができるかどうかという問題があった。
今のこの時間も、あのLIVEの存在があるからこそ成立しているわけで、2人きりで渋谷で時間を過ごしたというわけではない。

スゴク特別な時間…。
それでも、思いを言葉に…！

「マキさん、今日はこのあとなんだけど、渋谷に来たついでに…いや、どうせなら、…いや、時間があるなら」
マキは笑い出した。信号が青になって周りの人間が一斉に歩き始める。２人は流れる川の中で立っているよう…。
「ついで…っていうのはちょっと上から目線じゃん。失礼しちゃうなあ」
「ごめん…」
「私ね、LIVE終わった後に、彼氏と約束入れてたんだ、ゴメンね」
そう言ったマキは肩をすくめて手を合わせた。
「カレシっすか…」
「そう、同級生とHIPHOPのイベントに行くから、帰りに迎えに来てって」
そう言ってマキは携帯を取り出した。
「今、スタバのトコ。サスガ！　バッチリのタイミング。そう…了解」

翔は意味がわからなかった。

「また来週、学校でね、暇なら、日曜にでもメールちょうだい」
マキはそう言うと、小走りで青が点滅している交差点を走り出した。
翔はその場に立ち尽くすように彼女を見ていた。
最後に彼女は大きく手を振ると、反対側に止まっていたビッグスクーターのうしろに飛び乗り、渡されたヘルメットを慣れた様子

で被った。
轟音(ごうおん)。
半径50メートルの人間が振り返るような大きな音がそのビッグスクーターから聞こえた。
きっと高校生には夢のような高い値段がするものなのだろう。
マキはビッグスクーターと共に信じられないようなスピードで消えていった。

翔は赤になってしまった信号を見つめながら、不思議とあまり傷ついていない自分がそこにいることに気がついた。
今夜は決して散々な結末ではない。
短い時間だったけど、いろいろなことが凝縮された夜だった。
100点じゃないけれど、61点くらいは確実にとっているはずだ。
それならギリギリ追試ではない。
胸に溜まった複雑な思いも、耳に入ってくる街の喧騒(けんそう)も、今だったらすべて言葉に出来るような気がしていた。

次の週の月曜日は雨だった。
教室は暑さと湿気が入り交じり、どうしようもなく不快な感じだった。
1時限目は現代国語。
2時限目は世界史と、週初めなのに月曜日の時間割はかなりハードで軽くおちる…。

教室にマキの姿はなかった。
休みかもしれない…。
早速、雑誌の撮影でも入ったのだろうか。
翔はマキにメールを出してみようかと携帯電話をカバンから取り出したが、彼女のアドレスを見つめただけでやめておいた。
休もうが休むまいが、彼女の自由で、自分が気にするのは図々しいと思った。
たとえあの彼氏のマンションで朝を迎えていても関係ない。
自分はまだ彼女に対して、そういう関わり合いを持ってはいけないと思った。

３時限目との間の20分休みに翔は隣のクラスを覗いてみた。
DOPEがいるクラスだった。
けど、彼もまだ来ていないのか、来るつもりがないのか…見あたらない。

廊下では名前も知らない他のクラスの奴らが数人で大声を上げながら走り去っていく。
日焼けをしてピアスをして、似たような髪の色にしている女子達が隅に座り込んでいる。
付き合っていることを全く隠そうともしないカップルが手をつないでいる。
教室でマンガを一人読んでいる地味な奴。
うしろのロッカーを意味もなく蹴飛ばしている奴もいた。

翔は気がついた。

意外とみんなはこの学校という時間を楽しんでいる。
高校1年という先の見えない路地裏に迷い込みながらも、それなりに居場所を見つけては、自分の顔を鏡で覗き込んでいる。
見回すと学校の中も、駅前のしけた商店街も、センター街も、円山町もどこも同じような気がしてきた。
自分はどこに行っても、他のみんなのように居心地が悪くても小さな居場所を見つけ、自分の顔を知ろうとしていない。
でも、あの渋谷であったイベントにいる時、翔はすごく居心地が良く感じた。
大きな声でDOPEのリリックを口にできた。
少しRAPもできた。

 ♪この街で仲間と見る朝日　差し込む光　反射する水たまり
  途方に暮れる俺を見下す大人も
  よく見りゃ陳腐なリーマンってことさ
  昨日も見たぜダセえリーマン　援交求めて満たす一晩
  落ちろ闇へ悪人　続くこの理不尽
  見えたぜ道理　説いてく自分に
  Bの流派　一撃必殺　この校舎の一角　かます一発
  1 and 2 3 4 5 6　世の中とやらに決めるハイキック
  何回もマイクつかみ磨く腕　初めて見えたこの夢
  開くぜすべて
  知った*Big World*　起こす*Big Bang*
  仲間と分け合いこの手にいつか♪

自然とDOPEのリリックが頭を過ぎていった。

翔は、マイクを握り、誇りを掴むことによって、それを守るために誰かと戦ったり、自分の本当の居場所を見つけられるだろうかと不安になった。

けど、見渡す限り、全く光が見えてこなかった高校生活のなかで、ひと筋の光…唯一、見つけられた居心地の良さそうな場所がそこだった。

翔は教室に戻り、自分の机に座った。
カバンからノートと鉛筆を取り出した。
不意に、リリックを書いてみたくなった。
自然な想いから、自然に溢れ出た行動だった。

　　三村翔　2007　夏　クラスにて

まず、ノートの最初にそう書いた。
けど、その後が続かない…。
格好つけることはない。
フロウとかも関係ない。
自分の想いを今はただ書けばイイだけだから…。
誰が見る訳でもないし、誰かにRAPする訳でもない。
なのに、どう書き出して良いかがわからなかった。

うしろから後頭部にコツンと軽い衝撃が伝わった。
振り返ると空になった煙草の箱がうしろに転がっている。
例の野犬の目をした４人組のリーダーっぽいヤツがロッカーの近

くでニヤニヤしながらこちらを見ていた。
今日は、４人組ではなく、リーダーっぽいその男だけだったが、翔は相手にしても意味がないと思い、再び前を向いた。
少しすると同じように空の煙草の箱が飛んできた。
今度は当たらずに近くに転がっただけだった。

翔は考えた。
その男の体力は、現実問題として自分の遥か上にある。
どう戦おうとやられるという結末以外は考えられない。
また前回のトイレでのように、捨て身で武器を使って反撃しても、自分が傷害で退学になるだけかもしれない。
（どうしようもなく不利で助けもいない、でも、絶対に負けられない）
そんな気持ちをリリックにしようと思った。
するとなぜか気持ちが楽になった。

翔は立ち上がると横に転がっている空の煙草の箱を手に取った。
自分がしていることに驚いていた。
でも、何かとても大きくて、とても重くて、とても黒くて、とても熱いものが、自分のうしろにあるような気がした。
その力強さを感じていると、何でもできるような気がした。
翔は空の煙草の箱を手にしたまま彼の横を過ぎ去った。
彼は翔が近づくと一瞬身構えた。
空の煙草の箱を教室の隅にあるゴミ箱に丁寧に入れると、翔は再び彼の前を通り過ぎた。

「三村！　調子に乗ってるとやっちゃうよ」
その男は、何かハプニングが起きるのを楽しみにしている感じなのか、ニヤニヤしながらそう言った。
「別に調子に乗ってなんかない…。君たちのことがとても怖い。すごく怖い…。喧嘩をしても半殺しにされるだけだろ。でも、だからと言って逃げない。もう逃げるのはヤメた」

リーダーの男は顔を真っ赤にして掴み掛かってきた。
「テメエ、コロスぞ！」
太ももにズシンと重い痛みが走った。
男のヒザ蹴りだった。
「クソっ！　もっとやればいいじゃん。別に誰にも言わないし、警察も呼ばない。でも、お前からは、絶対に逃げない。怪我したって病院に行けば良いだけだから、好きにしろよ！」
すべての言葉が滑らかに、まるで、自分の中から液体が流れ出るかのようだった。
嘘も、見栄も、ハッタリでもなかった。それが自分の本当の気持ちだと思った。
「ウゼーこいつ！　三村のくせに、ふざけんな！　テメエ消えろ」
ソイツはそう言って翔を突き放した。

翔は見逃さなかった。
一瞬、彼の目が泳いでいた。
体力も政治力もない、弱い自分のことを野犬の目をしているはずの男がまっすぐに見ていない。
思いを言葉にするだけで、何かが変わることを実感した瞬間だった。

いつも頭の中で想像していた展開。けど、いつも妄想で終わっていた。
その妄想も、言葉を発することによって木っ端微塵に消え去った。
マイクを握り、誇りを掴むことのリアリティが少しだけ自分にも理解できた。

その男がロッカーをコブシで殴り、教室から出て行くところを見届けて、翔は自分の席に戻った。
ノートに鉛筆をのせた。
今まで言葉に出来なかった自分の中にある想いが、たくさん出てきた。
韻も踏んでないし、何かのトラックを想定している訳でもない。
ただ、書くほどに…想いを言葉に表わすほどに、体が軽くなり、より鉛筆が走った。
まだまだリリックとは呼べないかもしれない。
でも、書くことに意味がある気がした。
少なくとも自分にとっては、大きな前進だと思った。

かすかに震える鉛筆の先がノートに触れると、翔はビクンと小さな電気が背筋に走ったような気がした。
中学校に入ってから体験した、学校や教室で感じてきた痛みの数々。
見たくもない他人の視線。
先生たちの小さな背中。

いつしか、それらの苦痛や苦みに慣れてしまっている自分に気がついた。
痛くない振り、苦しくないふりをずっとしてきただけだった。
忘れていたはずの、その痛みの数々がゆっくりと蘇ってきた。
なのにどうしてだろう…辛くはなかった。
「三村のバカが、クソ生意気なこと言いやがった」
背中に軽く突き刺さるクラスの野犬たちの冷ややかな視線を感じた。
さっきのリーダーっぽい男が大きな声ではなく、普通の声でそう言っていた。
合流した他の仲間の3人は、まるで何か嫌なものを見てしまった後の沈黙のように答えない。

空の煙草の箱も飛んでこない。

雨で湿気った教室。
翔はふと、もう少しで夏休みだと思った。
今年は海に行ってみようと思った。
気がつくと最後に海に行ったのは小学校6年生。

鮮明に海の青が記憶に蘇った…。

気がつくと、ノートに1行の言葉を書いていた。
いつ書き出したのか、いつ書き終えたのかもわからない。
想いが、そのまま言葉になり、当たり前のように文字へと変わっていく。
まるでプリントされている紙が現れたみたいだった。

"雨の教室　一人　思い出すStory
　　　見つけ出す過去との距離
　　　この季節　過ぎた痛みがよみがえり
　　　けどその痛みを越えて　消してゆっくり
　　　ドアを開いて　新しい道を踏み出す…"

そこまで書くと鉛筆の先がポキリと半分折れた。
けど、翔はそれだけで満足していた。
とてもリリックとは呼べないかもしれない。
人によっては日記の切れ端という者もいるだろうし、ガキが書く詩のレベルという奴もいるだろう。
RAPをしている人達から見たら韻も踏んでいない、リアルじゃないと言われると思う。
でも、人の評価はどうでもいいことだった。
ただ、この短い休み時間に起きた、人生における初めての出来事に対する思いをやっと言葉にできたような気がした。

「席に着いて」
同時に化学の教師が入ってきた。
歳は50歳過ぎ。
薄くなった髪は乱れている。
今から小テストを行うと言っている。
今の自分を見ている誰かがいるとしたら、化学記号の暗記をしていたと思うだろう。
翔はノートを閉じた。
先週、その教師が言っていた化学反応式の話を思い出した。

全く別々の物質同士が化学反応を起こすことによって、別の性質を持つ物質ができるという話だ。
　（いじめられている奴とHIPHOP）
翔は、その教師にそんな２つの物質が合わさったときにできる物質は何かと尋ねたら何と答えるだろうかと思った。
その答えは自分でも全く、わからなかった。

学校からの帰り道、電車の中で、翔はカバンから出したノートを見つめていた。

　"雨の教室　一人　思い出すStory
　　見つけ出す過去との距離
　　この季節　過ぎた痛みがよみがえり
　　けどその痛みを越えて　消してゆっくり
　　ドアを開いて　新しい道を踏み出す…"

鉛筆はカバンの中だった。
そこから先はまだ、書くつもりはなかった。

雨はもうやんでいた。

あの休み時間、どうしてこんなものを書いたのだろうかと考えていた。
一瞬にして生まれては消えていく想いだったのだろうか…。
今はその先が続かない。

✉ マキ
　カバンの中で震える携帯電話を手にすると、モニターにマキからのメールが表示されていた。
✉「どうしてるかね〜やっと晴れてきたね。コッチは朝5時には湘南に来て、水着姿で撮影しているよ。午前中は雨で待ちで最悪。確か今日、化学の小テストだったよね。ヤバイ、テンパッタ。テストの内容ヨロシク、再試にかけるから!!」

添付されていた写真には、彼女とその仲間の水着姿が写っていた。
音が聞こえるかと思う程に、心臓が一瞬大きく鼓動した。
彼女への想いは、数日前のあのLIVEに行って以来、より大きく確かなものに変わっていた。
格好いいビッグスクーターに乗っていたカレシの存在は、なぜか意外とショックではなかった。
そんなことよりも、短い時間だったけど、あの最高のLIVEを彼女と観ることができたことの方への想いの方が強かった。

大きな口でDOPEのことを「ゲーハー」と叫ぶ瞬間。
飛び跳ねるたびに揺れる髪。
目が合うたびに微笑んでくれる。
自分だけが気がついているマキの魅力…。

翔はまわりを気にしながら、メールに添付されていた写真を保存した。
家に帰ったらパソコンに移して大きくして見てみようと思った。

再び彼女からメールが来た。

✉「水着の写真みてエロいことしちゃダメだよ」

いつかは、彼女に対する思いをリリックにしたいと思った。

✉「コッチは今、電車。仕事頑張って。化学のテストは了解。コピーした内容を明日渡す。今日、例の奴らと軽いトラブルがあったけど、ちゃんと言葉で言い返したよ。初!!」

すぐに返事が来た。

✉「マジ、感動!! 今日は生まれ変わった記念日じゃん？ 三村の誕生日だね。では明日!!」

翔はマキの彼氏のことを気にしていない自分が正しいと思った。
彼女と自分は、きっと、恋愛以上のステージにいるような気がしていた。
自分の彼女に対する想いも大事だけど、今は彼女と過ごす時間そのものが、それ以上に大事だと思った。

"伝えたい想い、伝わらない恋"

そんな言葉が浮かんだ。カバンから鉛筆を取り出すとノートにその言葉を書いた。
明日の学校が楽しみになった。

教室にいるマキは少し日焼けしているかもしれない。
久しぶりだった。
学校という存在に対して、楽しいというイメージを重ね合わせることなんて遥か昔のことだった。

　"誕生日"

翔は再びノートにマキのメールの言葉を書いた。
自分は少しずつ変わってきている。
他人には気がつかないような小さな変化なのだけど、今日のトラブルのことにしても、自分の人生にとっては大きな始まりなのかもしれない。

すべてはあのDOPEとマキから始まったことのような気がした。
そしてHIPHOPとの出逢い。

ゆっくりとしたBPMの低いビートが、鼓動と重なり胸の奥で鳴りだしているような気がした。

放課後、学校の屋上で翔はDOPEと2人で、そこから見える都心の高層ビル群を見ていた。

その屋上は普段、生徒の立ち入りが出来ない場所だった。
でも、なぜかDOPEがそこの合鍵を持っていた。

屋上に入って再び鍵をかけてしまえば、廊下からも校庭からも2人の存在が見つかることはなかった。
まるでプライベート展望台のよう…。

「前に、チルれるとこさがしてたらさぁ、ここの入り口に鍵が差しっぱなしになってたんだよね…まぁ用務員のオッサンが寝ボケてたんじゃん？」
「盗んだんですか？」
「何だよ、盗ったとか言うなよ！　聞こえが悪ぃぃなぁ。軽く拾ったくらいだろ。まぁ、とにかく今日とか日焼けには最高だろ。そもそも、俺はあの日サロが嫌いだし…狭くて妙にケミカルな匂いがして、床も何かベトベトしてねえ？」
そう言うとDOPEは制服のシャツを脱いで上半身裸になった。
水泳選手のように引き締まった筋肉が現れる。
「僕、日サロ行ったことないですから」
「あっそう、じゃあお前も今ここで焼けば？　そもそも、お前痩せすぎだから、少し黒くなって気合いを入れた方がカッコいいぜ」
DOPEはそう言ってコンクリートの上に寝転がった。
翔も同じように上半身裸になり、同じように横になった。
コンクリートの床はかなり熱せられていて背中が焦げるよう。
すぐに汗がじんわりと浮き出してくる。
2人の正面に広がる空は、夏の訪れを堂々と見せている雲一つない青一色だった。

「そういえば、あいつらともめたんだろ？」

「どうして知っているんですか？」
「軽く噂している奴らがいたからさあ…何か言い返したらしいじゃん」
「言い返したうちに入らないですよ、やめてくれって言っただけですから」
「ふ〜ん、でも、お前にとっては前進だろ」
「彼らが本気になったら一発で終わりですかね…」
「まあ、お前は武闘派じゃないかぁ、でも、言葉を飲み込むのはやめろよ…俺も今までで何度も飲み込んだ」
「そんなことあるんですか」
「無敗とかありえないだろ。ただ、普通に負けたときよりも、そういう負け方をしたときが一番悔しい」

翔はDOPEのように強靭な肉体と精神を持っていても、そんな事態が起こることに驚いた。
でも、誰でもそういう事は起こるもので、それをどう乗り越えて行くかが本当の格好良いことで、オリジナルのスタイルになっていくんだと理解できた。

「恥ずかしい、話なんですけど、リリック書いてみました。ほんの数行なんですけど」
「マジで？　お前展開早いじゃん！　RAPしてみろよ」
翔は起きあがった。
「RAPは無理ですけど」
「まあ、いいから聞かせろよ」
そう言うとDOPEも起きあがった。

「まだ数行なんです、でもゆっくりと作っていこうと思って」
「いいんだって、それで…。毎日、いつでも、思ったことを思った時にリリックにして書きためていけばいいんだよ」
翔は汗が一気に吹き出てくるような感じがした。

　"雨の教室　一人　思い出すStory
　　見つけ出す過去との距離
　　この季節　過ぎた痛みがよみがえり
　　けどその痛みを越えて　消してゆっくり
　　ドアを開いて　新しい道を踏み出す…"

翔は逃げ出したくなった。こんな豆粒みたいなリリックをDOPEに聞かせている自分を恥じた。

「ふ〜ん、初めて書いたのか」
DOPEが翔のことを本気で驚いた顔をして見つめていた。
「これだけなんですよ、恥ずかしいですよ。子供のオモチャみたいなものです…」
「いや、お前の状況が多少でも見えているからかもしれないけど、その短い中に、お前の気持ちがちゃんと染み込んでいるよ。ハッキリとお前の気持ちが出ているよ」
翔は思ってもいなかった彼の言葉に胸の奥で炭酸が沸き立つような気持ちになった。
「うん、悪くないね。何かその繊細な感じとかお前っぽいし、俺にはゼッテェ書けない世界だな」
「マジですか？　そんな風に言ってもらえるとは思ってなかった

です…」
「そのまま、続けろよ。ちゃんと韻を踏んだり、トラックにのせたりして、曲にしたりするのは先のことでいいじゃん。どっちが先でもRAPだぜ！　リアルな気持ちを込めることがリリックには一番重要なんだって」

翔は胸の奥で止め処もなく湧き起こる細かい泡が、ゆっくりと重さのある物体に変わっていく感覚を感じていた。
高校に入ってからは諦めていた生きているという実感…。
初めて掴んだリアルな感触。
HIPHOPがこの先自分にとってどんなものになっていくのかは予想もつかない。
でも、この感覚を生まれて初めて味わわせてくれたのがHIPHOPであるということは確かだった。

翔は理解した。
自分はそういう感覚をあまりに知らなすぎたのだ。
たぶん、野球やサッカーでプロを目指す10代のアスリート達、もしくは東大を目指す秀才達。
彼らもきっと同じように、リアルな感触を頼りに自分を信じて限界まで突き詰めているのだろうと思った。

突然、DOPEがRAPをした。

太い声が熱せられた屋上のコンクリートを振るわせたような気がした。

そのRAPは彼のオリジナルではなく、先週のR-NEXTのゲストライブで童子-TがRAPしていた曲だと思い出した。
超、盛り上がっていて、知らない曲だったけど、フロアの客が一体となって「少年Ａ!!!」って叫んでいた。
何回目かのサビで、翔も隣にいるマキと一緒に「少年Ａ」を体全体で叫んだ。

「お前、覚えているこの曲？　俺が本気でHIPHOPが好きになったキッカケの曲なんだ。中一の時に地元の先輩から童子-TのCDをもらってさあ…」
「その先輩もRAPしているんですか」
「いや、もう死んだ。結構、好きな先輩だったけど、最後はあっけない感じで…」
「…」
「HIPHOPには、RAPには自分がオチている時に、光が見えないときに、覚醒させてくれる力がある。這い上がろうと思ったきっかけだ！」

DOPEはそういうと、再び童子-Tの『少年Ａ』をRAPし始めた。

翔はDOPEとHIPHOPの出逢いには、草食動物のような中学時代を過ごした自分には、きっと想像もできないようタフな物語があるような気がした。
彼がリリックを書く理由。RAPする理由。LIVEをする理由。
DOPEはRAPをやめると再び熱いコンクリートの上に寝転がった。

「俺も早く上にあがりてぇ…頂点の景色を見てみてぇ…」

そう言って空の先に視線を向けた。
彼とHIPHOPとの出逢い…。
自分に初めてリアルな感触を教えてくれたDOPE…。
過ぎ去った彼の物語を、翔は今はまだ知らなくて良いと思った。

ますます、HIPHOPが好きになる、ますますRAPが好きになる。

DOPEのRAPの残像がまだ残る青い空と高層ビルの間を見ながら、大事なのは、自分の物語を作ることだと思った。

そして、HIPHOPとの出会いをくれたDOPEへの感謝もリリックに刻んでいこうと思った。

DOPEは、変わらずに空を見ていた。

屋上の空気が少し澄んだ気がした。
それでも肌を焼く暑さは変わらなかった。
口の渇きを和らげるつもりで、遠くを見ているDOPEに言った。
　「何がDOPEさんの頂点なんですか？」
彼はすぐに答えずに一瞬目を閉じた。
　「…」
その表情の中にわずかに寂しそうな雰囲気が混じっていることに

気がついた。

「すいません」
「いや、答えが無いわけじゃないけど、よく迷うからさあ…」
「DOPEさんでも迷うんですね」
「そりゃ迷うだろ…けど何もしないっていう意味じゃねえぞ。先に進めば進むほど、難しくなってくんだよ」
「そうなんですか、LIVE観ていて、そんな感じ全然しなかったです。ファンもいたし、あとは自然にCDが売れていくのかと思っていました」
「童子-Tのリリックにもよく出てくる、言葉を弾くプロ、っていうやつがあるんだけど、言葉を弾くプロだって、いろいろな在り方があるし、そのプロになるのは超難しいし、それ以前にRAPは簡単じゃねえ！」
「それは少しわかります…」
「リリックを書いていても、書けば書くほどに、これは本当に書きたいことなのかって疑問も出てくる」
「それはすごく難しいと思いました。自分が思っていることをリリックにしたときって、何かが少しズレている感じがして…」
「わかってんじゃん、オマエ吸収早い奴だなあ！　まあ、でもそのズレを怖がってたらキリがねえからさあ…。自分の想いとHIPHOPで評価されるリアルについてはThird-iのメンバー同士だって、ズレがあるし…」
「難しいですね。俺なんて、きっとあんなLIVEができるだけで満足してしまうかも」
「最初の頃は俺もそうだったぜ。先輩のDJからトラックを譲っ

てもらって、全力でリリックを書いて、いろいろな人に聞いてもらって、アドバイスをもらって、変えて、それを何度も繰り返して、やっと知り合いの先輩の知り合いくらいの関係のエンジニアの人にTDしてもらって、それですげえ満足感だった。スタート地点にかなり立っている気がして、超一人前の感じだったけど、すぐに気づいたよ」
「何をですか？」
「だいぶ、自分が甘いって、しかもスゲエRAPがイケてねえことに」
「まあ、LIVEとかに来てればお前も会うかもしれないけど、俺にRAPを最初から教えてくれたスゲェやつ…いや、スゴかったやつ。あいつはマジでRAPがヤバイ！ 普通じゃネエ。まるで流れ落ちる水みたいだった。まあ年上だけど、その上手さに当時は、超オチた…」
「有名な人ですか？」
「有名も何も、オリコンって知ってっか？ リリースすると必ずチャートに入るよ」
「誰ですか？」
「まあ、そんなことはどうでもいいけど。あいつのしたことがムカツクんだよ！」
「何をしたんですか？」

DOPEは立ち上がり、制服のシャツに盛り上がった筋肉を通した。
「今思い出してもムカツクぜ！ あいつが最後に俺たちにしたことを思い出すと！」

「喧嘩ですか？」
「喧嘩なら問題ないだろ、勝つか負けるかだし。でも、あいつは、俺たちに何も告げずにHIPHOPを裏切った。すげえリアルをわかっている奴なのに、全然スタイルも変えたし、まあでも、想像以上に売れたけど…」

翔はそれ以上は聞いてはいけないと理解した。
だがその問題の彼が、メジャーになっていくうえで何か大きな裏切りをしたということは想像できた。
「隠すメリットが無いから教えてやるよ、Third-iはそいつが作ったんだよ」

翔はそんな表情を見せるDOPEを初めて見た。
最大の嫌悪感と最大の失望感を隠していなかった。
「あの頃、あいつはMCバトルとかでも有名だったし、普通にClubやイベントでもRAPしていて、俺は中坊だったけど、まあ可愛がってもらってさあ、ホントたまーにだけど、LIVEで1曲だけ、サイドキックをやらせてもらったりして…」
「中学生でですか？　すごいですね」
「マキもよく知っていることだけど、中学の時はヤンチャだったからさあ。だいぶ、荒れてたね。卒業式には外でオマワリが待ってたし…。まあ、意味とかないけど…。その後も、さっき言った死んだ先輩ってのと一緒に週末は集会に出たり、まあいろいろと…こんなんで高校とかに来ている自分とか想像つかなかったし。センター街とか円山町とかブクロとかでBBOYを見つけてはケン

カしたり、LIVEを潰しに行ったり、そんなタイミングでThird-iのLIVEに出会ったんだ」
「すごい出会い方ですね…」
今の落ち着いた感じからは想像も出来ないような話だった。
翔は中学生でステージにあがってRAPしているDOPEを想像した。きっと今の自分よりもずっと大人びているような気がした。
「ガキのくせに、要らないくらいいろいろなことを見てきたぜ」
翔はDOPEと出会った自分と、当時のThird-iと出会った彼が少し似ていると思った。

きっとHIPHOPと出会い、光が見えた瞬間…。

DOPEが上に上がっていけば同じような別れがあるのだろうか。だが別れはあったとしても、今目の前にいるDOPEに失望することはないと信じたかった。

「アンダーグラウンドにこだわる奴もいる。メジャーを最初から目指す奴もいる。俺はリアリティを持ったままプロとしてメジャーになっていきたい。あいつと出会うためにも」
「その彼と、出会ってどうするんですか？」
「同じステージで勝負したいね。ディスとかじゃなくて、リアルなRAPでもここまで来れるって、あいつに証明シテエ！ まあ、オマエはセルアウトだくらいの事は言っちゃうかもしんねえけど！」
翔はこの話はマキに聞いてみようと思った。

中学の後輩である彼女は何か知っているかもしれない。

「オマエこの後時間ある？　ナオヤが迎えに来るんだ。ナオヤってThird-iのDJ。この間、ステージで見ただろ。控え室にもいたし」
そう言うとDOPEは階段に向かって歩き始めた。
「迎えって…車でですか？」
「そう、レコ屋に行くからさ…。オマエもそのうちトラックとか作ったりするかもしれないし、ネタ探しの現場を勉強しとけ！」
翔は飛び上がるくらいに嬉しかった。
ちょっとだけツレとして認められたみたいな感じがしたからだった。

他の生徒たちが野球やサッカーに興じて汗を流している校庭を抜け、校門に出ると、フルカスタムされたDODGE MAGNUMが停まっていた。
クロームの輝きを発しているホイールに自分の汚れたスニーカーが映り、少し恥ずかしくなった。
DOPEはその助手席に乗り込むと、翔にうしろに乗れと合図した。

翔は迫力があるフォルムを持つその車のドアに手を伸ばして少し開けたとき、一瞬手が止まった。

　"雨の教室　一人　思い出すStory
　　見つけ出す過去との距離

この季節　過ぎた痛みがよみがえり
　　　けどその痛みを越えて　消してゆっくり
　　　ドアを開いて　新しい道を踏み出す…"

ゆっくりと開いていくドアとは、きっとこのことだと思った。

翔は家に帰ると制服も脱がずに、デッキにナオヤからもらったCDを入れた。

渋谷のレコ屋に行く途中の車の中で、翔は彼からHIPHOPについてたくさんのことを聞いた。
HIPHOPの意味は音楽のジャンルやファッションだけではないということ。
HIPHOPは4つの要素「RAP」「DJ」「GRAFFITI」「BREAK DANCE」から成っているカルチャーだということ。

カッコいいトラックやラッパー、たくさんのリアル、そしてセルアウトのこと…。

「セルアウトってのは、フェイクな奴らのことだぜ。まぁ金儲けに魂を売った奴だな。金を儲けちゃいけないって訳じゃないぜ。金のために、優先順位を間違えて媚びを売るなっつうんだよ」
ナオヤはそう言って、246から渋谷に曲がった。

「売れることを考えるのと、売れることだけを考えるのは違うってことだからさあ、売れた奴だけが勝ちじゃああんまりだろ。HIPHOPと出会って、本当に救われた奴らに光が見えネェよ、そんなんじゃあ…」
DOPEが独り言のように、車のエアコンを調整しながら言った。
ナオヤは少し、熱くなりながら続けた。

「メッセージが無えRAPは、歌謡曲じゃん。歌謡曲は別にいいんだよ。俺も歌うぜ、女とカラオケ行った時とか…。ただ、HIPHOP風なのはムカツク！　RAPが間違った伝わり方をするだろ！　そんなんじゃ、いつまでたっても日本でHIPHOPが大きくならねえじゃんかよ!!」
ハチ公前の交差点に差し掛かると、急に車の流れが悪くなった。
「ヤベ、ガソリンがネェ！　先にスタンドに行かなきゃ」
そう言ったナオヤが車を右の車線に割り込ませた。
「DJの俺から言わせれば、POPなトラックや大ネタを使ったサンプリングは作ること自体はそこまで難しくネエけど、RAP次第で微妙になることも結構あるからさあ…」

翔はナオヤからDJの役割やその重要性を教えてもらった。
特に、LIVEの時のDJはMCの派手さに隠れがちな存在だけど、テクニックによって全然、LIVEのクオリティが変わってくること。
もちろん、Clubでプレイしてフロアを超盛り上げることや、誰よりも音に詳しいから、トラックを作ってラッパーに提供すること。毎月、10万円以上がレコードやCDに消えていくこととか。

「高ケエ！　ココ」
「ハイオクですか？　レギュラーですか？」
スタンドの店員にレギュラー２千円分と言ったナオヤが笑う。
「金欠なんだよ…車好きだし、Clubに入るときのスタイルも気になるしで無理して買ったんだけどよ、ノーマルって訳にもいかネエだろ。ホイール入れてで、マジ金無えんだよ。まあ飯よりレコードと車だからさあ、ってことでまあ、金が欲しくない訳じゃないってこと！　俺も」
ナオヤがそう言って苦笑いをした。
「俺は今は欲しいものはない。やりたいことだけだ…」
DOPEが呟(つぶや)いた。
「俺はそういうDOPEを信用しているからさぁ。今、こいつは本気でそう思っているって超わかる。だからリリックだってリアルだってわかるだろ？　こいつのは。まあでも…いつまでもそれだけじゃあ続けられないって現実もあるけどな」
「考えたくネエ、ソレ」
DOPEは窓の外に視線を移した。

「俺たちにだって結構ハードルがあってさぁ、まあ、光も見え始めているのも確かだけど。この間のLIVEの時もメジャーレーベル*のスタッフが見に来てくれたし…。でもな…」
「まあ、いいじゃん、その話は！」
DOPEはそう言ってナオヤの肩を叩いた。
肩をすくめる素振りをしたナオヤはカーステにつないだiPodの選曲を器用に片手で始めた。

* 多数のアーティストを抱える規模の大きなレコード会社

翔はそんな2人を見ていて、彼らが自分が思っている以上に大きなモノに向かっていることを感じた。
それは震えるくらいに羨ましいことだった。
同じ車内にいて、DOPEとは大して歳も違わないのに、その間にはとても大きな隔たりがあるような気がした。
立っている場所自体が別物…。
少し寂しく感じた。
同時に悔しかった。
自分が言葉が出なかった間も、部屋でゲームをやったりして無駄に時間を過ごしていた間も、きっとこの2人は目標に向かって時間を使っていたんだ。

もっとDOPEに、いや、Third-iが追いかけている世界にもっと近づきたいと思った。
ちょっと前までは高校のクラスの片隅で、目立たないだけが取り柄だった自分が、今こうして彼らと時間を共にしていること自体、信じられないような変化だった。
だから、思って信じて行動に移せば、きっと彼らに近づけるとも思った。

「まあとにかく、生き方や経験は人それぞれだから、自分にとってリアルだったら、あとは何でもいいんだよ。まあ、今はとにかくたくさん、曲を聞いとけ！」
ナオヤはそう言ってCDをカバンから出した。
　『HIKRASS』
コピーされたCDのラベルに手書きで書かれていた。

翔はその話を無表情で聞いているDOPEの顔から、DOPEの言っていた「許せない奴」のCDだと理解した。
けど、翔はそのことを言葉にはしなかった。
DOPEもそれがわかっているのか黙ったままだった。
DODGE MAGNUM(ダッヂ マグナム)の車内でナオヤが渡してくれたCD。
そのときのDOPEの少し怒っている様な雰囲気を思い出しながら、何か恐ろしいものと対峙(たいじ)しているかのように恐る恐る「再生」をタッチした。

流れてきた曲は聴いたことがあった。
確かアイドルが出ているシャンプーのCMのBGMで流れていた。
とてもキャッチーな曲だった。
悪くはないと思った。
聞きやすかった。
けど、そのリリックが心に響かなかった。
RAPも柔らかくてうまいけど、薄っぺらいというか、歌謡曲やポップスで聴きなれている言葉ばかりが続いていた。
こういう曲がうけるのは理解できた。
カラオケでだって歌いやすい。
でも、翔は自分はこういう雰囲気のものを作りたいとは思わなかった。
今まで、街やTVでたぶん、耳にしたことがあるこの曲は、自分に光を見せてはくれなかった。
なのに、ほとんどの人が知らないThird-iの曲は自分に光を見せてくれた。

この違いが、自分にとってのリアリティだと思った。
けど何となく、ナオヤがこういうものも知っておいた方が良いという意味も理解できた。
翔はCDを止めた。
「自分が作りたいものか…」
翔はベッドに寝転がりながら呟いた。
すると携帯電話にメールが届いた音がする。

✉「元気かね、最近、学校ほとんど行けなかったから、親がセンセーに呼び出されて、もうタイヘン。母親は、そんなのなら仕事を辞めなさい！　とか言い出すし、もう、散々」
マキからだった。
翔はそのメールから、彼女が学校を退学してしまうような気がした。そんなことになれば、やっと少しだけ掴んだ彼女との接点がさらに遠くなってしまう。
✉「学校はいた方がいいよ。今どきはアイドルだって高校に行ってるって!!」
✉「親にもそう言われた」

✉「学校やめたら、寂しいっス…」
翔は彼女から返ってきたメールの返信を途中まで書いて消した。
もし彼女があのシャンプーのCMみたいなものに出るようになったらと考えると、嬉しい反面、どこか寂しくもあった。
✉「 明日、お昼に話したいことがあるけど、時間ある？ 」
話したいことがあるというのは嘘だった。
彼女と少しでも一緒の特別な時間が欲しいだけだった。

✉「オッケー、私もいろいろと仕事のことでストレスがあって、グチをヨロシク！またね」
携帯の画面を見つめながら、今の彼女に何を伝えられるだろうかと考えた。
ベッドから飛び起きると机に座った。
ノートを取り出し鉛筆を持つ。

　　"君と会って　少し変わってきた
　　　俺に笑ってくれた君がくれた自信
　　　メールを書いて君に送信
　　　添付したい想い
　　　君の返信が届くまでの高揚
　　　届いたときの動揺が変わる安心
　　　この状況は俺にとっては前進
　　　伝えられない気持ちを握りしめる夜
　　　伝えたいけど毎日だけ過ぎていく夏"

翔はそのノートをマキに見せてみようかと思ったが、そんなことができないのはわかっていた。
DOPEの世界にはほど遠く、どちらかというとさっき聞いたCDに近い感じがして、少しオチた。
でも自分がLIVEをできるようになったら、たとえどんなに小さなステージでもLIVEができる未来があるとしたら、きっと今のこのマキに対する気持ちを込めた、想いはちゃんとしたリリックにしてRAPするんだって思った。

マキが自分の彼女になってくれなくてもいい。
今の想いをちゃんと、リリックに出来ればRAPが出来るような気がして、それだけで充分だと思った。
今の想いが、どこかに刻まれて残るって思うと少しだけ気持ちが温かくなった。

「リリックかあ」
マキが大きな声をあげた。
昼休みの校庭を翔と彼女は屋上から見下ろしていた。
太陽の日差しは夏休みが近づいていることを黙って告げている。
屋上は2人だけのモノだった。
DOPEから借りた合鍵で、立入禁止の屋上に入り込んでいた。

「全然、完成は見えないけど、思いついたことを、その瞬間に書いてるんだ」
「ヘェー、いい感じジャン。興味津々なんだけど、どんな感じなの？」
「今自分が生きている時間への想いとか、学校のこととか、友情とか…」
「恋愛とかもいいじゃん？」

ジットリと湿気を含んだ夏の風がマキの髪を揺らしていた。
翔はその髪先をそっと横目で見つめる。

「やっぱり、トラックがないと前に進まないから、Third-iのナオヤさんに相談しようと思ってるんだ。ほら、この間のLIVEでDJしてた人」
「ふ〜ん、何か少し聞いてみたいんだけど、ちょっとやってみてよ」

翔は背中に汗が噴き出してくるのを感じた。

「いや、ちょっとまだムリかな」
「何でよ、作ってるんでしょ、人の感想も大事なんだから…ってそのリリック忘れたんでしょ？」
「忘れたって訳じゃあないけど…」
「じゃあいいじゃん」
「いや、やっぱムリ！」
「だから、どうしてよ？」
「…恥ずかしいから」
「うわっダサ！　そんなんで人前でRAPとかできるの？　三村がLIVEとかするのは、コリャかなり先だな…」

翔はそのリリックがマキに対する想いを書いたものだから、今は聞かせられないとは言えなかった。

「まあ、でも、楽しそうだからいっか…」
「…まあね、楽しいよ。こういう風に、やりたい事がある感じって、今までなかったし。前に進んでる感じがすんだよね。この坂はどこまで続いているんだろうって」
「三村もスタートラインに立ったかぁ…でもねその感じじゃあ、

まだまだ、ヨチヨチだけどね」
嬉しかった。
確かに、スタート地点に立っただけだけど、その小さな前進がマキに認めて貰えるだけで大きなゴールに辿り着いたかのようだった。

「私もいま、迷っているんだ」
翔は彼女が自分の仕事と学校の出席との折り合いを付けられなくなっていることは理解できた。
「今、少し仕事している雑誌があってさあ、その雑誌で、秋からのメインのモデルのオーディションで一応、最終選考まで残っているんだ…」
マキはそう言ってカバンの中からファッション誌を取り出した。
コンビニでよく見るティーン向けの雑誌だった。
表紙には名前は知らないけど、よく目にするモデルが２人、大きな口を開けて笑っている。

「すごいじゃん！」
「自分でも面白いように仕事が決まっていくんだよね…。きっとこれはやめちゃいけないっていうサインのような気がする」
「今回のオーディションが受かるとどんな感じになるの？」

翔はその返事を聞くのが怖かった。
もし彼女が学校をやめたら、２人の距離がすごく離れてしまうからだった。
今みたいに、学校の中で同じ時間を過ごせるからこそ、今の２人の距離は成立していると思った。

この距離感は、彼女自身も気に入ってくれている気がしていた。
「今の感じで仕事を続けて行くってのもアリなんだけど…高校を出てから本格的に始めたって遅くはないじゃん。でも、どうしてかな？ 今、自分の中の誰かが急げって言っているような気がスゴクするんだ。今の、このスピード感を失っちゃダメだって！」
「じゃあやっぱり…やめるんだね…」
マキは答えずに手にしていた雑誌をカバンに戻した。
「今日の夕方には、エージェントに最終選考の結果がくるの」
「今夜には決まってるんだ」
「そう、ダメでも、また来週には別の雑誌を受ける。それが駄目だったら、年末にはまた別のがある」
マキはそう言って強い眼差しで翔を見つめた。

風が一度大きく彼女の髪を揺らした。
夏の日差しの元、うっすらと汗をかいた傷一つない彼女の顔を見つめた。
化粧もしていないのに黒い花びらのように大きい瞳。
吸い込まれそうな唇。
折れてしまいそうに細くて高い鼻。

翔はそのマキがきれいだと思った。
彼女のカバンに入っているファッション誌の表紙のモデルたちよりも、コンビニに並ぶいくつものファッション誌の表紙を飾っている誰よりもきれいだと思った。
翔は彼女がきっとオーディションに受かっているような気がした。
目の前にいる、こんなきれいな生き物は未だかつて見たことがな

いと思った。
同じように感じる人間は自分だけではないはず。
そんな彼女が落ちるはずはない。

「そうなると、同級生としては、サヨナラか…」
翔は呟いた。
「だから、まだ受かっていないって」
「イヤ、なんか感じるんだ。マキさんと学校で会うのは、きっとこれが最後のような気がする…」
「なにソレ！　三村、占い師みたい」
「俺も、本当は自分のリリックを見せたり、早くRAPしたりしたいんだ。でも、今はまだできない」
「どうして？」
「やっぱ、ちゃんとしてから見せたいんだよね。ちゃんと…もしRAPが上手くなって、いつかLIVEとか出来るようになったらさあ、マキさんを最前列に呼びたいんだ。この間の渋谷みたいなトコで」

マキがいきなりは翔にハグをした。
彼女の胸が痩せた翔の胸にピタリと触れていた。

「サンキュー！　何か自信ついたよ」

翔は彼女の髪の匂いに包まれていた。
太陽の日差しをたくさん吸い込んでいるような匂いがした。

「私も、三村のLIVEがきっと観れるような気がする。いちばん前で、キャーって、チャラい声を上げている自分をハッキリと想像できるかも!」
そう言うとマキは最後にもう一度強く翔の背中を抱きしめると、何も言わないで屋上から出て行った。

一度も振り向かず、サヨナラも言わなかった。

　♪君と会って　少し変わってきた
　　俺に笑ってくれた君がくれた　自信
　　メールを書いて君に　送信　添付したい想い
　　君の返信が届くまでの高揚
　　届いたときの動揺が変わる　安心
　　この状況は　俺にとっては　前進
　　出会ってから　育ってきた　この気持ち
　　でも　伝えられない　気持ちを　握りしめる夜
　　伝えたいけど　毎日だけ　過ぎていく夏
　　残る君への想い　開ける扉の未来　2人別々の道へ♪

翔は一人でRAPをした。
どこかで聞いた感じだったけど、フロウは自然と出てきた。
とてもやわらかいフロウだった。

　♪伝えたい声　でも届かない声
　　伝えたいstory　でも届かないstory
　　今は一人　でもDon't worry

始まりは君だから…♪

マキのいなくなった屋上。
初めて自分の声でRAPした曲。
まだまだ、薄いこのRAPをもっともっと濃く、DOPEみたいに何かを刻むくらい強くしたいと思った。

翔は携帯電話を出すと、ナオヤにメールした。
✉「学校が終わったら電話していいですか？」
すぐに返事が来た。
✉「チェイ〜、ノープロブレム」

翔は突然、自分も急がなくてはいけないと思った。
学校の屋上で日向(ひなた)ぼっこしている時間など自分には少しも残ってはないと思った。

学校帰り、翔はマキのことを考えていた。
彼女がいなくなった学校の教室や廊下は想像できなかった。
けど、同時にきっとそんな風景の中に自分が立つことになるという予感もしていた。
彼女との間に生まれかけていた、わずかなつながりはどうなってしまうのだろう…。
きっと最初はメールのやり取りぐらいはしていると思う。
でも、どんどん忙しくなっていく彼女を見て、気の小さな自分は

変な気をつかって連絡を取らなくなってしまうだろう。
そんなことを考えているうちに、少しでもマキとのつながりを強くしておきたいって思った。

携帯を取り出して彼女にメールを打ち始めた。
✉「さっきはいろいろと話せて良かった。仕事と学校の話を聞いて、予感してたことだけど、マキさんが学校からいなくなるって、かなりダメージがある…。知り合ってからそんなに時間もたってないけど、たくさん影響を受けた気がするし、すごく助けられたと思う…」
そこまで打って翔はメールを消した。

こんなことはいくら伝えても意味がない。
それに、今は伝える必要もない。
今は互いに伝え合うよりも、自分の開けるべき扉を探し出すことが大切…。
彼女はその扉を探し出し、今まさにその中に入ろうとしている。
それを止めようとしたり、振り向かせることをしちゃダメだ。
彼女とのつながりを持ち続ける方法は一つだけしかないと思った。
それは自分もその扉の向こうにいくことだ。

ただ、今掴みかけている扉が、自分にとって本当に開けるべき扉であるという100パーセントの自信はなかった。
マキのように、学校を今すぐやめてでも開けるべき扉！っていう自信にはほど遠かった。
それでも、HIPHOPに出会って開けるべき扉が目の前にあるかも

しれないというのも事実だと思った。

学校のトイレで初めてDOPEと出会ってから、今日までの自分を思い出すと、目の前に見えている扉に少し自信がもてる。

翔は再び携帯電話でマキにメールを打ち始めた。
✉「♪がんばれ〜、感じているそのスピードは本物でしょ。絶対にマキは、その先に行くと思うね。俺もその先に行くから！　その気持ちは同じだー！」
翔はメールを送信した。
「マキさん」から「マキ」に呼び方も変えてみた。
少しスッキリとした。
彼女をいくら想っても、絶対に「執着」するような気持ちにはなってはいけないと思った。
家に帰ると約束の時間になっていた。
翔はナオヤに電話をした。
曲の具体的な作り方について話を聞きたかった。

「チェイ〜ッス…」
彼の声は少し寝ボケているようだった。
昨日、知り合いのイベントがあって、朝方まで飲んでたらしい。
「ここって何ていう駅なの？…わからないって言ってんじゃん！超ムカツク、服とかシワだらけになってるし！」
電話の向こうで女の声がした。
「ワリィ、今、女が帰るからさぁ５分後！」
ナオヤはそう言って電話を切ってしまった。

きっと部屋では２人とも、まだ裸でいるような気がした。
そんなことをいつかは自分もするのかと考えた。
思わずマキの顔が浮かぶ。
「ワリィ、ワリィ、ちょっとトラブっててさぁ」
５分としないでナオヤの方から電話がかかってきた。
「こっちこそ、すいません。変なタイミングで電話してしまって」
「全然ＯＫ！　昨夜ゲットした女、スゲェ酔っ払いでさぁ、まあ名前も知んねェけど。家まで送ってくれとか超図々しいっつうの、ガスも入ってねえし、とりあえずバスで帰ってもらったよ」
「えー！　知らない人なんですか」
「知んネェ！　でも携帯だったら知っているから、オマエ今から電話してみれば？　どうせ、俺はもう着拒でしょ。ナオヤの後輩で迎えに行けって言われましたっ！とか。まあまあ可愛いかも」
「いや、僕は車も金もない高校生ですから、絶対無理っす。笑われて終わりな気がします」
「バカかオマエ？　俺なんかオマエくらいの時は、そうやって先輩が捨てた女をたくさんもらったぜ。ある意味、地球に優しいリサイクルじゃん？」
「いやマジで、そんなの無理すぎますので…」
「あっそ、まぁいいけど、それで電話の用は」
「曲作りのことなんですけど」
「ああ、そっか。リリックはたくさん作ったか？」
「いえ、ゆっくりやってるんで、まだそんなには…」
「ふ〜ん、どっちにしても電話だから簡単な説明でいいよな。まずは何はともあれ、オマエの場合はリリック。んで、トラック。まあ、トラックは自分で作るのは難しいから、俺とかのストック

を少しやるよ。でもMacとかでオマエも少し覚えたら？　最低限のフロウは作れるしさぁ…メチャクチャたくさん曲をとにかく聴いとけ！　特に日本語のRAPな！　そしたら、トラックのイメージも湧くし、リリックとフロウが自分の頭の中で合体すっぞ!!　もうちょっとオマエが出来るようになったら、あんな感じのトラックでとかのリクエストも無くはねえ！」

翔は曲が完成した訳でもないのにワクワクしていた。
ここから、具体的な作業の一歩まではすごく大変だとわかってたけど、それを完成させた瞬間のことを想像するだけで、ジッとしていられなくなった。

「まあでも、曲を完成するだけじゃ、全然入り口だな！　そこからLIVEまでは超タイヘンだね。RAPのスキルをかなりあげてかないと、サムいことになるしなあ…オーディエンスはホント正直な反応をするから」
「ハイ…」
「とにかく、まずは俺たちのLIVEとか、現場に来いよ。Clubとかもゲストで入れてやるからさぁ、オマエ未成年だっけ？　身分証は作っておけよ！　んで、現場でまずはヴァイブスを感じろ！」
「次はいつなんですか？」
「LIVEは来週末だけど、あさって、代々木のスタジオでリハをするからさぁ、DOPEに電話してみな」

翔は電話を切って、自分のベットに寝転がった。
たくさんリリックを書かなくてはいけない。
けど、リアルなリリックを書くためには自分はもっと現実の世界で多くのことを知る必要があると思った。

　"怒り"

翔はこの前のR-NEXTのLIVEで聞いた、政治的なリリックをRAPしているアーティストのことを思い出し、自分が今腹の立っていることをリリックにしてみようと思った。

部屋から出てリビングに行くと、母親が丁度買い物から帰ってきた。
「お帰りなさい」
「あら早いわね、なんか大変みたいよ。また株が下がるのかしら？」
そう言うと母親はテレビをつけた。
「首相辞任」
テレビでは現職の総理大臣が辞意を表明したというニュースが流れていた。キャスターの説明を聞いていても、どうして彼が辞めるのかは理解できなかった。
「日本もどうなるのかしらね〜、やっぱりあの時、売っちゃえば良かったわ」
母親はそう言うと買い物袋の中身を冷蔵庫に入れ始めた。子供の頃から何度となく見てきた光景だ。

その母親のうしろ姿を見ていると、リリックが生まれ始めた。

翔は、自ら去っていくという総理大臣のうしろ姿を映すテレビ画面を見続けた。
あんな大人たちがステージを降りる瞬間というのはどんな気持ちなのだろうかと思った。

ダムの建設に絡む何百億円の汚職問題が大きく関わっているとニュースが言っていた。
高校生、それも学校というシステムにおいても隅っこにいる自分なんかには想像もできない世界だと思った。
政治のことなんて何もわからないけど、きっと彼らには彼らの求め続けるステージがあって、彼らの内から発せられるリリックのようなものも何となくあるような気がした。
たぶん、辛いと思う。
もしかしたら、DOPEやナオヤたちに二度とLIVEをしてはいけないと宣告するようなものかもしれない。
そう考えると、テレビの中や、その他のメディアに登場する偉そうにしている大企業の社長たち個人に対して、「妬み」とか「怒り」は感じなくなった。
彼らも、そのステージを震わす見えない巨大なウーハーからでる爆音に踊らされているだけなのかもしれない。

　"バビロン・システム　人殺しのカスタム
　　妬みの波動が始動　世の中に作用する嫌なループが作動

ニュースが煽る知らない事実　イビツな社会に
　　　真実探す武器に変わるリリック片手に守る気持ちを可動
　　　でも守れない　何も変わらない　最後の戦い？
　　　なら　参加したい…　まるで空論・変われ騒音
　　　大人が決めるオウンゴール　信じても　この世は汚職ダム
　　　訴訟も届かず　もちろん想いは届かず
　　　金目の切れ目で終了　斜陽　腫瘍
　　　救いきれない　わかり合えない
　　　その背中にブスっと差し込まれる　見えない刃に
　　　気がつかないで歩きまわるだけ”

そんなリリックがいくつか生まれた。
誰かのリリックを少し真似ているような気もしたが、忘れないうちにノートに書き始めた。
そういう目でニュースを見たのは初めてだと気がついた。
ニュースの奥で大人たちが言っていることなんて、お伽噺を聞いているようだったけど、リリックを作るためだと距離感が変わってくる。
遠い国の理不尽に急にリアリティを感じた。
テレビのニュースや政治番組はまるでリリックの宝庫のようだと思った。
新聞を見てみた。
同じように自分たちが世の中に感じることへの「生々しい」言葉が、自ら勝手にライミングするように踊っていた。

スゲェ！　RAPって、スゲェ！　HIPHOPって!!!

7時過ぎに父親が帰ってきた。
数日ぶりの家族3人での夕食だった。
けど、父親はあまり食が進まないようだった。
「父さんさぁ、名古屋に行くことになりそうだ…」
食事が終わると、父親がそう言った。
父親の勤めている電気メーカーの下請け会社の景気が良くないことは感じていた。
それは趣味の魚釣りにもしばらく行っていないことからもよくわかる。
「そう、やっぱり、仕方ないわね…」
母親は食器を片付けながら振り向きもせずに呟いた。
どうやら母親は少し前からその状況を聞かされているらしい。
どちらかというと仲の良い夫婦なので、母親もその結果には心に重く思うこともあるのだろう。
「お父さんにとっては、その転勤は悪いことなの、良いことなの？」
翔はその言葉を口にして後悔した。
聞かない方が良かった。
もし、最悪な答えが返ってきたとしても、自分には何もできる力がない。
「良くはないだろ。まあでも、クビとかリストラになるような話じゃないから安心しろ」
「じゃあ、良かったじゃん？」
「良くはないさ！」
父親の語気が微妙に強まった。
母親もそれを感じたのか、その先の説明を始めた。

「そうよ、転勤手当だって微々たるものだから、結果的には２つの住む場所のお金がかかるの。だからお父さんだって一人暮らしで、充分なものを食べれなくなるし、健康面も心配なのよ」
「煙草はやめる！」
父親がポケットからライターを取り出しゴミ箱に放り投げた。
「釣りはどうするの？　せっかくの趣味なのに…」
「釣り竿だけは売らないよ。今まで無理して頑張って買い揃えてきたんだ。それを売ることは今まで自分が頑張って働いてきたことを否定することになるだろ」

翔は父親ならどんなリリックを作るのだろうかと考えた。
頭の隅っこで見え隠れしていた、Macを買う頭金のサポートという甘い気持ちは吹き飛んでいた。
「いつから名古屋なの？」
「秋からだと思う」
「いつまでなの？」
「下手をすると定年間近までの可能性もある。会社が残っていればの話だけどな」
父親はそう言って大きな声で笑い始めた。
父親がそんな大きな声を出しているのを見たのは久しぶりだった。
母親と翔はそんな父親を何も言わないで見つめていた。

部屋に戻ると、携帯電話にメールが届いていた。
見るとマキからだった。
✉「大泣き!!　超オチてる…オーディションダメだったよ。内心は絶対に行けると思ってたのに。かなりショック!!　だけど、雑誌

は他にもあるし、冬からの応募もいくつかあるし、やり直しだ!!!
悔しい〜」

日本中どこに行っても彼女よりもきれいな女の子はいないと思っていたのに…。
そんなマキが振り返らずに走り続けても届かない世界もあるんだなと理解した。
翔は不思議な気持ちになった。
とても残念な反面、また彼女と同じ高校という場所にいられる時間ができたことに喜びを感じずにはいられなかった。
けど、それは自分のエゴ、彼女という存在を身近においていたいという醜く歪んだ心のような気がした。
マキが今直面している、次のステップに上がるための、大いなる戦い、そこにおける負傷を喜ぶことなど許されるはずがないと思った。
HIPHOPの世界も同じかもしれない。
DOPEたちが目指している世界…その扉の向こうというのは、マキの世界よりも大きな広がりを持っているかもしれない。
翔は自分があまりにも簡単にDOPEたちと知り合ったから、その現実が見えていなかったような気がした。

 ２日後、翔は代々木のスタジオで行われるThird-iのリハに向かって電車に乗っていた。
ナオヤに言われたように、iPodにダウンロードした日本語のRAPをたくさん聞いていた。
金がないのでアルバムごとは無理だった。

「童子-T・少年A」
DOPEがHIPHOPに強く引き込まれたきっかけにもなった曲を、電車の中で何度も聞き直した。
自分には体験できない、絶対的な距離があるリリックの世界観などに、すごく惹かれた。
何度聞いても、悲しくて、寂しくて、でも最後に、誰にも負けたくない強い気持ちになるリリック…HIPHOPへのまっすぐな想いがすごく伝わってくる。
聞き続けていると、HIPHOPへの情熱が体中に溢れてくる気がした。

アルバイトのフリーマガジンを駅で見つけてカバンに詰め込んでいた。
トラックづくりに必要なMacを買うためにも、すぐにアルバイトしなくてはいけないと思っていた。
つらくても何でもやるつもりだった。
マキのオーディションの落選で気がついた、大きな世界で闘うという現実。
どうしてか自分には余っている時間がないような気になっていた。

代々木のスタジオは想像よりも小さなものだった。
外にはナオヤのDODGE MAGNUMが駐車してあった。
扉を開けると乾いた空気と、いくつもの機材から発せられるメカニカルな匂いがして、身が引き締まった。
DOPEとナオヤがテーブルの上でパソコンを見つめながら打ち合わせをしていた。

難しいやりとりをしているらしく、翔に気がついても振り返らない。

（ここは遊び場じゃない、彼らの戦場なんだ）

翔は自ら退路を閉ざして覚悟を決めるように、分厚く重い防音扉を閉めた。

ビッグマウス

#1 Partner

オマエのヴァイブスと
俺の中の何かがシンクロするんだ。

リハの空気はすごく張り詰めていて、まるで本番のようだった。
違いはその場が観客の熱気に満ちたステージではないということ。
それでも目をつぶると、まるでLIVEの中にいるみたいで、翔は彼らのステージの片隅に立っているような気になった。
DOPEはマイクを持って、次から次へとRAPを続けていく。
目の前で聞く、彼の低く乾いた独特の声質は最高だった。

自分の中にパワーが満ちてくるような錯覚を感じる。

ナオヤは、複雑に入り組んでいる機材を手足のように自在に操っていた。
DOPEのRAPにタイミングを合わせながら、キーボードで音を重ねたりしていた。
細かい作業まではわからなかったけど、途中に入るスクラッチや、そのセンス、ちっとも汗をかかないでこなしていく感じが、すごくナオヤっぽくてカッコ良かった。
それらの「プロの作業」は、ステージの下からオーディエンスとして見ているとわからなかったのに、真横で間近に見ていると、勢いのパフォーマンスとは全然違って、プロの領域で緻密な作業をしているのがよくわかった。

「もしかすると、自分はこのままこの巨大なHIPHOPという迷宮の中でさまよい続けることになるかもしれない」

翔は同じ制服を着て廊下で出会った、同級生でもあるDOPEを見つめながら、自分が加わり始めようとしている世界の大きさと深

さにたじろいだ。
HIPHOPが、何よりも好きになってしまったというだけで走り出した自分。
けど、彼らの情熱、パフォーマンスやスキルを理解すればするほどに、オーディエンスではないHIPHOPへの関わり…ステージの側への道のりは、好きなだけで許してくれるようなものではないと否応なしに理解した。

２曲続いたところで、DOPEがマイクを下ろした。
ナオヤもすぐに音をとめる。
２人はターンテーブルの前で再び何か細かい調整について話し合い始めた。
「元ネタを使って、スクラッチするからさぁ…」
「登場のときのSEをもっと派手な感じにしてよ？」
「この曲の終わりはこんな感じでしょ？」

そのタイミングを見計らったように、テーブルの横で座ってラップトップのPCをいじっていた痩せた男が、翔にPCのモニターを突然見せてきた。
知らない男だった。
歳はタメくらいに見えた。
LIVEのときの控え室にもいなかった。

『オマエリリック書いてるんだろ？』

モニターにはそう書かれていた。意味がわからず翔は男を見ると、彼は再びキーボードを叩き始める。
🖥『俺はナオヤさんの後輩で、DJケンショウ』
彼は不明瞭な発声を伴いながら、キーボードを叩いてモニターに言葉を並べていく。
🖥『俺は、ガキの頃の事故で声帯がつぶれて口が利けない。話すことが出来ない。だから、手話ができない人とは、PCで筆談の会話をする。気にしないで、普通に会話してくれ!!』

翔はケンショウという男からの突然の接触に一瞬戸惑ったけど、ケンショウの表情は明るく友好的に感じた。
「リリック、書いてるよ。全然だけど、DOPEさんには少し見せたりもしてるし…」
翔がそう言うと、彼は再びキーボードを叩いた。
🖥『オマエみたいな雰囲気の同年代のリリックは興味がある。今度見せてくれ!』
「根本的に韻の踏み方とか理解してないし、完全な自己流だけど、今毎日感じるすべてのリアルなことをリリックにしてる感じかな」
🖥『確かに、リアリティは、10代じゃなくてもあるし、街や学校じゃなくても、どこにでもある』
「そうそう、テレビのニュースとか見てて、自分が生きているこの国のリアルな出来事だって、ちゃんと意識すると、リリックになったりすることに気がついた」
🖥『オマエ、面白い! HIPHOPはU.S.から来てるし、絶対的なストリートカルチャーだから、やっぱり不良とかのリアリティがすごくはまると思う。だから、多少過激で暴力的な側面ばかりが

ピックアップされているけど、それだけじゃない』

タオルで汗を拭きながらDOPEが翔とケンショウの前にやってきた。
「お疲れ様です」
翔はそう言ってテーブルの上の紙コップにペットボトルのお茶を入れ始めた。
「ワリィ」
ちょっとした手伝いだったけど、役割があることで、何となく彼らの「ツレ」として認められていくような気がした。

「ケンショウはナオヤの唯一の弟子…」
DOPEがお茶を飲みながら言った。
「いま話をさせてもらいました」
ナオヤはターンテーブルから離れるとレコードを手にしながらやってきた。
「チェイ〜っす、こいつビッグマウスって呼ばれてるんだけど、超オタクだぜ！ 専門のDJリミックス科にも通っててさあ、俺の弟子っつうよりも、すんげえテク持ってるし、なぁビッグマウス？」
ナオヤがそういうと、ケンショウと呼ばれている彼はキーボードを叩くと、翔にモニターを見せた。
『褒められると伸びるタイプなんだよね（笑）、そもそもビッグマウスはナオヤさんがつけたんだけど（汗）』
そう言ってビッグマウスは喉(のど)を鳴らすような音をだしながら笑い始めた。

「ほら、欲しいって言ってたヤツ」
そう言ってナオヤはビッグマウスにアナログ盤を2枚渡した。
ビッグマウスは立ち上がると、うれしそうにそれを受け取りターンテーブルに向かった。
「近くにいって見てみな、超上手いから」
DOPEが翔にそう言った。
翔は言われるままにターンテーブルの近くに向かった。
まったく後輩の面倒とか見なさそうなナオヤが唯一認める弟子であること、DOPEが一目置いた態度を取っていること、それらすべての意味を、翔は5秒とたたずに理解した。

ビッグマウスはアナログをセットして、PCやミキサーを少し調整したあと、おもむろにヘッドフォンをかぶった。
低音が嫌というほど効いたバスドラムが流れたあと、何かの曲のインストが始まった。
それに合わせて、2枚使いを始めた。
「あんな感じでイントロの美味しいフレーズを2枚使いすると新しい曲に聞こえるだろ？」
ナオヤはペットボトルのお茶を注ぎながら言った。
「ループさせることによって、新しい曲に聞こえるんだよ」

翔は全然知らない曲だったけど、背中に電気を通されたような感覚を覚えた。

スクラッチ…知ってたけどちゃんと聞いたのは初めてだった。

もちろん、近くで見たこともなかった。
スゴイと思った。
何かノイズなのに、音程が合っていく…。

ノイズが音楽に変わる瞬間…。

目の前で、ビッグマウスが顔色一つ変えないで繰り出すスクラッチを見ながら翔は、ナオヤが車の中で教えてくれたHIPHOPの４つの要素を思い出していた。
「RAP」「DJ」「GRAFFITI」「BREAK DANCE」
また一つ、HIPHOPのすごさを知った。

どんどん言葉がビートにはまっていく、ビッグマウスのスクラッチを体験して、ナオヤがビッグマウスと言った意味がわかった気がした。

口を利くことが出来ないビッグマウスが、ターンテーブルを使って放つ強烈なRAPなのだと思った。

リハの帰り、DOPEとビッグマウスと翔はファミレスで遅い夕食を食べてた。
DOPEはオムライスとビール、翔はラーメン、ビッグマウスは和定食を注文した。
ナオヤは深夜、ClubでレギュラーのDJをする仕事があるので先

に帰った。
「もしかしたら、大阪、京都、名古屋、横浜、東京のクラブツアーが決まりそうなんだよね」
翔が3人分のアイスコーヒーをドリンクバーから持ってくるとDOPEが言った。
ビッグマウスは知っていたのか、無反応で、カバンからPCを取り出し何かをキーボードに打ち始める。
「クラブツアーですか？」
「そう、クラブツアー…。HIPHOP系のイベントのオーガナイザーをしている先輩が、もしかしたら組めるかもって言ってたんだよね。たぶん、誰かのオープニングアクト的な感じかもしれないけど…。
自主のCDをセコセコ売って、ナオヤの車で夜通し移動とかで、いろんなトコでLIVEをやってきたかいがあったよ。ナオヤはもちろんだけど、周りの仲間たちにマジ感謝！　もちろんビッグマウスもだぜ！」
「何かスゴイっすね。俺、全部ついていきたいっす」
「オマエ学校があんじゃん、ダブるぜ？」
「DOPEさんだってあるじゃないですか」
「俺は去年から留年組だからな。っていうか実は2ダブなんだよね。もう学校とは充分につき合ったでしょ」
「やめるんですか？」
「まあしょうがネエじゃん…そもそも、夜の活動が多いし、ClubでLIVEとかしてて、高校生じゃ、そろそろヤバイだろ？　ハコにも迷惑かけるし。それに、ナオヤを通してだけど、メジャー

レーベルからも、もう少し音を聞かせてとか言われてるしさ…」
「マキも雑誌のオーディションを受け始めてから、そんなこと言ってたなぁ…」
「そりゃそうだろ…」
「うわっ！　2人ともやめたら、学校でまた一人だ…！」

翔はいじめられていた自分を奮い立たせてくれた2人との出逢いを思い出した。
あれから数ヶ月。
たった1学期の間に過ぎていった出来事なのに、一気に普通の学生生活の何倍もの濃い密度の体験をしたような気がした。

「インターに通ってる仲間のツレのスケーターがいてさ、こいつロスから来てるヤツなんだけど、住む場所が無えっていうから、ルームシェアする代わりに英語を習うことにした」
「英語？　海外も目指しているんですか」
翔は、目の前でファミレス飯を食べているDOPEが、本当にいつかはニューヨークとかに住んでいる映像を想像してみた。
そして、何となくその横にいる自分も想像できた。
「先のことはわからないけど、HIPHOPを知ったからにはアメリカとかも行ってみてえじゃん。韻のレンジも広がりそうだし…」
「なんか、うらやましいです。どんどん先に進んでいく感じですね」
「まあ夢はタダだし、クッソでかい目標とかあったほうがいいだろ？」

ビッグマウスが突然、PCのモニターをDOPEと翔に見せた。
『上にあがるってことは目立つってこと。狙われないように！新しい世代のThird-iは、だいぶ目立っている。クラブツアーが決まったら噂も広がるし、要注意。とくにVVQは去年のバトルMCスタイルでDOPEに負けてから、ディスっているみたいだよ。クラブツアーやレコード会社の人とコンタクトを取ってることも知ってるし』
「VVQって何者なんですか？」
「ギャングスタ系のスタイルでRAPしてる奴ら。スゲエ、イケイケでストリートでもかなり名前を売ってるぜ。喧嘩とか嫌いじゃないけど、力だけのスタイルは俺には合わネエ。俺はHIPHOPに出会ってから、仲間とのつながりを超大事にしてきた。だから、ヴァイブスが違うんだよ。俺たちとは…。
暴力のリアリティも確かにあるし、それはいいんだけどな…。まあ難しいトコだな。ただ、RAPは自己表現から始まるし、学校とかじゃあ教えてくれないプライドを知ることで、俺の場合、その結果、今のスタイルだから」

翔はDOPEの言っていることは正しいと思った。
現に、自分のようないじめられっ子があの野犬のような連中に対して、絶対に負けないと思える気持ちを持てたことが証明してくれていた。
HIPHOPとの出会いがなければ、自分はあのままいつまでも学校のトイレで水をかけられていたかもしれない…。
きっと、自分の存在を自分で否定してしまうような、一番くだら

ない最低の選択をしていたかも…。

ビッグマウスだって障害のことで嫌な目にあった過去は山ほどあるはずだ。けど、彼も自分の持ってしまった障害を気にもせず、ターンテーブルを使って誰にもできないような強烈な音楽を発信し続けている。

🖥『でもさ、VVQも、いじめられてた、小学校の頃。同じ小学校だった』

ビッグマウスがPCのモニターに文字を打った。

翔は驚いてDOPEを見ると、彼はゆっくりと頷いた。

ビッグマウスはさらキーボードを打ち続ける。

🖥『中学校も同じだったんだ、そこで彼はジャンキーの先輩と出会ったんだ。そのジャンキーの先輩は、シンナー中毒。
今どき、シンナー中毒っていうのもすごい話。でも、それが奴の運命のターニング・ポイント。運命が呼び合ったんだ。
なぜって、彼の家は小さな塗装屋だったんだ。だから純度100パーセントのトルエンがいくらでも家にあった。VVQはそれを先輩にタダで渡すことによって、その先輩にとても可愛がられたんだ。HIPHOPと出会ったのもその先輩の影響。
俺は、いろいろと理由があって途中で転校したから、その先は知らないけど、他のドラッグに手を出して、かなりアウトローな感じだったらしい。だから奴とLIVEで再会したときは驚いたよ。向こうも俺のことをわかってたみたいだけど、いじめられていた過去のことを言われたら困るのか、全く無視していた。アイツはかなりキレている。他のアーティストのステージとかも潰すし、周りの奴らもかなり危険』

翔は、VVQのことが少し気になった。
方向は真逆だけど、HIPHOPに出会い、いじめられっ子という席から立ち上がることができたのは互いに同じだと思った。

「バトルで俺が詰めちゃったんだよね。ビッグマウスから奴のことを聞いていたから、追いつめられて、思わずだったんだけど…」
「何てRAPしたんですか」
「負の連鎖の記憶、作動するオマエのセンサー、エンタではなくビンタにつぶされたオマエの過去　過度に総力でつきまとうミジメとイジメ、それこそ本当の負の連鎖」
「すごいですね、自分に言われてたら、マジ死にそうです…」
「自分の過去に触れられたと気がついたのか、あいつの表情が変わったよ。で、その後は、その勢いで、こっちが逃げ切ったという感じ。まあ、あいつもかなりRAPはヤバイから、こっちも超本気だったけど」
「見てみたかったな」
『うちにDVDがあるから見せるよ』
ビッグマウスがキーボードを打ち終わると、注文していたメニューがやってきた。

食事を終えると、DOPEの携帯電話が鳴った。
「わかりました、いま神泉のデニーズなのですぐに事務所に向かいます」
DOPEはクラブツアーを仕込んでくれているオーガナイザーの先輩の事務所に向かうらしい。

「そういえば、今週末、ヴェノスで超面白いLIVEがあるらしいから、空けとけよ！」
そう言ってあとは2人で適当にと5千円札をおいて出て行った。
『うちにおいでよ、機材も揃ってるし、オマエに合いそうなトラックもいろいろあるからさ』
ビッグマウスがキーボードを叩いた。
翔は大きく頷いた。
言葉にならなかった。
何か嬉しくて仕方なかった。
DOPEと知り合うことから始まり、触れることができたDOPEの追い求めているHIPHOPの世界。
そしてそこから、翔の世界として広がり始めようとしている、何か言葉にならないこの不思議な感覚。

ビッグマウス。
翔はさっき彼がモニターに並べた文字を思い出した。
　　"いじめられっ子だった、塗装屋の息子のVVQ、
　　　HIPHOP好きのシンナー中毒と出会った運命"
翔は感じ始めていた。
今目の前で笑っている、しゃべることが出来ないビッグマウス。
彼との出逢いは運命で、きっと、さらなる大きな「始まり」のイントロなのだと思った。

ビッグマウスは松濤にあるマンションの一室に住んでいた。

そこで一人暮らしをしているという。
部屋に入ると２ＬＤＫのかなり広い造りで、まだ10代のビッグマウスが自分の稼ぎだけで住むことが可能とは思えなかった。
翔は思わず、どうしてこんな場所で暮らせるのかと聞きたくなったけど、やめておいた。
彼とはまだ、知り合ったばかりだし…。
もうひとつ驚いたのはリビングに溢れんばかりの機材だった。
反対にそこには生活感を感じさせる物が一切なかった。
ソファーさえ置いていなかった。
窓際の大きなデスクの上にはターンテーブルとCDJやいくつかの音響機器。
大きなパソコンのモニターが２台並び、デスクの横には大きなキーボードと10チャンネルもあるような本格的なミキサー、スタジオで使うようなマイク。
ビッグマウスは冷蔵庫から缶コーラを２本持ってくると機材の電源を入れた。メインスイッチを押すとブーンと唸りをあげながら一つ一つの機材が目覚めていく。
高校生の自分には、総額でいくらになるかは想像もつかない。

「すごいねコレ、スタジオ…そのままみたい」
翔がそう言うとビッグマウスは笑って頷いた。
デスクの前に座り、正面のモニターを指さし、キーボードを勢いよく叩き始める。
『MacだけどPCはわかるよな』
「家ではウィンドウズだけど、大体はわかるよ」
『この部屋に他人を入れたのは初めてなんだ。DOPEたちに、君

に、とりあえず簡単なトラックの作り方を教えてやれって頼まれたときは少し面倒くさかった』

翔はモニターに現れるビッグマウスの文字を見つめ続けた。

『でも、なんか不思議なんだけど、オマエのヴァイブスと俺の中の何かがシンクロするんだ。理由はわからないけど、オマエが、きっと面白いことをしてくれそうな気がして』

翔は答えずに黙っていた。

翔もビッグマウスに対して不思議なものを感じていたが、それをどんな言葉にしたらいいのかわからなかった。

『細かい説明は省略するけど、今から簡単なトラックの作り方をゆっくり見せるから、見て覚えていってくれナ。あとはここの機材を自由に使っていろいろと作っていいよ。Macのラップトップならいくつか型遅れが余っているから、貸しておく』

「ありがとう。でも、なんか…してもらいっぱなしだよね…」

『楽しませたくれヨ』

「でも、どうやって」

『リリック、そしてオマエのRAP』

「ビッグマウス、ありがとう…今はそれしか言えないけど…」

『こいつが初心者には一番やりやすいソフトなんだよ』

ビッグマウスはDTMソフトを開けた。

そして翔にゆっくりと、パズルのように音を一つずつ確認させながら、簡単なモノを作り始めた。

基本的な概念は簡単なものだった。

音符は当然、楽譜を読む必要はなく、自分の頭の中に流れている

音を、そのまま具体化していくという作業だった。
ビッグマウスがすでに自分で作っていたり、CDから取り出していた音を組み合わせていき、まずは短く簡単なトラックを作り、その上に自分で好きな音をキーボードで好きなタイミングで重ねていくという手順だった。
言葉で細かく説明できないから、部分的には理解するのが少し難しい箇所もあったけど、翔は見よう見まねで、DTMの基本的な部分を吸い込むように理解した。
難しく考える必要はないと思った。
自分の周りにある音のパズルを好きに組み合わせて、好きなように「絵」を作ればいいのかもしれない。
あとはそこに自分のRAPを重ねていけば、最初の一歩になるかもしれない。

『突き詰めていくとキリがないがけど、初めはこれで、自分のリリックがのりそうな好きなトラックを作って、あとは自分で練習を繰り返すだけ。オヤスミ。鍵は閉めないで帰っていいから、あとは適当にして』
ビッグマウスはそう言うと、もう一つの部屋の中に入っていった。

翔は忘れる前に頭に叩き込んでおこうと、再び自分一人で簡単なトラックを作り始めた。
楽しくて仕方なかった。
実際の楽器がなくても、またそれを演奏するスキルがなくとも、自由自在にそれらの音を作り上げられる‼
言ってみれば、いつでも好きなように命令を聞いてくれるプレイ

ヤーが何百人も目の前に並んでいて、彼らに次々に好きなように命令できる環境が机の上に存在しているということだ。
簡単な音が作れるようになると、リリックも自然と湧き出してきた。

何時間経っただろうか、カーテンの隙間から明かりが漏れていることに気がついた。
翔は時計を見ておどろいた。
いつの間にか、５時間以上も時間が経っている。慌ててカーテンを開けると、渋谷のビルの隙間から朝日が大きく見えている。
「ヤベ！　学校…!!」
翔はそう呟くと、ビッグマウスの部屋を飛び出した。
駅に向かって走りながら家に電話をすると母親がワンコールで出た。
「もう少ししたら警察に電話をしよう思っていたのよ」
「友達に音楽のことを教わっていたら、朝になっちゃって…」
「嘘つきなさい、あんた楽譜も読めないじゃないの」
翔はDTMの概念を母親に説明する気はなかった。
「とにかく、直接学校に行くから気にしないで」
そう言って携帯電話の電源を切った。

学校に着いて安心すると一気に眠気が襲ってきた。
誰かが頭を叩くので起きると、目の前にマキがいた。
覗き込む彼女の顔を見上げながら、一瞬まだ夢の中にいるのかと思って混乱した。

「三村、どうしたの？　珍しく夜遊びでもしたんだ」
時計を見ると既にほとんどお昼前だった。

「うわっ！　4時限分も寝ていたんだ」
「先生たち呆れていたよ」
「まずいなあ」
「エーなに？　昨日、何かあったの？」
「音楽の勉強っぽいことしてた」
「ふーん、頑張ってんじゃん、で昼寝じゃしょうがないか」
「マキも久々だね、学校」
「いい加減、家にも連絡来てさ。父親が大激怒。そんないい加減なら、勝手に家を出て行けだと…」

翔は、真夜中ずっと自分のことを心配し続けていた母親や父親のことを想像した。
確かに、実家にいて甘えつつ、後は好き放題というのは格好良くはない。
学校をやめて音楽の勉強だけをしてみるかと、というような思いが頭を過ぎた。
同時にそんな気持ちにまでなっている、自分のHIPHOPに対する思いの大きさに緊張感のようなものを感じた。

「あと一週間で夏休みか…」
翔がそう言うとマキが再び彼の頭を軽く叩いた。
「ちょっと、食堂行くから付き合ってよ」
そう言って彼女は長い手足を持て余すかのようなうしろ姿を見せながら、教室から出て行った。
自然な中にも隠しきれないオーラがあった。
翔は周りの視線に気がついた。

他の生徒たちは、マキの翔に対する親しい態度に、まるで不思議なモノを見るような視線を送っていた。

「三村！　早く来てよ、昼休み終わっちゃうじゃん！」
廊下からマキが大きな声で叫んでいた。
他の生徒は不思議を越えて、まるで混乱しているかのような視線で翔を見つめていた。
学校では、全く感じることが出来なかった不思議な感覚…。
ずっと白黒だった学校生活が急に、鮮やかな色彩に染まっていく気がした。

食堂で翔はうどんを食べながらマキの話を聞いていた。
彼女はサンドイッチを食べながら、次のオーディションについて話した。

「来週だよ！　次のオーディションは。ハァ〜やっぱりサンドイッチも半分にしないと…次の雑誌は、冬でも結構露出あるし、もう少し、う〜ん今週であと２キロかな？」
そう言って彼女はサンドイッチの半分を翔に渡した。
「今でも充分に痩せてるし、それ以上痩せたら、ミイラみたいかも？」
「ミイラって、失礼じゃない？　三村、雑誌とか見てるの？　みんなそんな感じじゃない。しかも最近のシルエット、どんどん細くなってるし…痩せすぎってことはないんだよ」

マキはサンドイッチを、できる限り細かく千切って食べていた。
「疑問です…モデルさんて…そんな生活、ずっと続けられるの？」
「私なんかはまだ10代で、体質も太りにくいからマシな方…人によってはカナリ大変かも。拒食になっちゃうモデルもいるし…反動で過食になったり、中には冷たーいクスリに走ったり…」
「普通に無理だね、すぐに腹へるし…俺とか」
「HIPHOPのアーティストだってさ、MTVとかのPVを観てると、筋肉隆々じゃん。それこそ、ちょっとでもお腹が出たらマズイんじゃない？」
「筋肉!?　僕の場合、見た目のスタイル以前の問題が山積みだし…そっか、MTVだとHIPHOPのPV見れるかぁ…たくさん見てぇ!!」
「HIPHOPか…元カレも超好きだったみたいで、本当にいつもPV見てたな…」
翔は彼女の「元カレ」という言葉に一瞬胸の奥がズキリと痛んだ。

「日本のHIPHOPだって、スゴイよ！　なんか、でもいろいろ、あるみたいで最近では、VVQっていうラッパーもストリートで名前を売っているらしいよ」
翔がそう言うとマキは彼をしばらく見つめた後、いきなり笑い出した。
「ストリート!?　やっぱり、三村にはまだHIPHOPを語るのは無理だわ。私の方が強いかも?!」
翔は大きな口を開けて笑うマキを見つめた。
彼女との「友達としての距離」が近くなればなる程に、彼女に対

する思いは胸の奥で重みを増していった。

ふと周りの視線に気がついた。
いつの間にか食堂にいる他の生徒たちが翔とマキのことを何か不思議な現象が起きたかのような雰囲気で見ている。
地味なだけで、ずっと湿った日陰で暮らしてきた中学時代…。
そんな自分が、こんなに可愛い女の子と2人っきりで昼休みを過ごしている。そんな状況は、照れるというよりも現実感覚が薄れていくようだった。

「そういえば、DOPE先輩、最近ほとんど見なくなってきたね」
「昨日もずっと一緒だったんだけど、リハとかもあって、カナリ忙しいみたい」
「そうなんだ、まあ、DOPE先輩はそもそも、私以上に、学校とかってガラじゃないしね」
翔はDOPEのクラブツアーのことは敢えて口にしなかった。
「マキだって…こんな食堂でサンドイッチ食べてるガラじゃないでしょ」
「そうかなぁ？　でも、DOPE先輩は本当、ちょっと違うオーラがある気がする。HIPHOPはあまりよく知らないけど、この間のLIVE見て、スゴクそのオーラが大きくなってるのを感じたかも。何かをやりそうじゃない？」

翔は答えずに、マキからもらった残りのサンドイッチを口に入れた。
「あ、ヤッパそれ食べちゃダメ!!」
マキはそう言うと、翔が一口食べたサンドイッチを取り上げると、

食べかけを気にすることなく口に放り込んだ。
「ウ～ン無理！　我慢できなかった」
翔はその唇(くちびる)を見つめながら、スゴク自分がマキのことを好きになりつづけていると感じた。

翔が放課後、ビッグマウスに昨夜のお礼メールを出すと、
✉「最初は一気に覚えてしまった方がイイネ。そうすれば、あとは自分の家で好きなだけできる。今日も夕方からは暇だからトラックを作りに来れば？」
と返事が来た。
翔は家には帰らずに、そのまま松濤(しょうとう)のビッグマウスのマンションに向かった。

翔は電車の席に座りながら、前に書いたリリックに書き足していった。

　　"君と会って
　　少し変わってきた
　　俺に笑ってくれた君が
　　くれた自信　メールを書いて
　　君に送信　添付したい想い

　　君の返信が届くまでの高揚
　　届いたときの動揺が変わる安心
　　この状況は俺にとっては前進

> そして少しずつ 未来輝きだす
> 憧れのまま夢を描きだす
> そう このまま明日を追いたい
> だけど…まだ君といたい
> 今すべき事 すべきでない事
> 理解してるけど 既にタイムオーバー
> もう君を好きになってる
> 今だって気になってる……
> 伝えられない 気持ちを 握りしめる夜
> 伝えたいけど 毎日だけ 過ぎていく夏
>
> 伝えたいとき どうして 届かない声
> 伝えるべき この物語 始まりは君
>
> 伝えたいモノ すべてのを 隠しきれない理由
> 伝えきれない 溢れ続ける ｉを渡すその意味"

すべてはマキに対する「伝えられない」気持ちを吐き出したモノだった。
翔は車窓の外に近づいてくる渋谷のビルを見つめながら、このリリックをトラックにのせてみたいと思っていた。

翔の中から溢れ続けるマキへの思いというのは、ある程度スピード感があるモノのような気がしていた。
足早に過ぎていく、自分自身が生きているこの「今の時間」というのモノは、きっと自分が思っている以上にスピード感のあるも

のだと感じていた。
だからダラダラとしたものにはしたくなかった。

そんな感じをこのリリックが曲になるときに、込めてみたいと思った。
マキへの想いではあるけど、急速に変わった自分も表現できるような感じがしている。
今まで、あまり人に興味を持たないでいた。
DOPEと出会って、マキと出会って、HIPHOPと出会って、今の自分は対極にいると思った。
何かすべてに興味があるかも…。

電車の中吊り広告に、マキが来週に受けると言っていた雑誌のものがあった。濃いめのメイクをした4人のモデルが顔を並べている。
みんな10代…？
翔はマキがこの先、一体どんな場所に向かっていくのだろうかと考えた。
来年になれば、もしかするとあの4人の中の一人にマキがいるかもしれない。
学校からも離れた彼女を、今のように電車の中や、コンビニで並んでいる雑誌の表紙で見つめている自分を想像した。
今の距離はどのくらい遠くなるだろう…。
マキが先に進んでいくのを、ただ見ているのは嫌だった。
すごく焦るけど、頑張って自分だって前進していく。
先に向かっていく。

そんな、自分を見てもらいたかった。
翔は、自分の中にそんな自己顕示欲があることを意外に感じた。
DOPEに出会って、HIPHOPに影響を受ける前は、こんな風に自分を前に出そうとしたり、人前で何かを表現しようと考えることなどなかった。

今まで、ただ通り過ぎてきた時間、出会い、風景、想い。
今は、耳を澄ませてみるとドキドキするくらいすべてが、自分に届いてくる。
その感じが、少しずつ自信を持たせてくれた。
Clubとかにも行って、たくさん生で音を聞いてみたい。
LIVEをもっともっと体感したい。
ビッグマウスとたくさんトラックを作って、今のリリックにも命を吹き込みたい。

とにかく、HIPHOPは現場にあるって、何となくわかってきた。

想 い

#5 Passion

もっともっと、曲を作りたい…

朝、学校に向かう満員電車の中、翔はつり革に掴まったまま寝ていた。
ここ数日はビッグマウスのマンションで彼が持っているいろいろなトラックに自分のリリックを乗せてRAPの練習を続けていた。
いつも、学校が終わってから夜中まで、時間を忘れて没頭しているから、寝不足続きだった。
とくに昨夜はトラックの作り方も教わっていて、オールになったから、ほとんど寝てなかった。
もう学校をサボることも考えたけど、DOPEやマキとは全然立場の違う自分はそれではダメだと思い、ゾンビのようにフラフラと学校に向かった。

昨日、ビッグマウスは、トラック作りやRAPの練習をしている翔に突然、
『そろそろ一度録って聞いてみたら？』って提案。
初めて自分のRAPをRECして、トラックにのせて、それをスピーカーから大きな音で聴いたときの感動は今思い出しても震えるくらいだ。
RAPはまだ30点以下で、全然上手く出来てなかったけど、ビッグマウスの作ったトラックやちょっとした彼のアレンジのおかげで、スピーカーの中にいる自分は紛れもなくRAPをしていた。
少しだけ、HIPHOPのヴァイブスが自分にも備わった気になった。

　　♪伝えられない　気持ちを　握りしめる夜
　　　伝えたいけど　毎日だけ　過ぎていく夏

伝えたいとき どうして 届かない声
伝えるべき この物語 始まりは君

伝えたいモノ すべてのを 隠しきれない理由
伝えきれない 溢れ続ける ⅰを渡すその意味♪

マキへの今の思いを一番強く込めたサビを聴いていると、自分のRAPなのに、目が潤んだ…。
ビッグマウスに見られると恥ずかしいから、翔は目を擦って誤魔化したけど、彼はニヤリとしていたから、たぶんバレてたかも…。

『一回、DOPEやナオヤにも聞いてもらおう』
ビッグマウスがパソコンのモニターに文字を打ち込んだ。
「ちょっと待ってよ、もう少し上手くなってからにしたい…それに恋愛とかのリリックだし…」
翔がそういうとビッグマウスは怒ったように激しく首を横に振った。
『俺のトラックとも相性がいいし平気だよ。それに、オマエだって今、自分のRAPに気持ちが反応しただろ？ リリックが刺さった証拠。オマエが今、大切にしている気持ち、そこが表現できてることが重要。そもそも、RAPのスキルはそう簡単には上がらないし、ずっと学校と家にいたオマエには、そんな簡単に強いメッセージやテーマの広がりはムリ！ 毎日、HIPHOPのヴァイブスに触れるような生活をしていれば、自然と違うリアルなリリックの世界も開けるだろ』
そこまで文字を打つと、ビッグマウスは自分の部屋に入って寝てしまった。翔はそのうしろ姿を見つめながら、ビッグマウスはど

うしてこんなにしてまで自分みたいな素人の相手をしてくれるのかと考えた。

知り合ったばかりなのに、翔にとってビッグマウスの存在は、友達のレベルを超えていた。
感謝と尊敬。同時に、彼がいないと、この先の自分とHIPHOPの関わりが途絶えてしまうかもしれないと思った。
DJは、HIPHOPにとって本当に大切な存在で、ナオヤが言う4つの要素の意味をより深く理解できた。
自分の運命を変えてくれたDOPEや、HIPHOP、その意味を自分に教えてくれたナオヤたちに感じた気持ちとはまた違う、自分と一緒に進んでくれる仲間、信頼できるツレ、そんな風な感じだった。
クルー…。
ふと、DOPEは自分たちがこうしてクルーになって、音作りを一緒に始めるということを予想していて、わざと2人を近づけたのかもしれないと思った。

学校に着くと、やっぱり1時限目から机を抱えるように寝てしまった。
先生から何度も頭を叩かれたけど、起きてもまた夢の中に吸い込まれるように意識を失った。
3時限目までそんなことを繰り返していると、やっと少し元気を取り戻してきた。
学校で、翔の雰囲気が変わってきたのは、周りにも伝わっていた。
翔をいじめていた奴らも、翔に距離を感じ始め、次第に興味が遠のいていったらしい。

４時限目の前の休み時間、顔を洗いに行こうとすると、カバンの中で携帯電話が振動していた。
こんな時間に誰だろうと見るとナオヤからのメールだった。
✉「オハヨウ、て、言うか、俺は仕事で朝まで回していたから、少し前に帰って、今からオヤスミなさいっていう感じなんだけど、今夜マジ、面白いイベントがあるから集合‼っていう業務メールです。
ヴェノスのイベントで、シークレットもあるし、ラッパーを目指すオマエにはマジでためになる‼　DOPEのクラブツアーを企画しているオーガナイザーも来るし、オマエも顔出しとけ！！」

う～ん今日もオールか。
じゃあ、今のうちに寝ておこうと、再び机を抱えるように寝てしまった。
起きたのはお昼休みが終わり、５時限目の数学の授業の小テストが始まる寸前だった。

渋谷のドンキ前で、ナオヤと待ちあわせていた。
目の前にあるスタバには、おシャレな雰囲気の年上の女性が多く、ガラスに映る子供っぽい自分を見て、翔は少しオチた。

ナオヤは５分遅れてやってきた。ハイテンションでいかにもクラブフリークな感じのギャルを連れていた。
超ミニにメタリックな素材で肌の露出がすごいトップス…そしてピンクのバック。

クラブ仕様なのか、化粧が濃くて年齢はわからないけど、もしかすると自分と同じくらいにも感じた。
「OK、じゃあ行くかぁ？　ゲスト入れてもらってるし、DOPEはどうせ後で来るだろ」
中に入るとナオヤは初めて、今日のイベントについて教えてくれた。

「オマエ、加藤ミリヤって知ってるだろ？　今日、シークレットで出るからさあ。オマエと歳も近いし、フィーチャリングのアーティストもかなりヤバイから刺激になるぞ！」
「加藤ミリヤを見れるんですか？」
「FUTURECHECKA feat. SIMON、COMA-CHI & TARO SOUL
（フューチャーチェッカ）　　　　（サイモン）　（コマチ）　　（タロウ ソウル）
をやるらしいからさあ、SIMON、COMA-CHI、TARO SOULは、超ヤバイぜ！　日本のHIPHOPの新しい世代だから、RAPしている若い奴は、みんなあいつらをチェックしているぜ!?　『ブラスト』とか読んでないのかよ、DOPEもスゲエって言ってるぞ」
「すみません、あまり知らなくて…」
「オマエも知ってるだろ？　ZEEBRAさんの名前。俺は超リス
（ジブラ）
ペクトしているぜZEEBRAさんのことは。FUTURECHECKAは、ZEEBRAさんやDJ KEN-BOさんの曲PARTEECHECKAのアンサー
（ケンボー）　　　　　　（パーティーチェッカ）
的な感じだね…アナログ、ゲットし損ねて、俺もまだ聞いてないんだよな」
中に入ると超満員で熱気がスゴかった。
みんなオシャレでカッコよくて、翔は少し気後れした。
真ん中にある階段を下りていくと、DJがプレイしていて、踊る人で埋め尽くされていた。

その、下のフロアの奥に、小さなステージがあった。
きっと、ここでアーティスト達がLIVEをするのだろう…。

まだ誰もいないその小さなステージが、翔には聖域に感じられた。

フロアに流れる音に少しずつ体が馴染み、それと共にゆっくりと興奮が高まってきた。
今日見ることができる加藤ミリヤってどんな感じなんだろう？
あの聖域で、自分より少しだけ年上の彼女が、ClubでどんなLIVEをするのだろう？

ナオヤが言っていた日本のHIPHOPの新しい世代のアーティスト、DOPEやナオヤもスゴイって言っているSIMON、COMA-CHI、TARO SOULってアーティスト達はどんな感じなんだろうって考えた。
そこには純粋に彼らのパフォーマンスが楽しみであると同時に、ナオヤが言う新しい世代という言葉に、憧れとライバル心のようなものを感じた。
昨日今日HIPHOPを始めた自分が彼らに対してライバル心を抱くことがどれだけオカシイかはわかっていた。
けど、聖域を前にして、その感情は理屈ではコントロールできるモノではなかった。
それは、翔が生まれて初めて知る感情だった。

お腹まで響いてくる音楽と、タバコの煙と熱気とカッコいい年上の人たち。

すごく、リアルなHIPHOPのヴァイブスに触れている気がした。
ここにいるだけで、リリックの世界観が少し広がるような気がした。
たくさんのCDを聞くことも大切だけど、今日みたいなClubやLIVEとかに来ることが、今の自分にとって大切だと思った。

あそこにある、ステージに自分もいつか、あがってみたい!!

DJが音をゆっくりとフェードアウトした。
フロアをわずかに照らしていた照明が一瞬落ち、全体が闇に包まれた。

「次のLIVEは、サプライズだ！　チェックしてくれ!!」
MCがそう言った瞬間、ステージの奥のプロジェクターに、
「加藤ミリヤ」という文字が映し出された。
フロアから一斉に歓声があがった。
同時にフロアが再び明るくなった。
周りのみんなの顔は気持ちよさそうに汗ばんでいた。
まるで何か同じ作業を共に行ってきたような一体感に包まれていた。

「渋谷、元気ですか〜!?」
そう言いながら、加藤ミリヤが黒いショートパンツ姿で現れた。
翔の中にある、雑誌などに出ている彼女のイメージは、スゴク背が高い感じだったけど実際は小柄な感じだった。なのに、彼女に

は圧倒的な存在感があった。
もう一度よく見ると、雑誌とかのイメージ通りで手足も細くカワイイ、自分と同年代に見えた。
けど、彼女のその存在感は、見た目に何か魔法をかけたかのように大きく重々しい存在に感じさせた。
「初めてのクラブライブで、超アガってる！…今日はどうしても聞いて欲しい曲があって…」
大きな瞳で彼女はフロアにいるオーディエンスに、まるで古くからの仲間に語りかけるように言った。

「FUTURECHECKA feat. SIMON, COMA-CHI & TARO SOUL」

翔は待ちきれない思いになっていた。
次世代の才能とエネルギーとはどんなものなのだろう。
DOPEは、同じように次世代のアーティストになっていくのだろうか？
彼らの才能に、たくさん影響を受けてみたい!!
「盛り上がってくれますか〜」
彼女がそう言うと、会場の熱気は最高潮になり、SIMON、COMA-CHI、TARO SOULがステージに現れると、一瞬でフロアがロックされた。
パフォーマンスが始まるとフロアが揺れ始めた。
翔も一瞬でフロアの熱気に同化して、大きな声を出してビートに合わせて手を上げた。
興奮は、ゆっくりと一体感へと変わっていった。
ミリヤの声と3人のRAPが耳ではなく、身体全体からその奥に

吸い込まれていくように感じた。

曲を聴いて、DOPEが持っているビートやリリックの世界観とはまた違うHIPHOPを体験したと思った。
自分くらいの知識とHIPHOPとの関わりでも、すぐに楽しむことが出来る、体を揺らして、手をあげて、声を出すことが出来る…そんな風に感じた曲だった。
この曲は、きっと多くの人をHIPHOPに振り向かせるかもしれないと思った。
翔自身、HIPHOPが持つ数え切れない方向性のひとつを新たに、体感した気分だった。

HIPHOP…その数え切れない方向性の先にある、それぞれのスタイル、可能性をたくさん知りたい!!

LIVEが終わると翔は汗だくになっていた。
カウンターでウーロン茶を買い、隅のスタンディングテーブルで壁により掛かっていた。
TEEはベトベトしていたけど、どうしてかとても気持ちよかった。

「盛り上がってたじゃん？」
振り返るとDOPEが立っていた。
「すごかったですよ、もう、無茶苦茶に飛び跳ねちゃいました」
DOPEは、ビールを片手に言った。
「あの人たちは確かにスゲエよ！　上の世代の人たちが築いてくれたモノを受け取った新しい世代って感じだな…まあでも、そん

な中でも彼らは、確実に新しいシーンを作っていくと思うぜ。実際、RAPもヤバイし、超カッコよかっただろ？」
翔はウーロン茶を一気に飲み干した。

「あの…感じたことを言っていいですか」
「ああ、どんどん言ってみろよ」
「どっちがイイとかじゃなくて、DOPEさんの世界とは違う方向性を感じました。すごく楽しめて、こんな風にひたすら気持ちがアガる感じって何かスゴイ良かったです」
DOPEも残ったビールを飲み干して言った。
「今日の曲はミリヤさんの曲だし、彼らにとってはフィーチャリングだからな！ まあ、その答えは合ってるかもな!! 取りあえず、それぞれのオリジナルも聞いてみろよ!? マジやばいぞ!!」
「何か、スゲエたくさん可能性がありますね…HIPHOPをすごく巨大に感じました。絶対に狭苦しくなることなんてなさそうだなって…だから、僕も自由に自分の好きな世界を探せるんじゃないかって思いました…」
「今日お前を呼んでヤッパ正解。そういうことを知るのがクッソ重要だと思ったんだよね…」
「今日の人たちのCDもすぐにチェックしてみます。RAPとかリリックとか超興味がありますし…でも、アーティストの人たちは、みんな経験がすごそうですよね、もっともっと日常でいろいろなことを経験しないとダメかも…」
「お前みたいに不良じゃねえヤツでも出来るRAPはあるって思ってたし、なんか今日のLIVEはヒントになるって思ったんだよね。まぁ口でHIPHOPを教えるのはカナリ難しいけど、それでも

HIPHOPが大切にしていることは知っておいて欲しいね、オマエには…仲間とかを大切にして、現場を知って…」
「ビッグマウスは、僕にとってもう欠かせない存在です！　DOPEさんもいるし…」
「まあ、俺は俺だな。Third-iとしての世界をもっともっと確立したいし…。お前もお前の世界を探せ！　HIPHOPの大切な部分を理解しながら、自由にさ‼」
「いつの間にか、僕もすごい場所にいるんですね」
翔がそういうとDOPEは彼の肩を強く叩いた。

「楽屋に行こうぜ！　ちょっとだけ会わせてやるよ」
DOPEはそう言って翔のことを外に連れ出して、隣接している建物に入ってエレベーターのボタンを押した。
５階で降りると、関係者オンリーの扉を開けた。
するとその先では、今のLIVEの関係者たちがテーブルを囲んで話をしていた。
DOPEは会話の切れ目のタイミングで、声をかけた。

「お疲れっす‼」
「あっ！　DOPE君…LIVEどうだった？」
テーブルの奥からハスキーな声が聞こえた。
見ると、加藤ミリヤが奥からDOPEに手を振った。
翔はその大きな瞳に意味もなく緊張した。

「うしろの人は？」
「ミリヤさん、こいつ俺の後輩で翔っていいます。面白いから、

今ちょっと連れ回しているんですけど、頑張ってこいつなりにリリックとか作ってるから、ちょっとだけ、アドバイスとかもらえますか？　シーンの現場とかは全然知らなくて、ほんっと駆け出しのヤツですけど…」
DOPEがそう言うと、一瞬テーブルを囲む彼らの雰囲気が変わった。このプライベートなエリアに入り込んだ翔という存在に視線を向けた。
その視線のすべてが好意的ではないように、翔は感じた。

するとその間を打ち破るように、加藤ミリヤはゆっくりと話し始めた。

翔は、不思議な魔力を秘めているかのような、加藤ミリヤの大きな瞳を見つめていた。
彼女は一度ゆっくりとその瞳を閉じると、話し出した。
そのハスキーな声が紡ぐ言葉、一つ一つが静かにゆっくりと翔に届いてきた。

「あたし、音楽を仕事にして４年くらい経ったかな？　歌手になりたいって思ったのは中学１年のとき。でも小学校５年生くらいから、ずっと詩を書いていて、それは当時反抗期だったりとかして…それを誰かにぶつけたかったけど、それができないから、それを言葉にしていて、すごくあたし自身気持ちが楽になったんだ。で…ずっと書いてるうちに、自分だけで書いていても、誰にも伝

わらないなって思って、それで自分が思ってることを伝える手段として歌があるんじゃないかなって思ったの。
だからあたしも言いたいことがあるからずっと歌をやってるんだ。
だからもし、言いたいことが全くなくなっちゃったら音楽をやる意味ってあたしの中ではなくなってしまうと思う。
言いたいなってことがある場合、HIPHOPとかR&Bとかって、言葉がちゃんとある音楽なんで、すごくパワーがあるって思うよ」

言いたいこと…言葉。
いじめられていたとき、言葉がでなかったことをすごく思い出した。

翔はDOPEから再びすごいものをもらったと思った。
アーティストの言葉にはすごくリアリティがあった。

「ありがとうございます」
翔はそう言って深く頭を下げた。
「でもRAPするならきっと、あたしより他の人たちのアドバイスの方がいいと思うよ！　みんなホントにヤバイから！」
ミリヤはそう言って他のアーティストに微笑んだ。
場の雰囲気を自由にコントロールできる魔法を使っているかのように、その場が元の雰囲気に戻っていった。

奥のテーブルからサングラスをしたCOMA-CHIが最初に口を開いた。
「じゃあ、私からのアドバイスね！　一番言いたいことは、HIPHOP

の醸し出すグルーヴとか、ヴァイブスってのを生で体感して欲しいってこと。

例えば夜中とかちょっとドキドキするかもしんないけど、こうやって大人ばっかり集まるようなClubに繰り出して、そこで流れてる音、そこにいる人たちとか、そこでなされてる会話とか、そういった雰囲気、そういったものをどんどんどんどん吸収して、で…そこで吸収したものを、自分のこととかに重ねて、自分を出していく…。

そこで見た人みたいになるんじゃなくて、そういう場所に行ってHIPHOPを感じたら、自分が生きていく中で、自分自身をどう表現していくかってことが大切。それがHIPHOPなんだ。

自分自身をステイリアル、自分自身でいること、それが一番大事だと思うよ」

隣にいたSIMONが続いて言った。
「…おれも始めた頃とかは手探りでいろいろやってきたけど。
いろんなカルチャーがあるってことを理解した上で、自分を表現するってことだな。
いろんな曲とかジャンルとかあると思うけど、やっぱり自分の生活だったり、思ってることだったりとかをリアルに言葉の中で表現してくってのがHIPHOPの醍醐味で、大事な部分だから、まぁそういうのは一番頭においてやっとくと、カッコいいラッパーになれると思う。
それ以外にも韻を踏むっていうことがあって、その韻を踏むっていうことはスキルって言う。One Word…人それぞれの技なんだよね。

その技を、自分でいろんなHIPHOPを聞いたりとか、私生活の中でいろんな言葉を吸収して、自分の知識の中から繰り出してく。そういうことがやっぱHIPHOPだから…。
あと思ってることをちゃんとリアルに伝えるってこと、リアルっていうのはそいつ自身のリアルでいいと思う。
なんて言うのかな、別に不良の奴もいれば、いじめられてる奴もいるし、別に普通に大学行ってる奴とかもいると思う。けどそれは人それぞれの形であって、そん中でそいつが思ってることは様々。
不良の奴が持ってないことを、普通の奴が持っていることもあるし、もちろん不良の奴にしかわからないこともあると思う。やっぱりそれぞれの生活をその言葉にしてくってのがHIPHOPだと思うから、うわべだけにとらわれないでやっていって欲しいね。
そういうのがおれはHIPHOPだと思ってる。
あとあれだね、HIPHOP、はまず踊り。
踊れる音楽っていうか、やっぱり黒人の文化から発生したもんだし、毎晩毎晩こういうClubとかで、みんながいろいろ頑張ってるんだ。お客さんは普通に踊りに来てるだろ？　楽しみに来てるそういう人達に向けて、リリックとか以外の部分でも、踊らせるとか、ちゃんと楽しめる音楽を提供するってのが、俺はラッパーだと思うぜ!!」

みんなの話を横で聞いていた、TARO SOULが最後に言った。
「おれのLIVEもそうなんだけど、HIPHOPは、何よりも感情のはけ口っていうのがあると思う。今日遊んでるお客さんもそうだと思うけど。遊ぶにしたってRAPするにしたって、踊るにしたっ

て…DJだってそう。感情のはけ口…。
それが一番HIPHOPを体感して表現できることで、一番自分の中で、いい感じで循環できる。それがHIPHOPの一番の楽しみ方」

わかることもわからないこともあった。
漠然としていることもすべてが、すごいリアルに聞こえてきて言葉にならなかった。自分が、どうしようもなく小さな子供に思えて、呆然とした。
本物だけが持つリアルな言葉の重みに、自分自身が小さくて無意味な存在に感じてしまった。
DOPEが自分を彼らに会わしてくれたその意味がすごくわかった。
うれしかったし、アーティストの人達には感謝の気持ちでいっぱいだった。
でも、同時に、自分が足りないことだらけなのだと、理解して辛くなった。周りの人のやさしさに甘えてるだけでの自分ではダメだと思った。

「すごい参考になりました。ありがとうございます！」
翔は彼らとDOPEに再び深く頭を下げると、その場から飛び出していった。

翔は強いビートが身体の奥に響くフロアに戻って、隅の壁に寄りかかった。
DOPEに出会う前までの自分の無意味な時間が許されたような気がして、不思議と涙が止め処もなく流れてきた。
こんなにも嬉しいことが続いているのに…。

Tシャツで涙を拭きながら、今日、出会うことが出来たアーティスト達と同じような「高さ」まで上ってみたいと思った。
同じようにHIPHOPと一体になって彼らのリアルを自分も体験してみたい‼

それは翔が、初めてステージを意識した瞬間だった…。

帰り道、翔は家から少し離れた山手通り沿いでナオヤの車から降りた。
そこから歩いて１時間くらいはかかると知っていたけど、歩きたい気分だった。
「お疲れィ～！」
ナオヤと超ミニのギャルを乗せたDODGE(ダッヂ)は、少し明るくなり始めた空を目指すように山手通りを勢いよく加速していった。
翔は今日起きたいろいろなことや、輝くようなアーティストたちへの思いをゆっくりと整理しながら歩き続けた。

「もっともっと、曲をたくさんつくりたい…」
１時間近く歩き続け、最後に思ったことはそれだった。

次の日は休みだったので、翔はお昼近くまで寝ていた。
起きてからもしばらくボーっとしていた。
昨夜のLIVEの腹の奥底に響くようなサウンドがまだ身体の中で生き物のように蠢(うごめ)いているようだった。

「ちゃんと言いたいなってことがある場合、HIPHOPとか、R&Bとかって、言葉がちゃんとある音楽なんで、すごくパワーがあるって思うよ」
昨夜、加藤ミリヤが直接、自分に言ってくれた言葉を、一字一句、まるで何かの必勝法のように思い返してみた。
HIPHOPと出会う前の、いじめられても、何かに感動しても、驚いても、自分の思いを上手に言葉にできなかったことを思い出した。
加藤ミリヤも、反抗期、自分の思いを誰にもぶつけられなかったときに、詩を書いたと言っていた。
小柄な彼女の体を、あのステージであれ程までに大きく感じさせる力の源もきっとそれのような気がした。
思いをちゃんと自分の言葉にするということが、何よりも大事なことで、自分を一番強くしてくれることなのだろう。

COMA-CHIが言った
『グルーヴやヴァイブスを生で体験すること…自分自身でいることの大切さ』

SIMONが言った
『自分の生活の中で、言葉を吸収すること、スキル、踊り…カルチャー』

TARO SOULが言った
『感情のはけ口…HIPHOPの楽しみ方』

思い出すと、自分の目標地点を確認できるような気がした。

そして、興奮がまた蘇(よみがえ)ってくる…。

冷静になって考えてみると、自分が楽屋で体験したあの瞬間は、何から何まで莫大(ばくだい)な価値のあることだと思った。

この経験を薄っぺらな気持ちにしないためにも、自分のHIPHOPの世界に取り込んでいくことが、僕なんかにアドバイスをくれたアーティストの人達に対する恩返しでもある気がした。

翔のそんな余韻(よいん)をたたき壊すかのように、薄い合板の扉を挟(はさ)んで、狭いリビングで父親と母親が声を荒らげ始めた。
「バカにされているのよ、組合に相談するなり、しっかり要求して」
「俺の力じゃ。こういう場合はどうしようもないんだよ」
「でも、家賃やら何やらで、結果的にはうちへの負担だけじゃない」
「わかってるさ、じゃあ、飯も食わないで、公園でホームレスみたいに寝泊まりしながら会社に行けというのか」
「そんなくだらないこと言っているヒマないのよ」
濁った嫌な感じのヴァイブスは、扉をすり抜け翔の身体を射抜いていく。
父親の単身赴任の話であることはわかっていた。
どうやら、単身赴任先の生活費が予想以上にかかり、会社の出してくれる単身赴任手当ではすべてをまかないきれないということらしい。
それは結果的に給料が何万も下がるに等しいことで、母親は納得がいかないようだ。

（大学とかヤッパ無理そうか…）
大して勉強ができる訳でなし、無理して受験するつもりもなかったが、翔は思わず呟いた。

そんなことよりも、朝から両親の喧嘩の声を聞くということの方が精神的に滅入った。
地味で大して金がある訳でもない両親。
でも喧嘩だけはほとんどしなかった２人。
そんな両親が、真っ昼間から互いの人生を否定し合っている状況に、今自分の一家が直面しているリアルな現実を理解した。
彼らは今、未体験のしんどいことに対面している。
混乱し、自分たちが築きあげてきたモノの価値さえ忘れかけている。

嫌なヴァイブスから逃げ出すように、翔は枕元にある携帯を手に取りマキにメールを打った。
✉「久しぶり、最近は順調？　昨夜は、渋谷のヴェノスのイベントに行ったよ。かなり、アガるLIVEを観て、超感動。DOPEさんに楽屋に連れていってもらい、アーティストに会わせてもらった!!　超スゴイ体験!!!!!」
今送る必要もない内容だと思ったけど、送信すると気持ちの中の何かが変わった。

着替えて、扉を開けて両親たちが対峙しているリビングに出て行く。
「翔、あんた今朝の朝帰りは何なの、自分が高校生だってわかっているの！」
母親の言葉をまるで飛び越すように目も合わせずに玄関に向かった。

父親は何も言わずにテレビのチャンネルを替え、マラソンの中継を見始める。
「夕飯要らないから」
翔はそう言って部屋から出て行った。
カバンにはリリックを書き留めるノートと、ペンと携帯と千円札5枚。
両親たちの抱えているリアルな現実と四つに組むつもりはなかった。
今現在においては、それが自分にできる唯一の親孝行だと思った。

✉「今日、時間あったら会えない？」
翔は歩きながら手短かな文で、ビッグマウスにメールを送った。
返事を待たずに電車に乗ると渋谷に向かった。
2駅過ぎるとビッグマウスから返事が来た。
✉「夕方5時からなら、ウェルカム」
5時までは3時間くらい余裕があるから、センターマックでリリックを書こうと思った。
あそこから休みの日のセンター街を眺めるのは退屈しない。

渋谷に着くと、天気が良い夏休み前ということもあって、街中にタメくらいの男女が溢れかえっていた。
その光景は、遠い昔に両親と行ったどこかの流れるプールを思い出させた。

路上に流れる見えない何かに、ゆっくりと押し流されていく何万人もの人達…。
センターマックも混み合っていて、座るのに20分以上かかった。

他のカフェに行けばもっと空いているのはわかってたけど、値段的にマックのバリューセットに敵う存在は思い当たらない。
20分待ってセンター街を見下ろす席に座わることができた。
隣のタメくらいに見える２人組みのギャルのしゃべり声が、かなりオーバーなリアクションで、おまけに声も大きかった。
ウザイけど仕方がない。

　１時間半前に家でマキに送ったメールの返事が来た。
✉「返事遅れてゴメ～ン。今日は休みだというのに、私は頑張って仕事しています。今回は大したことない仕事だけど、次につながる可能性大ということで、六本木のミッドタウンで、一生懸命に可愛いスマイルを作りまくっているよ～でも、暑過ぎ…」
この炎天下で撮影をしているマキを想像した。
きっとメイクをバッチリと決めて、大きな口で笑顔を作っているのだろう。
メールの内容からも、彼女が自分の道を加速し続けている様子が伝わってきた。
きっと彼女はもっと「有名」になると思った。
それは予想ではなく、確信に近いものだった。
けど、同時にそれは自分との絶対的な距離が生まれるということの確信でもある。

　ノートとペンをカバンから取り出した。
センター街を見ていると、自然と彼女に対する思いのリリックが生まれ始めた。
ペンがゆっくりと思いを言葉にしていく。

今夜、このリリックをビッグマウスと一緒にトラックにのせてみようと思った。フロウもすでに耳の奥で聞こえている。

ビッグマウスは翔の書いたリリックを見ながら、PCのキーボードを勢いよく叩いた。
『SHOWはなんでRAPしたいんだ』
翔は彼に対して、いい加減なことを言いたくないので、すぐに言葉にはならなかった。
『まだダメだな、考えすぎ。直感、直感、翔のリリックも同じ、少し考えすぎなところが多い。HIPHOPは、スキルや韻や理屈だけじゃなくて、グルーヴとかもね』
「この間、会わせてもらったCOMA-CHIさんも同じようことを言っていた。醸し出すものだって」
「ビートを意識したリリックは、時に意味を持ってなくてもいい。ヒューマンビートボックスって知ってる？　もっともっとHIPHOPを学ばないと」
「やっぱりClubにもっと行ったりしないとダメな気が…」
『それは関係ないな、Clubとかは、確かにHIPHOPの現場だけど、そこにいるだけではRAPは上手くならない』
「マジ、悩む。どうしたらいいんだろ？」
『さあね…翔が見つけるしかないんじゃない。俺の専門外』
ビッグマウスはそう書き綴ると、再びDTMソフトにトラックを打ち込み始めた。
翔はセンターマックで書いたリリックを軽くRAPしてみた。

♪窓越しに見るこの街　人の波が　交差する道
　　交錯する未知を見下ろし　このリリック創作
　　埋める空白　未来を捜索　少し明るい気配
　　今は　価値ナイ　けど気持ちは落ちない
　　マックのバリュー片手に　出会ったクルーとタッグで作る
　　夢のHIPHOP　やっと立てた今の地点
　　もっと先　きっと秋　思いを伝えるマキ…♪

ビッグマウスが翔にモニターを見ろと指さした。

『なんか、翔は恋愛モノばかりだな、別に嫌いじゃないけど…HIPHOPはもっともっと違う世界観もある。なのに、恋愛のリリックばかりでいいのかな？』

翔は自分がどうしてリリックを書いたり、RAPしたりしたのか気がついた。

「仲間に思いを言葉にして伝えたい」

翔はビッグマウスにそう言った。

「今わかった。僕は、超スゴイ仲間たちに自分の言葉を聞かせたい！」

『仲間だけにか？』

「多分、今はそう。まずは本当に近い人たちに聞いてもらいたいんだよ」

翔は仲間、近い人という分類に、マキは加わっていないような気がした。

彼女は近いし、友達でもあるのは当然だけど、それ以上の強いモノを感じていた。

ただ、それを恋愛という言葉だけで片付けたくはなかった。

💻『お前は俺が知っているラッパーたちとは何かが違っているみいだな、でも、それは個性でもあるからもっとブラッシュアップしていくっていうのもアリだな。ストリートとか、喧嘩とかハーコーな世界は絶対ムリ』

「だって殴られたことは何度もあるけど、殴ったことはないし。殴るほどカッとなることもなかった。大体、その怒りは自分の中に逆流したし…」

💻『ちょっと、このトラックをのせてみてよ』

ビッグマウスがキーボードを叩くとスピーカーからトラックが流れ始めた。弾けるような雰囲気の中に、少し物悲しく、ゆっくりと体に馴染むビートが不思議な雰囲気で調和されていた。

「すごい！　イイかも、何か最近見えてきた渋谷の感じとか夜とかそんな風に感じる。このトラックだったら僕の柔らかいリリックが少しカッコ良くなる気がする」

翔は改めてビッグマウスのセンスに完全な信頼を感じた。彼と一緒になら、何かに辿り着けそうな気がした。

ビッグマウスの松濤のマンションからの帰りの電車の中、酔っぱらったサラリーマンたちに囲まれながら、HIPHOPと出会う前の自分のことを思い出してた。

父親も似たようなサラリーマンなのはわかっていたけど、絶対に、こんな満員電車で酒臭い息を吐いてウトウトしている自分の未来は嫌だと思った。

きっとHIPHOPに出会わなかったら、自分もそんな大人への安易なルートを突き進んでいたと思った。

安易なルートは、きっと安定で平凡…。

もしかしたら自分にはその方が合っている人生かもしれない。
DOPEともビッグマウスともナオヤとも出会わなかった方が良かったかもしれない。
イジメに耐え抜いて、何とか職についてひっそりと生きていく。
その方が楽な道ということも考えられる。
でも、もう戻れないくらいに勢いがついていると感じていた。
気がつくと朝から寝るまでHIPHOPのことしか考えていない。
Uターンできるポイントは、とうの昔に通り越してしまっていると思った。

カバンからiPodを取り出し、イヤホンを耳に入れた。
今日ビッグマウスからもらったトラックを少し大きめの音で再生して目を閉じると、酒と煙草臭い息に溢れた車内はClubへと変わっていく。
この間、ナオヤに連れて行ってもらったヴェノスの光景が想像できた。
そこに流れるビッグマウスのトラック…そして自分がRAPしたら…。

「オイ！　ガキ‼　シャカシャカ、うるせえぞ‼」
２駅過ぎたところで、扉が開くと、うしろにいた顔を赤らめた30代のリーマンが翔のイヤホンを引っ張り、その勢いで彼の頭を軽く叩いた。
ビッグマウスが作ってくれたトラックが入っているiPodは放物線を描いて、ホームに転がった。
あまりに一瞬の事だったので、翔は一瞬何が起きたのかわからな

かった。
「こっちは疲れてんだ。クソッ！　くだらねえ音で迷惑かけるんじゃねぇ!!」
男はそう言って電車から降りていった。
翔は彼の背中を見つめていると、自然と身体が前に突き進んでいた。
気がつくと翔はそのリーマンの背中に体当たりをしていた。
２人はそのままもつれるように倒れこんだ。
リーマンが、もがきながら肘で翔の顔を殴った。
反射的に動いた翔のコブシにも鈍い痛みを感じた。
生まれて初めて知る感触だった。
目の前に転がっているiPodを見たとき、夢中で、翔は彼の上に馬乗りになるとさらに彼の顔を叩いた。
大したパンチではなかったけど、２、３発が鼻先に当たった。
「おい！　何やっているんだ」
うしろから強い力で羽交い締めにされた。
振り返ると若い駅員２人が翔のうしろにいた。
覚えているのはそこまでだった。

我に返るとそこは殺風景な部屋で、机に翔は一人座っていた。
そこは警察の取り調べ室だった。

取り調べの刑事が調書を取りながら呟いた。
40歳を過ぎたくらいの髪の薄い小太りの男だった。
ヤニで真っ黒になっている出っ歯が目についた。

「こんなことだって、人は簡単に死んだりするし、君だって少年刑務所にいくんだよ。人生台無しだぞ」
「でも、相手が最初にイヤホン引っ張って、僕の頭をいきなり叩いたんですよ。iPodだって壊れたし。それは全然関係ないんですか？」
「もしそれが本当だとしても、傷害の正当化にはならないよ。向こうは、イヤホンからの音を注意したら、君がいきなり殴りかかってきたと言っている。iPodはそのときに君が勝手に落としたって言っている」
「そんなの無茶苦茶ですよ。周りで見ていた人だってたくさんいたし‼」
「君が、その証人を見つけてくるか？　反対に、君が相手を殴ってしまったのは駅員が見ているんだぞ」
「でも相手から手を出してきたんですよ」
「とにかく、向こうも大怪我している訳でもないんだ、被害届だってまだ出していない。隣の部屋に行って素直に謝った方がいいんじゃないか」
翔は刑事の面倒くさそうな表情から、すべてを理解した。
高校生にだって、その刑事の態度を見れば今の状況がわからないはずはない。要するに大した喧嘩でもないことで、面倒な書類を作りたくないのだ。

「相手に謝って済めば、明日、学校だって行けるはずだ」
「こんなこと…ばかり起きているんですか。世の中って」
翔がそういうと、刑事は机を強く叩いた。
「お前は詩人か？　理屈じゃなくて、やったことに責任とるのが

筋だろ！」
扉がノックされ、廊下から別の刑事が顔を出した。
その先には母親と父親の姿がチラリと見えた。
こんな部屋に座らせられている自分の姿を親に見られるのは、どうしようもなく恥ずかしかった。
「林刑事、ちょっといいですか」
入ってきた刑事が耳元で何かを話しだした。
混乱する頭で翔は考えた。
一体どうしてこんな事態になってしまったのだろう。
自分はただトラックを聞きながら、あのヴェノスの雰囲気を思い出していただけのはずだ。
それがあの酔っぱらったリーマンに頭をいきなり叩かれ、iPodまで壊された。
そんな相手に飛びかかって、こちらが悪いというなら、一体何が正しいんだろう…。

「相手は今、被害届を出さないで、明日が早いということで、帰ったらしいよ。君も親御さんたちと帰りなさい」
そう言って刑事は立ち上がった。
翔は訳がわからずそのうしろ姿を見送った。

父親と母親と３人でタクシーに乗って自宅に向かった。
翔は親子３人でタクシーのうしろに並んで座るなんて、一体何年ぶりだろうと思った。
小学生の頃、クリスマスの日に３人でステーキを食べに行ったことを思い出した。

ステーキを生まれて初めて外で食べた日だった。
焼いたステーキの上にのっていたガーリックバターの味がいつまでも口の中に残っている気がしていた。
そんなことを思い出していると父親が呟いた。

「お前の言っていることを信じるよ。あの酔っぱらいが手を出してきたんだろ」
翔は答えなかった。
「お前が、理不尽に手を出す事なんてある訳がない」
「でも、僕は謝りもしないで、なんで警察を出られたの」
「お父さんが示談金を払ったのよ」
母親が呟いた。
父親が言葉を続ける。
「お父さんも昔…お前が生まれる前に、そうやって酔っぱらいと喧嘩になって、謝罪を拒否し続けたら、そのまま留置場に2泊3日する羽目になったよ。こっちは悪くないのに。だから正義の強情なんて無意味」
「示談金ていくらなの？」
翔は身体が固まっていた。
そんなことが行われていたとは想像もつかなかった。
「いくらでもないよ。今回の相手だって、自分が悪いのをわかっているから、金を手にしたらサーサーって帰っていったからね。それがすべてを物語っているよ」
「いくらなの」
「…20万円だよ」
翔は言葉が出なかった。

今の自分の家庭にとって、その金がどれだけ大金なのかは充分に理解できた。
申し訳ないと思った。胸が痛んだ。
両親への負担と自分のどうしようもない無力に、どうしようもなくオチた。

何としてもその20万円は、いち早くバイトでも何でもして返したいと思った。
いろいろな気持ちが自分の中に向かって逆流を始めたとき、少しずつ自然にリリックが出てきた。
忘れないようにと、浮かんだリリックとフロウを口ずさみながらノートにメモを取った。
感情の波がまだ収まってない影響がモロに出て、今までは全然出てこなかった攻撃的なリリックが次々と胃の奥から出てくるような気がした。

　　"不意に耳を離れたツレの音色（おんしょく）　初めて襲う大人の感触
　　ソコらのルールと外れたレール
　　かわせた痛みと沸かせた怒り　この痛みは　無力の極み
　　守るべき方式　オチる拘束の中で知った大人の法則
　　思い出す罰の猛毒
　　冷たくて硬くて痛くて　幾万もの言葉にさえ
　　何も答えてはくれない
　　食いつくだけ　まるで意味無い悪意のナイフ
　　捕まった　帰りの　あいつも
　　よく見りゃ　きっとよくいるタイプ

開く親のサイフ　重みを感じる気持ち
　　自分の人生に契約　RAPする生き方を誓約
　　軽薄な警察が顔色偵察　戦意喪失を見て　無力に口説く
　　刑事の笑み　そして提示する罪
　　温くて黒くて臭くて　傲慢な刑事の態度に耐えれない
　　膨大(ぼうだい)なページに毎度ありえない
　　このリリックの内容　変化する人生の模様"

ここまで書いたら、自分の中の毒素を吐き出せたような気になった。少し、気持ちが楽になった翔は、さらに浮かんだリリックをフロウにのせて続けた。

　♪ THE POLICE STATION
　　雑魚(ざこ)ぽくして　死ねないしょ～

　THE POLICE STATION
　　腐れ　ポリさん　屍(しんばね)でしょう

　THE POLICE STATION
　　ぜってえ　ポックリ　逝(い)くでしょう～♪

翔はそこまでノートに書くと笑い出した。両側の父親と母親は驚いて彼を見た。
「どうしたんだ」
翔は答えた。
「今日のことをリリックに…いや、詩のようなものにしたんだけ

ど。それがあまりにおかしくて、自分で笑ってしまった」
「馬鹿なことはやめて、あんた最近おかしいわよ」
母親が疲れ果てたように呟いた。
「俺も、高校時代にフォークにハマってな、反戦の詩とか書いたなあ…」
父親がそう言った。
「お父さんギターとか弾けたんだ」
翔がそう言うと父親がニヤリと笑う顔が街灯に浮かび上がる。
「ごめんなさい、お金はすぐに返すから」
「親の金なんだ、急ぐことはない」
翔がそう言うと、父親は一言そう言った。母親も何も答えなかった。

翔は今書いたリリックをメールに打ち込み、DOPEに送った。

✉「今日、電車の車内暴力で、生まれて初めて補導されました。それでこのリリックができました。DOPEさん、明日学校来ますか？」

そう付け加えておいた。

リハのためにDOPEたちが借りているスタジオで、DOPEとナオヤが翔のリリックが書いてある紙を真剣に見ている。
その様子を翔とビッグマウスが無言で見つめていた。
少ししてDOPEとナオヤは互いに見つめ合うと笑い出した。

「ああ…やっぱりこんなのではダメなんだ」
翔はスタジオから飛び出したい気持ちになった。
今まで書いたリリックの中で、妙に今の自分がリアルに表現できているような気がしていたけど、サムい思い違いだった…。
翔は思わず助けを求めるかのようにビッグマウスを見た。

彼は笑顔のままだ。
「うん、面白いじゃん。RAPを始めた時の初々(ういうい)しい感じが超出てる。韻の感じとか、みんな最初はこんな感じだぜ!?　懐かしいじゃん」
DOPEは突然そう言うと、フリースタイルRAPのように曲の最後の部分をRAPし始めた。

　♪ *THE POLICE STATION*
　　雑魚ぼくして　死ねないしょ～

　THE POLICE STATION
　　腐れ　ポリさん　屍(しんばね)でしょう

　THE POLICE STATION
　　ぜってえ　ポックリ　逝くでしょう～♪

翔は背中がゾクリとするのを感じた。
このリリックを、自分でRAPしても、どうしても稚拙(ちせつ)な域のままだったのに、DOPEの野太い声のRAPで聞くとすべてが違っていた。

この東京の奥底の、見たこともないような凶悪な連中が潜む裏街での、不良たちと警察の飽くなき抗争。
そんなものが実際にあるかは知らないけど、DOPEのRAPを聞いていると、そんな架空の世界を想像してしまう。
満員電車に揺られていた新橋の立ち飲み屋帰りのサラリーマンとの小競り合いから生まれたリリックに少しだけ付加価値がついた気がした。

「すごいっすね、自分のリリックが全然違う感じになった気がします」
翔は思わず手を叩きながらそう言った。
「まあ、俺がRAPする時は、俺のスタイルで、当然俺のものになるぜ！　今のはあくまで、オマエのリリックが曲に落とし込まれたときのイメージを想像させただけ。これはオマエのリリック、オマエのスタイルでRAPしないとな」
「でも、話したとおり、実際のところは、タダの小競り合いです。今みたいなRAP聞いてしまうとリアリティがないし、何か恥ずかしくなりました」
「HIPHOPはそれぞれのリアルが大切なんじゃん。あとはお前次第！」

翔の背中をビッグマウスが強く叩いた。
振り返ると彼は笑顔で彼自身を指さしている。
（すべてはこれからだよ、ここに俺がいることを忘れるな）
ビッグマウスの表情から、彼の思いが言葉にならなくとも、しっかりと大きな声が聞こえたような気がした。

「翔、俺から得られるものがあるんだったら、持ってけよ。そういうつもりでオマエとは付き合ってるし。まあでも、オマエはオマエだからさあ。それを一番大事にしておけ」
DOPEはそう言うと、ナオヤとLIVEのリハを再び始めた。
迫力のあるDOPEのRAPが部屋の中、隅々まで充満していく。
翔はDOPEのRAPする姿を見ながら考えていた。
彼の言うとおりだと思った。
それぞれの個人のリアルに上も下もない。
自分のリアルをどれだけリリックに込めてRAPできるか…。

そのリリックとRAPを信じて、放てるのか…。

ポイント・オブ・ノーリターン

#0 Beginning

始まった…。
止められないし、もう止まるつもりもない。

学校での休み時間、翔は教室でアルバイト情報のフリーペーパーを見ていた。
夏休み目前で、何となくクラスのテンションも上がり気味だった。
教室の隅ではいまだ野犬のようなギラついた目つきをしている、翔をいじめてた４人組が座り込んで大きな声で話していた。
彼らとは特別にもめることはなくなったが、反対に仲良くすることもなく、互いに関わらないという雰囲気になっていた。
からかったり、いじめたときの反応が楽しい相手があの４人組にとってのターゲットであり、無反応だったり動じない相手に対しては深入りしてこないのかもしれない。

「HIKRASSの招待ライブ、ゲトったぜ！」
「マジッ？　何枚だよ、俺の分は？」
翔は教室の隅から聞こえたその言葉に身体が固まった。
彼ら４人のうちの一人がハガキを振り回していた。
「２人分だぜ！　オメエとは行かねーから心配すんな!!」
「招待ライブだろ!?　よく手に入ったな」
「ちょっと裏技で…ね」

翔は気づかないうちに彼らを見つめていた。
悪意はなかった、ただDOPEと因縁の関係にあるHIKRASSが同世代に絶大な人気があるという事実を、複雑に感じていただけだった。

「三村、オマエ、何ガン見してるんだよ。チョーシのってねぇ？」

当選ハガキを手に入れた野犬の一人が、自分たちの騒ぎをウルサイと睨んでいたと勘違いしたようだった。
「別に、ガン見とかしていないよ。ただボーッとしていたんだ…ゴメン…なさい」
無駄なトラブルは意味がないと翔は謝った。
それでも、久しぶりの接触に興奮気味の彼は翔の横にやってくると頭を軽く叩いた。
「キモイからこっち見るな、ミムラのくせに」
翔は目を合わせずに軽く頷いた。

彼らに対して恐怖を全く感じていない自分に気がついた。
相変わらずに喧嘩とかは自信がないし、好きじゃなけど、何かを守るためだったら、この間のトラブルの時みたいに、彼に飛びかかっていくことも簡単にできる気がしていた。
でもそれは無駄だと思った。
そんなことで自分のプライドを守ろうとする自我の方が、自分のプライドに自信がないような気がして、少し深呼吸して落ち着いてみた。

「ゴメンなさい、HIKRASSの話とかしてたから…思わず」
「何だテメエ!?　HIKRASSとか言ってんじゃねェ！　クッソむかつくぜ！　こいつ」
野犬の一人はHIKRASSが好きで堪らない感じだった。
翔は少し悪戯してみようと思った。
「HIKRASSのMCの過去の話を、最近聞いたから…何となくタイムリーな話に感じちゃって…」

そう言うと野犬の目つきが変わった。
「何だよソレ。そもそも、オメエがなんでそんなこと知っているんだよ？　過去の話は雑誌とかでも触れないし、ネットとかにもあんま出ねぇんだよ！　どうせ２ちゃんレベルだろ。オメエいじめられたくないからテキツーなこと言ってんだろ？？」
翔の物怖じしない返答に少し野犬の語尾が柔らかくなった。
「別に、知ったかでもないし、ただ本当にその話を前に、聞いただけ…。HIKRASSのMCと僕の知り合いはデビュー前に組んでいたんだ」
野犬は急に表情を変えて、翔の肩を叩いた。
「マジ、ミムラ、オマエホントにHIPHOPに詳しいのかよ！　だったら言えよ、最初っからさぁ!!　あんまりこの辺の話とか出来る奴いないじゃん！　まあ、ミムラでもいいや!!」

翔は彼の反応に驚いた。
彼のそんな目を見たのは初めてであった。
「言うほど詳しくはないけど、ただ大好きなだけ」
彼は他の野犬の奴らを差して言った。
「こいつら、トランスとかばっか聞いているし、パンツのラインも細いし、何で、渋谷の高校なのにBBOYが少ねぇのかと思ってたぜ」
「HIPHOP、好きだけど、パンツのラインとか僕も細いかも…」
「まあいいや、とにかく俺はさあ、HIKRASSを聞いてからHIPHOPが好きになったんだよ。あんまりコアなのは詳しくないんだけどな」

その目は野犬ではなくなっていた。
「これ、聞いていていいよ。帰りに返してくれればいいから」
翔はそう言って昨夜修理から戻ったばかりのiPodを差し出した。
「100曲くらいしか入っていないけど、いろいろとヤバイ曲が入ってる。あっ、でも『HIKRASS』は…入っていないんだけど」
彼は、他の３人を忘れて翔のiPodを受けとった。
「何？　貸してくれんの？」
「僕も一日のほとんどをHIPHOPの事を考えて過ごしてるから…それに、HIPHOPに出会ったきっかけを考えると、君にも感謝しなくちゃ」
「何か意味不明だけど、とにかくミムラ！　オメエなんかいろいろと知っていそうだな。携帯に入ってるのは着うたばっかだし、CD借りるのも金かかるからマジ上がるぜ」
「そうだよね、気に入ったのがあったらCDゲットすればいいじゃん？」

「HIKRASSは入ってないとか言ってたけど、洋楽ばっかり？」
「いや普通に、ZEEBRAとか童子-Tとか、R&Bとかだと加藤ミリヤとかも入っている。あとSIMONとかCOMA-CHIとかも」
翔は彼らに間近で会ったことがあると口にしそうになったが、寸前のところでやめておいた。
「そうなんだよな…HIPHOPってさ、HIKRASS以外でメジャーになっていない奴らでも、スゲーのがたくさんいるんだよな。『４１１』とかで読むんだけどさぁ…何から聞いたらいいのかとか、さっぱりわかんねぇし…そもそも、Clubとかは行けねぇじゃん」
「そういうのが気に入ったら、もっといろいろと借りてくるよ。

たくさん持っているのが仲間でいるから…」
ゴールデンレトリバーのような目つきになった彼は、自分の頭を軽く叩いた。
「サンキュー、叩いて悪かったな。うーんミムラ、オメエ、オモロイじゃん！」
そう言って仲間のところに戻っていった。

他の３人は、翔とのやり取りを不思議そうに見ていた。
iPodを自慢げに振りかざし、HIPHOPの話をし始めた彼を、他の３人は呆気にとられて見ていた。
不思議な感覚だった。トイレで水をかけられた記憶がさらに遠いモノになっていった。

授業中、フリーペーパーに載っていた、家の近所でバイトを見つけた。
普通にチェーン店の居酒屋だったけど、時給が良かったし、時間帯が翔にとって好条件だった。

「原田、イヤホンは外せ‼」
世界史の60歳くらいの教師が大きな声をだした。
その視線の先を見ると、iPodを貸している彼が耳からイヤホンをかったるそうに外していた。
翔は彼が原田という名字だと初めて知った。
授業が終わるのを待てないくらいなのだ、きっと彼もHIPHOPにはまっているのだと思った。

放課後、カバンに教科書を詰め込んでいると、原田がiPodを持ってやってきた。
「ミムラ、サンキュー」
「どうだった？　気になったのあった？」
「スゲーのが結構あったかも」
「どの曲？」
「ZEEBRAとか、やっぱりスゲエカッコいいし、あと、一番最初に入ってたThird-iっていうアーティストの、あれちょっとヤバくないか」
たぶん、原田は邦楽のHIPHOPをほとんど知らないと思う。
翔のiPodの一番最初に入っている曲とはいえそれでも、DOPEが引っかかったのは少し驚いた。
「どうヤバいの？」
「何か、上手く言えないけど、俺たちと同じ場所でRAPしているような気がするんだよね。誇りを掴むというフレーズもスゲエ耳についた…あと何か攻撃的な感じとか、スゲエテンションがアガる感じかな…」

翔はそのMCがあの隣のクラスの坊主頭だと、今の時点で言うつもりはなかった。
「DOPEっていうラッパーだよそのMCは。よく渋谷のヴェノスとか、エイジアとかでLIVEしてるみたいだよ。クラブツアーとかもやるみたいだし…」
「スゲッ！　ホントオマエ詳しいな!!　っていうか何、オマエClubとか行ったことあんの？」
「２回だけ、しかも連れて行ってもらった」

「マジで?! 俺も超行ってみてェ〜。頼むから誘ってくれよ。俺、B系の服とかだし、ゼッタイ浮かないからさぁ」
「うん、わかった。誘うよ。あと、そのiPod、明日まで使っていていいよ。HIPHOPが好きな仲間が増えると何かうれしいし、自分の好きな曲とかを、原田くんに聞いてもらいたいし」
「サンキュー!! マジちょっと真剣に聞いてみるぜ!!」
翔はThird-iのLIVEに彼を連れて行こうと思った。
MCが隣のクラスにいるダブっている坊主頭だと知ったらどんな顔をするか楽しみだった。

夏休み初日の朝が来た。
翔は自分の部屋のベッドで昼過ぎまで寝ころんで、iPodで死ぬほどHIPHOPを聴いていた。
昨夜は、ビッグマウスからのメールの内容に興奮してしまい、よく眠れなかった。
気持ちを誤魔化すように聞いていたのは、ビッグマウスからプッシュされてゲットしたCD達。
iPodにダウンロードしたのは、ZEEBRAの新しいアルバム。
この間、話すことができたSIMONもお気に入りでダウンロード済みだ。
SPHERE of INFLUENCEのDIAMOND IN THE ROUGH。
この曲は、ちょっと前にリリースされたものだけど、自分で見つけたアーティストと曲で気に入って何度も何度も聞いている。
リリックはわからなくてもトラックやフロウの勉強になるから洋

楽のHIPHOPやR&Bも聴き始めた。
KANYEWEST(カニエウェスト)はお気に入りだ。
アーティストによってはアルバムすべてをゲットするのは金額的に難しいから、2曲くらいずつ選曲してダウンロードでゲットしている。
とにかくHIPHOPの事を考えると、まだまだ出会っていない曲が、無限にあるような気がして、すごく気持ちがアガる。

一昨日、面接に行った近所のチェーン店の居酒屋で今夜から夏休み限定でアルバイトを始めることになっていた。
フロアスタッフで、時給は900円。
高校生だから22時までしか働けないけど、夕方から5時間働いて一日4,500円と少し。20日間働いて約10万円弱。
スケジュール的には夏休みの半分が消えてしまう。
バイト内容に拘(こだわ)りたい気持ちもあったけど、父親に甘えている20万円のせめて半分だけでも払いたかったから、選んでいる余裕はなかった。
バイトが終わった後は、ビッグマウスのマンションにそのまま電車で向かう予定だった。
その後は朝方まで彼の部屋でトラックを作ったり、RAPをRECしたりする。
とにかくスキルを上げる為に「練習」をしなければ…。
「練習」…その言葉を思い浮かべるだけで心臓の鼓動が強くなった。

逃げ出すのなら今日が最後の「ポイント・オブ・ノーリターン」。

いまみんなに謝って逃げ出せばすべては元に戻る。
ただの地味な高校生の「安らかな日々」が戻ってくる。
波打つ胸を沈めながら、翔はビッグマウスから昨夜届いたメールを読み直した。

✉「夏の終わりから始まるDOPEたちのツアーに合わせてっていう訳じゃないけど、２曲だけ、翔のオリジナルを作りたい。俺たち２人だけで、秘密に練習するんだ。きっとみんな驚くはず。そして、この計画のゴールに丁度良いチャンスがあるんだ。エイジアで、若手のラッパーやシンガーが出るイベントがあるんだ。オーガナイザーが何社かのレコードメーカーと組んで主催するみたいで、10代でも入れる早い時間に開催するらしい。企画している人が、俺の知っている人で、デモを作って持っていけば、クオリティしだいではエントリーしてくれるって言っている。スゴイだろ。翔がDOPEのLIVEを見たエイジアのイベントだ!!『４１１』とか、『流派Ｒ』とかの取材もあるみたいだし、俺たちのプロジェクトのスタートには超スゴいタイミングで、ピッタリだろ！これ以上ダラダラしていても仕方がないから、これに２人で出ようと思う。ていうかもう、俺が勝手に「デモを渡します、クオリティは間違いないから、絶対に出して下さい」ってメール送信済み!!!! これはある意味で、俺たちの、Third-iライブツアーに対するライバル宣言」

ビッグマウスは当たり前のように、自分と２人でエイジアのイベントにエントリーできるような曲を作ってパフォーマンスをする

と言っている。
アーティストになろうとする者には、この上ない最高のチャンスだ。
でも、考えてみると翔はLIVEどころか、小学校の学芸会で、「北風・その1」くらいしかやったことがない。
そのときでさえ、大勢の人の前に立って「ほらどうだ、北風は冷たいぞ」という一言を言うだけで心臓が爆発しそうだった。
そんな自分が一気に、夏休みに、きっとプロを目指しているハイレベルなアマチュアと一緒にパフォーマンスをするかもしれない。
HIPHOPに魅せられて、仲間と出会い、リリックを書くということに自分を見つけ、トラックも作り始めたけど、自分自身がLIVEをすることを考えると足がすくんだ。
夏休みだし、きっと興味本位や、好奇心、もしくは本当にHIPHOPやR&Bが好きな、同世代の連中が自分を見るのだろう。
想像ができなかった。
「何だ？　こいつ！　スゲー下手‼」
目を閉じて、想像しても、そんなヤジしか聞こえてこないような気がした。
全くフロアが動かないサムい状況…。
今の気持ちを文字にすることができないので、翔はビッグマウスにメールではなく、電話をかけようかと思ったけど、彼は言葉を話せない。

✉「返事遅れてゴメン。ちょっとビビっていた」
　短いメールを出すとすぐに返事が来た。
✉「おはよう、昨夜の返事がこないから心配していた。
　今夜会っていろいろとスケジュールを決めようと思う。

あと、新しいリリックを少しハードなやつと、オマエが得意な恋愛っぽいやつと２つ、今夜までに大急ぎで作ってみて。ラフでいいから…。
　いくつか面白いトラックも作ってある。例のバイトまではまだ５時間はあるだろ」
✉「本当にエイジアのイベントに出るつもり？」
✉「３週間後だよ。２曲だけ。時間は充分にある」

　翔は返事を書けずに携帯を握りしめていた。
　断ったら最後、それは簡単な答えを意味している。
　今まで経験したことのないくらいに心臓が激しく胸を打っていた。
　体中に汗が染みている。
✉「わかった、デモを作ろう。エントリーできるクオリティの曲を…」
　その短い文字を強く投げつけるように、送信ボタンを力一杯押した。

　始まった…。

　止められないし、もう止まるつもりもない。
　この夏の始まりは、自分の新しい時間の始まり…。
　体を包む暑さにいつもと違う夏の匂いを感じた気がした。
　すると、痛いくらいだった胸の鼓動が、ゆっくりと暗いClubの奥から聞こえてくるバスドラムのビートに変わっていく気がした。

「超つかえな〜い!!」

居酒屋のバイトの初日は散々だった。
翔の教育係の20歳の女子大生は露骨に意地が悪く、まだ操作を飲み込んでいないオーダー用の端末機の扱いの嫌みを何度も言った。
「笑えるよ、あのババア、芸人目指しているんだって…M-1とか目指して、派手なコスプレでLIVEとかも出てるらしいけど、かなりサムいらしいよ」
彼女は他のバイトの人たちにも煙たい存在と思われているらしい。
翔と同じ高校生のバイトの一人が翔にそんなことを告げてきた。
翔はどこかの劇場でお客を笑わせようと必死に頑張っている彼女を想像した。
ヒステリックに声をあげる意地の悪い先輩に感じるけど、少しだけ小さなシンパシーを感じた。

ゴールデンラッシュと呼ばれる一番忙しい時間帯は、私鉄沿線駅前のチェーン居酒屋とはいえ、ほとんどスポーツジムで汗を流しているような忙しさだった。次から次へと注文された飲み物や料理を運んでいく繰り返し。
いくらエサをあげても満足しない巨大な生き物の餌係になっているような気分。
たった5時間の労働なのに、初日は慣れないこともあって、ヘロヘロになってしまった。
このまま家に帰って寝ころんでしまいたい気持ちを無視して、電車で渋谷に向かった。

渋谷からは、iPodで音を聞きながらゆっくりと、バイトの疲れをほぐすように歩きながら松濤(しょうとう)のビッグマウスのマンションに向

かった。
ビッグマウスのマンションに着くと、彼はMacとキーボードを使い、かなり真剣な顔でトラックを作っていた。
翔を一瞥すると冷蔵庫を指さし、勝手に何でも飲んでいてくれと合図する。
冷蔵庫から出したコーラを飲みながら、彼の作業を見守った。

♪君と　会って 少し変わってきた
　俺に笑ってくれた君が
　くれた自信　メールを書いて
　君に送信　添付したい想い
　君の返信が届くまでの高揚
　届いたときの動揺が変わる安心
　この状況は俺にとっては前進

　少しずつ　未来輝きだす
　憧れのまま夢を描きだす
　そう　このまま明日を追いたい
　けど…まだ君といたい
　今すべき事 すべきでない事
　理解してるけど 既にタイムオーバー
　もう君を好きになってる
　今だって気になってる…

　伝えられない　気持ちを　握りしめる夜
　伝えたいけど　毎日だけ　過ぎていく夏

伝えたいとき　どうして　届かない声
　　伝えるべき　この物語　始まりは君
　　伝えたいモノ　すべてのを　隠しきれない理由
　　伝えきれない　溢れ続ける　iを渡すその意味♪

10分ほどすると、スピーカーから初めて翔がRECした曲が流れ出した。
マキへの気持ちを書いたリリック。
学校の屋上、彼女が去った後、初めて一人で声にしてRAPしたリリックだ。ついこの間書いたリリックなのにすごく未熟な感じがした。
あれから、たくさんのHIPHOPを聞いてきたし、毎日の思うことをたくさんリリックとして書き溜めてきた。
RAPだって、もう少し上手く出来る気がした。
ただ、トラックがだいぶ変わったことによって、曲に厚みがでて、未熟なリリックとRAPがそれなりに聞こえている。
ピアノのループから始まるイントロとビートが刻みだした後、スゴイ低音が効いている。そして繊細なビッグマウスらしい音が少しずつ散りばめられている。

『どう？　まだ、リリックは出来てないだろうから、最初の頃作ったオマエのRAPでイメージを掴んでみた。ガレージバンドで作ったけど、トラックの方向性を確認したりするのにはピッタリだろ！』
「うん、スゴイね。いい！　何か、フロウがすぐに浮かんでくる感じがする。もうちょっとトラックだけ聞かせてよ！」

翔がそう言うと、ビッグマウスはマウスを無言で動かした。
カーソルが画面を少し泳いだ。
ビッグマウスが翔の目をみて、マウスをクリックするとスピーカーから、ゆっくりとピアノのループとビートが流れ出す…。
ビッグマウスが自分のためだけに作ってくれたトラック…。
翔は何度も噛み締めるように、そのビートを胸に刻んだ。
ループするピアノの音が、ゆっくりと体の中に染み込んで来たとき、瞼に様々な映像が浮かんだ。
次の瞬間、翔の脳裏にパズルのように散っていた言葉が、磁石に吸い寄せられるように、次々と並んできた。
ビートに触発されて、前に出る気持ちが、そのまま言葉になり、リリックになりRAPした…。

　　♪さぁ さぁ 始めます即興RAP
　　　繋ぐ韻と韻に 俺速攻ラヴ
　　　常日頃　感じてる喜怒哀楽
　　　既にこのRAPにも きっと "i like"

　　　そう 今この瞬間がスタートライン
　　　未完成でいいから　さあ TRY
　　　未来も動き出す答さ Let's Go！
　　　いつもBEST 狙ってLet's flow！♪

RAPするのがこんなに楽しいと思うことは初めてだった。
RAPし終わると、ビッグマウスが手を何度も叩いた。

💻『フリースタイルか!?　結構ウマイ!!　しかも、オマエっぽくてオリジナル!　この短期間で、超成長した!!』
　前にRECしたときの自分のRAPの癖やスキルの限界をビッグマウスはちゃんと理解してくれて、それを組み込んでトラックを作ってくれたんだ…。
　「ビッグマウスのトラックがイイから、すぐにRAPできたんだ!!」
💻『じゃあ、取りあえずこのトラックでＯＫだな？』
　「全く問題なし!　前のリリックをすぐに書き直す!　トラックがあるから、もっと完成度を上げるよ」
💻『好きなだけ直せよ。オマエの言葉なんだから』
　「こんな最高のビートメーカーが、今の僕のソバにいてくれるなんて、なんて贅沢なんだ!!!　ビッグマウス、マジありがとう!」
　翔はそう言ってリリックが書いてあるノートに向かいだした。
💻『じゃあ俺は少し昼寝するよ。実は昨日からまともに寝ていないんだ。トラックもいくつか新しいの作ったしな』
　翔は彼が自分のためにトラックを何度も練り直してくれたことをわかっていた。

　翔は彼が自分の中の何を確信してくれたのだろうかと考えた。
　すべては始まったばかりなのに、HIPHOPを直接的に体験できること、リリックを作る目的、RAPすることの意味、それらが急速に自分の中に染み込んでくるのを感じていた。

翔はソファーで口を開けて寝ているビッグマウスの肩を軽く叩いた。
冷蔵庫のコーラを4本飲んだ後、そのリリックは完成した。
時計を見ると、もう少しで明るくなりそうだ。
前のリリックを書いたときと、マキに対する気持ちが少し変わっていることに気がついた。あのときはまだ何もわからずに、ただ、暗い部屋の中を手探りで這い回っていただけだった。
でも、今は手にライトがあるような気がした。
まだ暗くて小さなライトだけど、ほんの少しだけ目の前を照らすことができる。
でも、それだけでも真っ暗な中をあちこち身体をぶつけながら這い回っていたときよりはずっと楽に感じた。

「ビッグマウス、こんなのを作ってみたんだ」
ビッグマウスは目を擦りながら、翔が差し出した紙を受け取った。
汚い字で何度も紙一杯に書き直されているリリック、文字ではなく何かの設計図のよう…。
そのリリックを少し読むとビッグマウスは起きあがった。
書かれているリリックを指さし何かを言おうとしている。
「そうなんだよね、最初は部分的に直してたけど、少し書くとそこから何倍も新しいイメージが出てきちゃって…結局全部作り直しちゃった。それに、この方が新しいトラックに乗りやすいかも…」
ビッグマウスはパソコンテーブルの上に紙にペンで文字を書いた。

『もうRAPしてみたのか』
「うん、勝手にMacを触らせてもらったよ。ビッグマウスが疲れていたみたいだから、起こさないようにスゲー小さな声でRAP

した」
『同じトラックに別のリリックか…』
「なんか、トラックが進化したら、フロウのイメージも膨らんだし、リリックもどんどん出てきたんだよね」
『じゃあ、早速聞かせてくれよ』
「今すぐ？…せっかくだから、もう少し練習したいけど…」
『さっきのフリースタイルのノリ』
ビッグマウスはそう言ってMacを操作し始めた。
そして、CDJにも何かのCDをセットして、翔に目で合図した。

翔は息を飲み目をつぶった…そして、スピーカーから出るループするピアノの音と刻みだすビートを聞きながら、この数ヶ月に過ぎ去っていった多くの、そして大切な時間の一つ一つを思い出し、リリックに込めた思いを高ぶらせた。
マキがいなくなった屋上で一人RAPしたときから覚えたやり方だった。
普段は恥ずかしがり屋で照れると頭が真っ白になってしまうのに、そのやり方をすると、どうしてかとても落ち着いて自分の想いを前に出すことができるような気がした。

　『気持ちは言葉にしないと駄目だよ…』

いじめられて、ずぶ濡れにされていたときにマキに言われた言葉だった。
その言葉が頭を過ぎたとき、何か乾いた音と共にスイッチが入った気がした。

ビッグマウスもその翔のスイッチ音に気がついたのか、新しいRAPの誕生を祝うかのように、絶妙なタイミングで女性の声をネタにした、やさしい音のスクラッチをした。
そのタイミングで、翔のRAPが始まる…。

♪2人のStory　動き出す
俺の感情　Fallin'　とにかく君に夢中
でもSorry　だっていつも自信なくて

うまく話せないよ　止め処なく
目処なく　あふれ出す感情　行く宛てなく
まるで果てなく続く迷路のよう
それは見つからない音色のよう
めくるめく新しい世界　教えてくれたのはIt's You
いい出会い　And I
悲しい気持ち打ち明けたい　できるなら俺が君の側にいたい
今はまだ　やっぱ言い出せない　明日また
I give it　Give it to U　Baby..
今はまだ　やっぱ言い出せない　明日また
I give it　Give it to U　Baby..
目の前のやるべき事　お互いあるから　やっぱ日ごと
離れてく2人の距離感じる　だから今俺にできること
伝わる　伝わらない　それ関係なく
等身大の想い乗せる　ONE TAKE R.A.P
いつかは君のその目の前で
歌わせてよ君のその目をMineで

今はまだ　やっぱ言い出せない　明日また
　　　I give it　Give it to U　Baby..
　　　今はまだ　やっぱ言い出せない　明日また
　　　I give it　Give it to U　Baby..　♪

RAPし終わると突然喉(のど)が乾き始めた。
ビッグマウスも疲れたようにソファーに座り込んだ。
翔は冷蔵庫に行って新しいコーラを取り出した。
　「ダメかなあ、前のとまるっきり変えすぎたかなあ…」
翔がコーラを飲みながらそう言うと、ビッグマウスは大きく頷(うなず)いた。
　「そっかダメだったんだ…サビとか意識しすぎたのかも…」
ビッグマウスは起きあがると、Macのキーボードを打ち始めた。

💻『その反対。良い悪いではなくて、違う世界観に仕上がってる。新しい翔の世界を感じさせてくれた。でも…大失敗』
　「大失敗？？　何、何かダメだったの？…」
💻『違う、俺のトラックが翔の新しい世界観についていけなくていくつかの改良点を見つけた。悔(くや)しいから次回まで、今日のRAPに合わせたトラックにバージョンアップしておく！　ガレバンじゃなくてオリジナルで』
　「全然、大丈夫だよ。スゲーいいトラックじゃん!!」
💻『こういうのが最高に幸せな瞬間なんだよ。トラックとRAP…DJとMC…最高の仲間だけど、最大のライバルでもあるんだ。その緊張感がたぶんイイ作品を生む気がする。俺が翔に直感したのはこういう事。こんな感じの進化の連続を、俺も求めていたんだよ』

翔はビッグマウスの静かなる興奮に驚いていた。
「それって誉めてもらっていると思っていいのかなあ」
『ああ、やっぱり翔、お前はマチガイナイ！　エイジアのLIVEがリアルに近づいてきた』
「そう？　僕にはまだ夢のまた先って感じなんだけど…」
　翔はそのLIVEにマキを呼ぶことが出来たらどれだけ最高だろうかと思った。
　でも、同時にそれはプレッシャーという大きな恐怖でもある。
『何だか、数え切れないくらいにLIVEを経験している俺が緊張しているよ。
　でもこの感じ！　これなんだよ。新しい才能、新しい世代のRAPやリリックとその存在感…探してたんだ。だから俺はここ一年、誰とも組まなかったんだ』
　ビッグマウスはキーボードを打ち終えると、Macのパワーを落とし、頭を掻きながら手を振って自分の寝室に戻っていった。

　一人残った翔は、窓から渋谷の街をゆっくりと朝日が照らしていく光景を見つめていた。
　あの街の最高のステージで、この夏に自分がRAPする姿を想像しようとしたけど、どうしてもリアルなものにはならなかった。
　それは大きな不安でもあった。
　でも、ビッグマウスと２人でいると、少しずつだが、ぼんやりとしたモノがリアルな色彩を持つような気がしていた。

イニシャル "D"

#7 Respect

感謝 と リスペクト

ひどい悪夢だった。
エイジアのLIVE当日の夢…。

翔の出番が来てビッグマウスとスタンバイしていると、制作を担当している舞台監督が何を勘違いしたのか、翔の出番を前にフロアの明かりを上げて、エンディングのようなBGMを流し始めてしまった。
当然のようにザワザワとオーディエンスたちは帰りだしてしまう。
翔はビッグマウスにこの事態を伝えなくてはと思うのだが、さっきまで隣にいた彼は、どうしてかいなくなってしまっている。
ステージのソデからフロアを覗くとそこにはマキもいた。
彼女も翔の出番がやって来る前にLIVEそのものが終わってしまったことを不思議に思っている様子だった。
やがて悲しそうな表情を見せると帰りだしているオーディエンスの流れに加わっていった。
（怖くなって寸前に逃げ出した）
翔はマキの表情から、彼女がそう思っていることを感じた。

やっと辿り着けたエイジアでの初ライブ。
ビッグマウスと練習を積み重ね、可能な限りの思いをすべて注いだはずの２曲。
それが制作サイドの手違いですべてがゴミクズと化そうとしている。
加えてその原動力であったマキという存在までも失おうとしている。
何かをしなくてはと思うけど、どうしてか身体も動かない…。
声も出なかった…。
ただ、帰っていくオーディエンスたちをステージのソデから一人

で見つめているだけの自分。
飛び出していって「まだ僕がいる‼ 終わっていない‼」と叫べばいいのに、身体が動かなかった。
もしかすると、このまま自分がなし崩しにLIVEを行わずにいることを望んでいるような気がした。
そうすれば大勢の前に立って頑張らないでも済む。
制作サイドのせいにすれば言い訳も出来る。
そんな、ネガティブな自分が垣間見えた気がした…。

「僕のせいじゃない…」
小さな声がやっと出ると目が覚めた。
喉からヘドロを吐き出したような最悪な気分だった。
クーラーが停まっていた部屋は蒸し暑く、背中がグッショリと汗で濡れていた。
時計を見ると朝の11時。
昨夜ビッグマウスのマンションから始発で帰って、部屋に戻って寝てから4時間しかたっていない。
TEEで顔の汗を拭きながら、どうしてあんな気味の悪い夢を見たのだろうかと考えた。
　"プレッシャー""恐怖"
LIVEに対して、自分の中にそんな感情が大きくあるのはわかっていた。
それは仕方のないこと。
でも、今までのように怖いモノから逃げ出して楽をしたいだけなら、そんな自分は許せない気がした。

携帯電話のメール着信のランプが点滅していることに気がついた。
２通の未読メール…。
それはマキとDOPEからだった。
夢の中で、逃げ出した自分を蔑んでいた彼女の表情が思い出された。
その彼女の顔が妙にリアルに頭の中に残っていた。

✉「東京も暑いらしいね〜でも、こっちはもっとすごいっツーノ。ナント、私は雑誌の撮影で沖縄に来ているよ。あさってに帰る予定っす！　戻ったらちょっと時間作って欲しいなぁー。報告したいことがあってさ。ついでに、軽く日焼け自慢…って日焼けと他の子たちは気をつけてるのに、こっちはガンガン!!（笑）」
メールには、他のモデルの女の子たちと３人で、透き通るような海をバックに水着姿で笑っている彼女の写真が添付されていた。
確かに両脇のモデルの女の子に比べて、明らかに焼けている。
✉「スゲー羨ましい!!　こっちはバイト連チャンっす。よくあるチェーン店の近くにある居酒屋で。M-1目指している芸人志望の女子大生の先輩にイジメられながら、超頑張っています、それと」
翔はエイジアで夏の終わりに行われるライブイベントの話を伝えようとして手が止まった。
✉「それと、こっちも、報告したいこと盛りだくさん!!　まだ、話せるような段階じゃないけど、取りあえず頑張ってます!!」

LIVEに自分がエントリーしていることはまだ伝えられなかった。
いま伝えてしまうと、どうしてか今朝の夢のような結末になってしまうような気がした。
時間はもう全然ないけど、あと一歩だけ前に進めたときに、

LIVEをするためにエントリーしたことを告げたいと思った。
もし、LIVEに出演できるとしたら、それは同時に、彼女を招待
ことも意味している。

続いてDOPEからのメール。
✉「チェイ～!!　ビッグマウスから聞いたぞ、応募したらしいな。
お前らしくて、でもお前らしくないみたいな、上手く言えないけ
ど、俺はとにかく、そんな話を聞けて嬉しいぜ！　俺もクラブツ
アーに向けて、追加の曲作りとリハにすべてを賭けている毎日だ。
思うことを、望むことを形にこだわらず、実行していく、俺はそ
うやってHIPHOPと関わってきたぜ！　お前にも同じヴァイブス
を感じる!!」
翔はDOPEと同じヴァイブスというワードが深く気持ちの奥に突
き刺さったような気がした。
自分とは、全く違う生き方をしてきたDOPE。
HIPHOPと出会い、すべてを賭けてきたDOPE…その彼が、自分
と同じヴァイブスと言ってくれた。
痛みと同時に、奥に隠れている激しい気持ちがゆっくりと目を覚
ますような気がした。
HIPHOPに関わる限り、自分にとって、DOPEはいつまでも変わ
らない目標だと思った。

✉「ありがとうございます。エイジアでは2曲やりたいんです。で
も1曲しかできていなくて、それもまだ60点くらい。時間もな
いけど、でもビッグマウスと全力で、そのステージに向かってい
ます。まずは、エイジアのステージに立つために、エントリーを

クリアしたいです!!」

返事をメールした後、翔は面白いネタを思いついた。
２曲目のリリックは、DOPEの存在を意識したモノにすることだ。
安っぽい憧れの先輩と後輩の関係ではなく、自分の人生に現れた最高の仲間としてのDOPEの存在をリアルに表現してみたいと思った。
１曲目がマキに対する思いをリリックにしたもので、２曲目がDOPEの存在をリスペクトするモノ。
つまり１曲目のマキと２曲目のDOPE…その２人は、トイレでいじめられるだけの自分に手を差し伸べてくれた２人…。

ある意味で、この２曲を本当に全力でRAPできたのなら、それはその２人に対する感謝とリスペクト、そしていじめられていた自分との本当の別れであるような気がした。
ベッドから出ると、机の上にあるリリックを書くためのノートを開いた。

　"D"

DOPEのイニシャルが何となく、タイトルに合っているような気がした。
最初にそう書きペンを止めた。
彼との出逢いの瞬間へ思いをゆっくりとタイムトラベルさせていく。
数ヶ月前だというのに、ずっと昔のような気がした。
あの頃の自分はいつも、歩くときも座っているときも下を向いて

ばかりいた。

ビッグマウスのマンションでの曲作りとリハーサルは毎日朝まで続いた。
窓から朝日が昇りだした時を終了の合図にしようと決めていた。
3日目の朝に、1曲目の恋愛をテーマにした方が、少しだけ満足のいく仕上がりになった。
RECしたものを再生してみると、ビッグマウスの絶妙なトラックとアレンジのおかげもあり、何とか聞けそうな雰囲気のものになっていた。

翔は自分がRAPしているその曲を聴きながら、スピーカーの向こう側にいる自分が自分でないような気がした。
今、自分が感じている自分という存在よりも、スピーカーの向こう側にいるRAPしている男はずっと強くて迷いがないような気がした。
もし、自分が全くの第三者として、スピーカーの向こう側にいる男と面と向かって会うようなことがあったら、きっと説教の一つでもされそうな気がした。

「ビッグマウス、少しはマシになったかな？　でも、こうして聴いていると、なんだか自分じゃないみたいな気がする…」
翔はそう呟いた。

ビッグマウスは少し笑って、Macのキーボードを打ち始めた。
『それはお前が、自分が感じている以上に、RAPのスキルを身につけだしている証拠。俺はその感覚を持っているお前に安心するよ。謙虚なお前らしい。結構前だけど、DOPEもそんなことを言っていたって話をナオヤから聞いたことがある。彼もスピーカーの中から聞こえてくる声が自分じゃないみたいだって。RAPだけ聴いていると、そいつは自分よりずっと強そうな奴で、出会ったら、ぶっ飛ばされそうな気がするって』
「ヘェー、DOPEにもそんな時期があったんだ…」
『でも、それはいつかは越えていかなければならない感覚。自分のRAPを客観的に聴いて、さらにブラッシュアップできるような感覚が必要。完成に向けて、能力をコントロールできないのは、フリースタイルとかが上手くてもやっぱりまだアマチュア』
翔はビッグマウスが打つキーボードから出てきた「アマチュア」というワードに身体が一度強く震えた。
「アマチュア」
翔はビッグマウスを見つめながらそう言った。
『気がついていないのか、お前はもうすべてをHIPHOPに預けている。折り返し地点は遙か遠くに過ぎ去っている』
翔は答えられずに曲の再生が終わり静かになったスピーカーを見つめていた。

気がつくと、自分をフックアップしてくれた仲間たちに出会ってから、物すごい駆け足で、夏休みの日々までやって来た。
「大丈夫、僕はちゃんと気がついているから。ただ、それをどう伝えたり表現すれば良いか、まだ少しわからないだけかな…」

翔はそう言った。
HIPHOPと出会って、見えた光…今も忘れない。
フックアップしてくれた尊敬できる仲間たち…。
DOPEのリリックを聞いて、自分の言葉が生まれた瞬間。
HIPHOPのビートが体中の血管を駆け巡った感覚。
すべてを、HIPHOPに捧げる決心は、ずいぶん前に出来ていた。
だからこそ、スタートラインが見えてきたのだ。
いじめられっ子の、現実逃避の「お遊戯」をしているつもりはない。
だから、その気持ちへのケジメとして、LIVEのステージに立つという16年間の人生で最大の決心をしたのだ。

『なら安心。俺は気持ちが定まらない奴の遊び相手をしているつもりはない。そんな暇もないんだ』
「ありがとう、ビッグマウス。こうやってると…なんか知らないけど、LIVEをすることが迫ってきているっていうのに、不思議と全然怖くないんだ。反対にそこに身体が向かいたがっているような気さえするし…だから何とか、エイジアのステージに立ちたい」
『俺だって、2曲目がまだ完成していないっていうのに、その日が楽しみで仕方がない。このクオリティだったら、最初の関門はクリアできる』
「今週中には、2曲目のリリックを完成させるつもりだから…。タイトルだけは決めたんだ。ワンワード、僕をHIPHOPの世界の入口に連れてきてくれた…フックアップしてくれたラッパーのイニシャル"D"だよ」
ビッグマウスが頷いた。

🖥『良いと思う、ワンワード。ただし、コレは避けて通れないことなんだけど、お前と俺はDOPEのクルーってことがOPENになる。当然だがBBQもそうだし、DOPEの敵と向かい合うことになる』
「えっ！　そんなにもめてるの？」
🖥『今回のエイジアのイベントにも、BBQのクルーの若手が、1組出るはずだ。"D"がどんな曲になるか、わからないけど、刺激したら、もめる可能性もある。いやトラブルは確実だな』
「もめ事は好きじゃないよ」
🖥『HIPHOPのLIVEはいろいろな地域をレペゼンしているアーティストが交差する。中には敵対しているケースもある。もちろんオーガナイザーが事前に調整することがほとんどだけど。それでも、Clubでは少ないステージを求めていろいろなラッパーがパフォーマンスするんだからしょうがない。場合によってはこういう事も、リアルの一つだと思う』
「ステージでもめたら、どうしょう？　喧嘩の弱さには自信がある！」
翔はそう言って右腕で力こぶを作ってみた。
細くて闘いの役にはまったく、立ちそうにない。
🖥『サスガにそれはないだろうけど、心理的な闘いは避けられないと思う。参考までにココを見てみな』

続いてビッグマウスはMacの画面をインターネットに切り替えた。
HIPHOPのマニアックな掲示板だった。
ビッグマウスは、「DOPE」「クラブツアー」で検索した。
黒い画面に、たくさんの書き込みがされている。

「DOPEのクラブツアーの噂。当方、Dを切り捨て予定。ガンガン若いのがいっちゃうよ？？？（爆殺）」
「DOPEもメジャーに行くのかな？　早すぎでしょ!!　クラブツアーって客入らんぞ!?」
「WWWWWW殺殺殺殺DDDDDDDDDDDDDDDDDDDDDDDD」
「っていうか、こいつDOPEってアーティスト名、ナメてない？」
「確かに!!　DOPEってベタ過ぎるし、かなりダサい印象!!」
「VVQはDOPEを潰すらしい！」

DOPEを良く知っている翔にとっては、どれも胸が痛む書き込みばかりだった。
彼の曲についてとか、リリックについてとかには全然、触れていない。
翔はその書き込みを読みながら、HIPHOPに身を捧げたアーティスト同士にどうして、こんな噂がたつのかと思った。
「腹が立つ以前に、こんなの、悲しいだけだよ。みんな最初は、純粋に音楽としてHIPHOPと出会ったはずなのに」
『BBQとDOPEたちは、元々はそんなに仲が悪かった訳じゃないんだよ。ただ、DOPEが最初にBBQたちのことを、かなり遠回しに軽くディスったんだ』
「どういうこと…？」
『当時はDOPEも今と違って、結構尖っていたしね』
「うん、それは本人から聞いているよ」
『彼をテーマにしたリリックはMCである翔の自由だけど、そういう状況があるということだけは理解しておいた方がいいと思う。君の最初のLIVEなんだから、敢えてトラブルを呼ぶ必要がある

かは、俺としても疑問だ。とりあえず、また明日、リリックを見てから2人で話し合おう』
ビッグマウスは立ち上がり、いつものように手を振って寝室に入っていった。
翔はMacのモニターに映るHIPHOPのサイトを見つめながら、BBQというMCがどんな男なのか知りたくなった。

お昼前に目が覚めた。
薄扉の向こう、リビングの電話で母親が大きな声をあげた。
「突然すぎるじゃない」
翔は母顔が口にしたそのキーワードの意味がすぐにわかった。
「弁護士とかに相談できないの？」
「他の人たちはどうしているの？」
「そんなの理屈が通る話じゃない」
「しっかりして」
母親が続ける言葉がすべて、翔が最初に頭に描いた図柄にジグソーパズルのようにはまっていく。
電話で母親が父親の会社の話をしている。
父親は秋から名古屋に単身赴任だと言っていた。
そのことについて翔が尋ねると、父親は左遷に近いようなものだと言った。
そんなことを言っている状況の父親が、再び母親に何か不都合なことを告げている様子。

（クビ…）
まずその言葉が浮かんだ。
翔は部屋から飛び出し、父親の電話に代わり、一体何が起こっているのか、尋ねたかった。
けど、実際には身体が動かずにその場で立ちすくむだけだった。
「難しくてわからないわよ。とにかく、夜ね!!」

母親が電話でそう言うのを見計らって、翔は静かに扉を開けた。
母親は翔を見ると何も言わずに椅子に座り込んで目も合わさない。
「ねぇ、お父さん、どうしたの？」
母親は答えずにテレビのスイッチを入れた。
能天気な昼のバラエティ番組のBGMが鳴り響く。
外人の女性タレントが意味不明の金切り声を上げていた。
翔はまるで自分の家の不幸を笑われているような気分がし、母親が持っていたリモコンを取り上げ、電源を切った。
「お父さんの会社、買収されるみたい…外資が入ってくるとか…」
翔は買収とか外資とか詳しいことはわからないけど、ソレだけで母親があんな言葉を言う訳がないと思った。
「それでどうなるの、お父さんは…クビになるの？」
面倒なので一番の懸案事項を聞いてみた。
それが今、自分の家にとって一番重要な問題だと思ったから…。
「今まで通りのことは出来ないらしいの…」
「名古屋転勤にもまだ行っていないのに？」
「お母さんも難しいことはわからないわよ。でも、お父さんの言う雰囲気じゃ、もう居場所がないとか、そんな感じだったわ…」

翔は居場所がないという言葉が耳に残った。
自分も中学校から、少し前までは教室に居場所がなかった。
その事を父親や母親に伝えたことはなかった。
言っても心配されるだけで、学校にクレームを入れたりすれば、反対に問題がややこしくなっていくと思ったから…。
「お父さん…平気かなあ。落ち込んで、何もかもイヤになったりしないよね」
「平気でしょ、何したって食べることは食べていけるんだから。私だってもっと働くし」
翔は20万円のことを思い出した。
少しでも早く返さなければならない。
とりあえず、何万円でもいいから、入ったら入った分だけ渡していこうと思った。

午後、沖縄から帰って来たマキからメールがあった。
沖縄土産を寄り道して、渋谷合流で持ってきてくれるって書いてあった。
バイトまでの１時間だけ、センターマックで会うことにした。
２階の奥にある、ゆっくりと話せるシートをゲットしようと、翔は約束の10分前に着いていた。
もうすぐ実物と会えるというのに、携帯メールに添付してくれた日焼けしているマキの写真を見ていた。

「なになに？　エロいサイトでも見ているのかな？？」
少しするとうしろからマキの声がした。慌てて携帯を閉じる。
「エッ！　あっマキ…いやメールしていただけ…」

露出の多い夏服のマキ。
翔はその存在感に恋心と同時に圧迫感を感じた。
水着のように小さなホットパンツから伸びる足の長さが、すごく目立っていた。
大きく開いた胸元からは、全体的にきれいに日焼けしている胸の谷間が覗いている。
と同時に、表面上の見た目以上に、何か不思議なエネルギーをその身体全体から発しているような気がした。
ふと、周りの視線に気がつくと、2階にいる客全員がマキのことを見ていた。雑誌とかにたまに出るモデルの卵だと気がついて見ている感じではなくて、得体の知れない美少女に対する憧憬の視線だった。

「すごいじゃん、きれいに焼けている…」
翔はマキのナチュラルなメイクが少しだけしてある顔を見つめながら呟いた。
それでも、前より少しメイクの存在感があるような気がした。
「日焼けとかも、来年までかな…。20歳になったら、もう、シミになるから焼かないんだ」
「ふ〜ん、でも似合ってるじゃん」
「メイクも、今回仕事したメイクさんからアイラインと眉の書き方を教わったんだ。ねぇ、どう？」
マキはそう言って、当たり前のように翔の顔の目の前に自分の顔を近づけてきた。翔は思わず身を引いてしまった。

「なに、引いてるの？　っていうか怖がったでしょ、今！」

「いや、そんなんじゃないけど、でもマキは段々、本当に、普通の感じじゃなくなってきている…」
「普通じゃないなとか、スゴイ失礼ね！」
「いや、そういう意味じゃなくて、普通の駅前や商店街、あと、学校…そういう普通の場所にいると違和感がある人間になってきている」
「何ソレ！　どういう意味？　ますます失礼、三村!!」
「いやだから、そうじゃなくて、普通の場所に、有名人がいたら変じゃない。そういう意味だよ。自分じゃ気がついていないかもしれないけど、もう、完全に芸能人っぽいオーラを持っているってこと！」
翔がそう言うとマキは少し黙っていた。

「…」
「いい意味で、すごく変わってきたと思う。前もオーラはあったけど、何かよりその色が強く発色している気がするかも」
「そんなものなのかなあ…」
「うん、みんなそう思うと思うよ。俺とか、恥ずかしくて、一緒に歩けないよ」
「だから…何か失礼なんよね、三村のその言い方がさあ」
「だって、こんな人と一緒に歩いていたら自分との差があり過ぎるって思うよ誰でも!!」
翔がそう言うとマキは大きな口を押さえて笑い出した。
「アハハ、もういいよ、そんな話はさ。三村って、いつまでたっても私との距離感が縮まらないね!!」
マキはそう言ってカバンから紙袋を取り出した。

「ハイ！　お土産」
「あっ、ありがとう」
開けると中から、丸い形をした妖怪の人形が出てきた。
「キジムナー、沖縄の妖怪。座敷童みたいなものだって」
「座敷童…」
「植物の精霊で、それに気に入られると、家が繁栄するんだってさ。だから、２人のこれからの繁栄をお願いしようってね」
マキはそう言うと、カバンから、もう一つの色違いのキジムナーの人形を取り出した。
「これは私の」
「サンキュー…なんかスゲエ嬉しい。こいつを毎日撫でるよ」
翔はキジムナーという沖縄の精霊の頭をやさしく撫でた。
「大好物は魚の目玉だってさ」
「マジ、じゃあ、居酒屋のバイトで毎日焼き魚の残飯あるから、そこから拝借してお供えするよ」
「うわっ！　キモ〜。あとね、秋になったら、学校は…とりあえず休学することにした。親も休学なら納得したんだ」
「休学…」
不意に言ったマキの言葉が、翔の胸に刺さった。
その痛みを和らげるためにも、翔は自分自身のことも知って欲しくなった。
ビッグマウスとの活動は当然、夏の終わりのLIVE…。
でも、もう少しだけ、今はまだ言う時期ではないと思った。
胸の痛みを、唇を噛み締め我慢した。

「そうだ！　マキに、夏休みの最後の日に、どうしても来て欲し

いイベントがあるんだよね。細かいこととか、理由は今は聞かないで…ダメかもしれないし」
「何ソレ！　もったいぶってんじゃん」
「来週にはハッキリとした日にちと、時間がわかるから」
そう言ってから、まだ出演のＯＫをもらえてないことに気がついた。それでも、ビッグマウスとの努力はきっと実ると、今は信じることが出来た。
「っていうか、夏の一日だけ、時間を欲しい‼」
「何だかなあ…でも、三村がそう言うんだから、きっと、くだらない飲み会とかじゃないことだけは確かみたいだね…」
翔はマキの、まるで吸い込まれそうな大きくきれいな瞳を少しの間だけ強く見つめた後、ゆっくりと頷いた。

翔とマキはマックから出た。
夏休みの夕方のセンター街は、10代後半の男女で溢れかえり、まるでフェスか何かイベントが始まるような雰囲気だった。
翔はこれから急いでバイトに向かい、マキはこのままマルキューで買物をしていくという。

「キジムナー、マジありがとう！　うん、可愛がる。俺は今からバイトに行って、夜中に、また友達の松濤のマンションに行くから」
「夜中に友達のマンションって！　それ、話していたイベントのことでしょ…？」
「そう、そのイベントに関われるかもしれないから、今、毎日そ

の準備でいっぱいいっぱいだけど、でも超楽しくてしょうがないんだよね」
翔は、結果的に事前のDEMO審査で落ちてしまい、ステージに上がれなくなったらどうしようかと心配になったけど、今は、ビッグマウスと自分の運命を信じるしかないと思った。
「そこまで聞かされると、ますます知りたくなるじゃん？」
「ヤバイ、言わないとか言ってしゃべりすぎてるかも…まあとにかく、もう少し待ってよ。絶対ちゃんと伝えるからさぁ…」
「変なの〜、まぁいっか、何だかわからないけど、絶対に行くよ。８月の終わりなら撮影も入っていないし。９月からは来年のＳＳの展示会に行ったり、撮影がカナリ入ってくると思うから、結構忙しいかも。アパレルはとにかく、どんどん先に進むから、季節の変わり目はスゴイの」

「あれっ!?　背が伸びた…??」
２人が並ぶとヒールの高さを差し引いても、彼女の方が背が高い。翔が鏡に映っている２人を見ながらそう言った。
「そうなんだよね、何か親にも言われて計ってみたら高校に入ってから３センチくらい伸びてた。いま170センチだよ。もうこれ以上行くとバレーボール選手みたいで超イヤなんだけど!?」
「でも、モデルって、みんなもっと大きい人もいるでしょ」
「海外とかでも活躍しているショーモデルは、もっと大きくて180センチでも平気なんだけど、私は日本の雑誌を中心にしたいから、あんまり巨人になると、反対に邪魔になんだよね、しかも意外に自分のサイズってカワイイ服ないし」

「いいなぁ…俺も背、高くなりテェー！　超、180以上で、格闘技とかもやっていて。タンクトップから盛り上がった筋肉もすごくて、セキュリティーとかもできて、マキがスゴイ売れたら守ったりして」
翔が戯けて細い腕をシャツから出すとマキは笑った。
「うわキモ！　そんなでかくて強そうな三村は変でしょ、全然好きじゃないかも〜。う〜ん、私はもっと繊細な感じがいいの！
ま、イイや、時間ないでしょ？　またいつでもメールしてよ、あと、キジムナー、魚の目玉をあげるのを忘れないでね。恨まれると怖いらしいよ」
そう言ってマキはセンター街を西武の方に曲がっていった。

翔はセンター街の真ん中に立ちすくんでいた。
意識が渋谷の街のど真ん中から消失したようだった。
通り過ぎる同年代の体格の良い男が道の真ん中で邪魔だと言わんばかりに肩をぶつけてきたが気にならなかった。

（好きじゃない…って。じゃあ、今はその反対っていうこと?!）

バイトが終わると、急いで翔はビッグマウスのマンションに電車で向かった。夜の渋谷行きは普通の人々と生活動線が反対らしく、電車の中はガラガラだった。
iPodで、ビッグマウスが最終的にトラックをアレンジしたバージョンを聴いていた。

♪２人のStory　動き出す

俺の感情 Fallin' とにかく君に夢中
でも Sorry だっていつも自信なくて
うまく話せないよ 止め処なく 目処なく あふれ出す感情
行く宛てなく まるで果てなく続く迷路のよう♪

翔はその曲を聴き直して、静かに自分の中に湧き出している自信の泉のような存在を感じた。
POWERとかLUCKとかを誇ったり見せつけるのは自分らしくないと思ったけど、ビッグマウスと作ったこの曲を聴いていると、ステージに立ちたくなる気持ちが抑えられなくなってくる…。
マキに対する気持ちもさらに強くなってくる…。

曲のタイトルを考えなくてはならなかった。
２曲目の"Ｄ"は自然と脳裏に浮かんだWordだけど、自分にとっては意味があってインパクトがあるような気がした。
負けないインパクトと、曲のイメージ通りのモノが必要だった。
翔は夕方マキが別れ際に言い残した言葉を思い出した。
バイトしているときもそのことをずっと考えていた。
格闘家みたいな自分は「好きじゃない」ということは、今の自分らしい自分にはちょっとは「好き」という感情があるって、逆算しても良いのか…。現代国語の問題のようで、いくら考えても答えが出なかった。
どっちかというと自分は繊細な部類に入るの？？？
どうして、わざわざややこしいことを言い残したのか、ということが重要だった。
けど、単なる話の流れで出てきた単なる言葉にすぎないかもしれ

ない。
好きな手前、考え過ぎてしまっているということも判断材料にすべきだ。
考え続けて、そして気がついた。

こんなことで一喜一憂し続けている毎日すべてが、実はマキと、自分との物語そのものの様な気がした…。
だからこそ、リリックの最初に"2人のStory 動き出す"と書いた。
人気モデルへの階段を物すごい勢いで昇り始めている彼女と、いじめられっ子がRAPし始めただけの自分。
そんな2人がどんな結論に達しようとも、今こうして、2人の物語を持っていることだけは確かだと思った。
「物語・ストーリー・マキ・2人…」
それらのWordが頭に浮かんだ。
光る文字となって頭の中でネオンのように輝いた。
すごくタイトルのヒントになるような気がした。

翔はカバンからマキからもらったキジムナーの人形を取り出し見つめた。
丸い身体の真ん中に牙の生えた口がある。
「沖縄からやってきた精霊様。マキを雑誌の表紙を飾るトップモデルに、そして、次に僕を夏休みの最後に、LIVEのステージに立たせてクダサイ。それまで、できるだけ毎日魚の目玉を差し上げます」
カバンの中が少し生臭かった。
お客の注文したアジのタタキの残飯から抜き取った目玉をティッ

シュにくるんで一緒に入れておいたのだ。
居酒屋では、夏なのでアジのタタキは必ず注文される。
テーブルを片づけるときにその目玉を、キジムナーのために拝借するのは簡単なことだった。
ふと、不思議な運命の歯車を感じた。
夏休み限定で探し出した近所の居酒屋のバイトだけど、自分とマキの運命の歯車に関わっているのかもしれないと思った…。

ビッグマウスのマンションで、翔はビッグマウスと２曲目のリリックの打ち合わせをしていた。
エイジアのステージに立つ為には、あと１曲、デモを完成させて、オーガナイザーに聴かせなければならない。
その期限はあと１週間以内だとビッグマウスは言った。
彼は翔に、１曲目は内的な世界をテーマにしているから、翔のオリジナリティやリリックの世界観を伝えるためにも今のままで良いと思う。
でも、２曲目はHIPHOPとの出逢いや想いをしっかりと伝えて、HIPHOPが好きなオーディエンスを巻き込むような世界観があった方が良いだろうと言った。
ビッグマウスが知り合いだというそのオーガナイザーの話によれば、エントリー確実なBBQのクルーを含め、レベルはかなり高いらしい。
翔は不安を隠せなかった。ビックマウスが無表情のままキーボードを打ち始める。

💻『最近注目されている新しい世代のアーティストたちがフックアップしている。さらに若い世代の10代の出場者達もいるらしく、まさに選りすぐり…。
　つまり、このイベントの出演者達は、日本におけるHIPHOPのもっとも新しい世代の代表になるかもしれない。
　露骨にメジャーとかの仕込みがないイベントだから、リアルに次世代の新しい流れを作るような、まだ知られていないハイレベルな出演者もいると思う』
「やっぱり、そんなレベルなんだ」
💻『多分、LIVE経験がないのは翔、オマエだけだと思う。フツーに、有名な若手のサイドキックをやっているやつらばかりのはずだ』
「う〜ん。やっぱり正直、かなり不安だ!!　出場出来たとしても、LIVEの経験がないなんて、このイベントや他の出場者にも、もしかしてカナリ失礼なのかもしれないじゃん？」
💻『でも翔、お前は、俺がこうやってお前がビビるような話を…敢えてしても、そこから逃げださないじゃないか。反対にそのステージに向かうスピードを上げようとさえしている』

　翔は彼の言うことが理解できなかった。
　モニターに次々と映し出されるビッグマウスの文字が目に入るほどに、逃げ出したくなる気持ちが高まっていた。
　手の先が少し震えていた。
　足の先も力が入らなかった。
　HIPHOPが好きだという想いに、審判が下されるような気がした。
　こんなに全力で取り組んでも、あっけなく自分の限界を知らしめられて惨めに、やっと見つけたHIPHOPにも自分の居場所がなく

なってしまうような…。
ただ、翔は同時に自分がビッグマウスと一緒にいる意味にも気がついた。
確かに自分は結果が出ることに対して、怖がって震えている。
でも、立ち上がって逃げようとせずに、その恐怖と真っ正面から対峙(たいじ)している。
前の自分なら、真っ先に走って逃げ出していたはずだ。

『どうしても来て欲しいイベントがあるんだよね…』

マキに伝えた言葉を思い出した。
あの言葉は本気でこのイベントのステージに向かって走り出すことを告げるファンファーレのはずだ。
マキだって、DOPEだって、どんな結果が待っていようとも前に進んでいる!!
「エイジアのステージに向かうよ。そこに立たないといけなんだ。何があっても。その約束を守らないと」
翔はそう呟(つぶや)いた。

『退かないって、自分でそう決めたってことなんだな。次に進むために』
「そう、もう前に行くしか道がない。戻ったらタダのいじめられっ子のまま、その根性で一生を過ごしてしまうと思う」
翔はビッグマウスにマキとの話を伝えるつもりはなかった。
言ってしまうと、すべてが安っぽくなってしまいそうだった。
『OK! 安心した。わざと意地悪なことを伝えた。オマエの気

持ちを確かめたくて』
「何となくわかる…ビッグマウス…でも安心して、腹はくくっている！」

『あと一つ、この計画はオマエだけのものじゃない。これは知っておいてくれ。このイベントに出場するということは、俺自身のためでもある』

翔はビックマウスを見つめた。いろんなアーティストとのLIVE経験がある彼から、そんなことを聞かされるのはちょっと意外だった。

『俺自身、この声のこともあり、もう一つ次のステージに進む勇気がなかった。音に対する耳の感覚はドンドン増していくのに、それどころか、タダのひねくれた変わり者というレッテルを貼られた。才能のあるアーティストと組んだこともあった。でも、どうしても何か深いところで、一緒になれなかった。同じヴァイブスで同じモノを、同じように感じることができなかった。ただ、技術を提供することしかしてこなかったのかもしれない。HIPHOPを何も知らなかったオマエとの出逢いは、俺に勇気をくれた。やらなくてはいけない、次のステージに進むための、デカイ闘いの始まりだったんだ。オマエとならスタートラインに立てると思った』

翔は文字を打ち終えたビッグマウスを見つめていた。
言葉はなかった。
ただ、心の奥で何か、言葉にならない叫び声をあげた。
きっと彼も自分と同じように叫んでいるような気がした。

"ヴァイブス　スタートライン　始まり　繋がり"

２曲目のテーマである"D"のリリックの一部がネオンの文字のように、翔の頭の中で光を放った。
それはDOPEとの出逢いから始まった、自分自身の変化の中で、一番大きな原動力になってきたもの。

　♪すべてを変えたDのバイブス
　　繋げていくライムBのバイブル!!!♪

翔はそのリリックとフロウをRAPした。
身体の一番深い場所から自然に湧き出したものだった。
それを聞くと、ビッグマウスは何も言わずにキーボードの前に行った。
カチカチという無機的な音がしばらく、沈黙をくすぐった後、ブラッシュアップされたトラックがゆっくりとスピーカーから流れてきた。
以前にビッグマウスがCD-Rに焼いた翔の声でスクラッチをしたタイミングで、翔の中から、さらにリリックが湧き出した。
口を利くことが出来ないビッグマウスの言葉となって放たれるスクラッチ。ビートを刻み、翔のクリエイティビティを次々と刺激してくる。
スゴイ!!　合わせて翔もフリースタイルでRAPを続ける。

　♪居場所は自分でみつけろ！
　　つかめ誇りを　込めろ思いを♪

♪ガツンときたハードライム
　開いた THIRD-i
　初めて立ったスタートライン!!♪

翔はビッグマウスのテクニックに後押しされるように、また、導かれるかのように、自らの内部にある想いのすべてを自由にRAPしていった。
全然、まとまりは無かったけど、奇跡的に生まれてくるリリックとライム…。
すごくメチャクチャに散らばっていた翔の中にあったいろいろなパーツが、ビッグマウスの強力な磁力によって大きく何か一つの形を目指して吸い寄せられていく感じがした。

この感じに２人は、ゆっくりと予想もしない何か巨大なものが出来上がっていくことを予感した。
２人のピュアな気持ちが作り出す透明な情熱は、高揚感を伴い急速に上昇して不安や恐怖を遠く遠く吹き飛ばしていった…。

ソファーで眠るビッグマウスの頬(ほお)に朝日がうっすらと重なり始めた。
時計を見ると５時半だ。
今夜は今まで以上に、繰り返し練習したし、ビッグマウスも何度もトラックの調整をしてくれた。
コード進行が変わったと言われて、フロウを変えたりもした。

１バースRECしては聞き直す。
何度も何度も聞いているビートがヘッドフォンから流れるたびに、体の奥の方からビッグマウスが作ってくれたトラックに融合していくような気がした。
言葉には出来ない感覚だったけど、もっともっと上手くできると思った。

ビッグマウスも静かに頷いてくれていた。
彼もわずかながら何かを感じている様子だった。
「いけるかもしれない」
翔は口の中でそっと呟いた。
言葉にしてしまうとどこかに飛んでいってしまうような、自信などと呼べるずっと手前の脆いものであった。
けど、そんなモノでもあっても、自分が信じて、選んだHIPHOPにおいて、何かリアルなものを感じ始めていること自体が大きな変化だと思った。

翔は疲れ果てて寝てしまっているビッグマウスを見た。
彼のスキルに後押しされながら、自然に翔の中から溢れ出してきたマグマのようなHIPHOPへの思い。
散らばってしまっているその熱い破片を火傷しながら集めるように、翔はテーブルの上でリリックを書き始めた。
２曲目の"D"という曲名だけ決まっている曲のリリックは、DOPEへの想いから始まり、そこをステップに、HIPHOPそのものへの想いを綴るべきだと思っていた。

翔は自分のように、薄暗い教室の片隅で「壁だけを見つめているだけ」の奴らに、このHIPHOP…そしてRAPへの思いを知ってもらいたかった。
その壁の横の席から、立ち上がり、大きくて硬い扉を力の限りノックして欲しかった。
ゆっくりと気持ちを過去に遡らせていった。
教室の隅で石の下にいる虫のような気持ちでいたあの頃。
トイレでかけられた水の冷たさ。
でも、思い出すとそれほど冷たくもなかったような気がした。
きっとそれは自分の気持ちの方が冷たかったからなのだろう。
あの時のそんな自分を、学校の廊下から通りすがりの視線で見つめるような気持ちになってきた。

「あいつが音楽にもっと早く出会えば…HIPHOPさえ知れば…」
自分のような奴は、きっとこの日本の中学や高校に、何十万人もいるのだろう。
もしかするとそれ以上かもしれない。
みんなに教えてやりたかった。
「出口はあるんだ、今すぐその教室から飛び出すんだ」
自分が見つけたHIPHOPは、自分のためだけではない。そう気がつくと言葉が自然と溢れ出した。
リリックが出てくるときというのは、まるで油田を掘り当てたような瞬間だと思った。

　♪昨日までのマイナスのサイクル
　　一瞬で眉間打ち抜くライフル

すべてを変えたDのヴァイブス
　繋げていくライムBのバイブル
　いつも下ばかり向いていた　教室いや社会から浮いていた
　特に何も取り柄もない　でも別に絶望ってわけでもない
　いじめられ逃げ出した廊下　思い出なんて一つもない校舎
　それがあの日から少しずつ変わった
　あの一言で俺の地球が回った
　居場所は自分でみつけろ！
　つかめ誇りを　込めろ思いを
　ガツンときたハードライム
　開いたTHIRD-i　初めて立ったスタートライン
　思いを伝えたいリアルに
　そしていつか来ると信じたい光る日
　一生忘れないDからのメッセージ
　ここから始まるファーストステージ♪

何度もRAPしながらそこまで書くと、一睡もしていないというのにスッキリとした気持ちになった。
ノートからリリックを書いたページを破り、ビッグマウスがすぐに気がつく場所においた。
彼にタオルケットをかけて部屋を出た。
マンションの外に出ると朝日が大きく顔を出していた。

16歳、元いじめられてたヤツ。
でも、こんな夏の朝を迎え、やらなくてはならないことにまっすぐに立ち向かっている自分。

翔は朝日に照らされる早朝の渋谷を歩きながら、自分の人生において、初めて大きなものが動き始める実感を知った。
小さい時からずっとあった、自分の心の中の小さい傷穴が、いつのまにか埋まっていたことにも気がついた…。
そして、これが生きていくということのリアリティだと知った。
自分にとってのリアル…。

メールの音で目が覚めた。
時計を見ると12時ちょっと前。
窓の外では蝉がヤケクソのように鳴き続け、部屋は熱帯を思わせるように蒸していた。
携帯を見るとDOPEからだった。

✉「今日の朝、ビッグマウスからのメールでチェックしたぜ。いい感じらしいな。ビッグマウスが言うんだから間違いない！ オマエがその領域に入ってきたことに、嬉しさとチョットした闘いの前の興奮な感じがあるぜ！
あと、急だけど今日の夜、渋谷でBBQのLIVEがある。あいつから直接メールが来て、『ゲストに名前を入れておいた。これはプラチナチケットだ！』とか書いてあった。当然、向こうは俺が来る訳がないと思っているけど、まあ、俺も好き勝手言われてもいられないから、久しぶりに、客としてClubに行ってみようと思う。そのLIVEにオマエにも来て欲しいんだけど？」

翔はそのメールを読むと一気に目が覚めた。
飛び起きて台所で顔を洗って、キッチンペーパーで顔を拭いた。

メールで話している余裕がないので直に電話をした。
しばらくコールして、留守電になったから、何度もリダイヤルをした。
４回目でつながった。

「あっ僕です。メール、読みました！ 夜、大丈夫です。行きたいです。でも、彼らの仲間とかもいて、喧嘩とかになってしまうんじゃないですか。僕、滅茶苦茶、弱いですけど?! ただ、RAPは聞いてみたいです!!」
「オー！ 来るか？ ヨシ!! 面白そうだろ？ まあ、LIVEだし、お互いにラッパーだから、大してもめないだろ。俺たちだけじゃなくて、そもそもトラブルはしょっちゅうあることだし、セキュリティとかもいるし、まあ、血を見ることはないだろう…と思うよ」
「思うよ…って、僕はさんざんイジメられてきて慣れていますから、ちょっとくらい殴られたって平気ですけど、DOPEさんはクラブツアーとかもあるし、もめたら何か大ごとになりそうな…」
「まあでも、こっちも、逃げられないだろ…プラチナチケットだってわざわざ送ってきたんだから。それにRAPする以上、自分の中でも譲れないものは当然あるし」

翔は電話を握る手がジットリと汗ばんでくるのを感じていた。
何か嫌な気がした。
いじめられっ子だったから、不条理な暴力を受け続けていた自分だからこそわかる予感にも似た感覚だった。
けど、DOPEの立場だったら、今夜は逃げられないこともわかっていた。

「行きます、行きましょう。僕もBBQのRAPは聞いてみたかったんです。ビッグマウスも、彼らのスキルは認めていたし」
「じゃあ、合流については、後からまたメールするよ」

翔は台所の椅子に座った。
冷蔵庫から麦茶のボトルを取り出しラッパ飲みした。
古いのか美味しくなかった。
冷蔵庫に入っている他の食べ物の匂いも移ってしまっていた。
「BBQ」
翔はまずい麦茶を飲み干し、呟(つぶや)いた。怖く感じた。
彼らのLIVEに、招かれるままにDOPEと２人で入っていくなんて、ゾンビの巣窟(そうくつ)にみすみす入っていくような、ホラー映画の展開みたいに感じた。
その手のＢ級ホラーの映画では、DOPEのような主人公はなんとか生き延びるけど、その仲間の脇役は、大抵、まっさきに最悪の死を遂げるのがお約束だ。

対　決

#8 Battle

ゲームとしてなら面白い。これも HIPHOP だろ！

バイトに向かう途中、翔はビッグマウスに今夜の練習のスタートを遅らせるとメールを送った。
少しでも多く、練習をしなくてはいけないのはわかっていたけど、BBQのLIVEを一度見ておくことは、今の日本のHIPHOPのシーンを知るためには、とても重要だと思った。
ビッグマウスからの返事はすぐに来た。

✉「あいつらのLIVEを見ること、それには俺も賛成だ。でも、時間はあまり残っていない。見終わったらそのままマンションに来てもらいたい。それまでに、"D"のトラックを完成させておく。あと、机に置いていったリリックはなかなか良いと思う。ただ、あのままでRAPすることには、まだ課題はたくさん残っている」
翔はビッグマウスが今回のことは、彼自身のためにも頑張っているという言葉を思いだした。
それにしても、こんなに何かを誰かと一緒に作業して一生懸命に行ったことは初めてだった。
しかも決して空回りではなく、リアルな質量をゆっくりと持ちだしていく…この感覚も初めてだった。
✉「サンキュー！　バッチリBBQのRAPとスキルを、吸収してくるよ」
✉「あいつらはDOPEと仲が悪いけど、確実に次世代のHIPHOPシーンに関わるセンスとテクニックを持っているのは確か。ただ、あくまで彼らは彼ら、翔は翔で、自分の世界を見つけることが一番大事。自分のHIPHOPへの想いがブレたら、そこで負けだからな」
✉「オーケー、自分の想いを信じるよ」

翔は最後にそうメールを返すと、居酒屋のあるビルのエレベー

ターに乗った。時計を見ると店に出るには少し時間が早過ぎた。
バイト先の居酒屋の階で降り、裏口から店内に入ると厨房の生臭い匂いがした。
換気扇のスイッチを入れようとホールに向かうと、奥から大きな女性の声が聞こえた。
意地悪な女子大生の声だとすぐにわかった。
ピン芸人を目指しているという噂通り、何やら、女のヤキモチをネタにした持ちネタを練習しているようだった。
いつもこうやって誰よりも早く来ては、広いホールで練習しているのだろう。
翔はそのネタを聞いてみたくなり、彼女に気づかれないようにテーブルの裏に隠れた。
けど、正直、その内容はスゴク回りくどくて、笑える段階に達しているとは思えなかった。
こんなネタをLIVEで聞いたら、タブン、かなりサムい…。
それでも、ネタの最後に、毎回、決め台詞のように使う
　「それが女ゴコロなの、BOYS、察してね」
という言い回しが意味はないけど、ちょっと面白かった。
思わずクスっと笑ってしまう。
２つのネタを聞き終え、翔はそっと立ち上がってキッチンに戻ろうとすると、持っていたカバンがイスに引っかかってしまった。
誰もいないホールに、大きな音が一瞬響き、彼女が振り向いた。

　「誰?!」
驚いてやって来た彼女は、翔を見るなり
　「いるならいるって言ってよね」

と言った。
「スイマセン、邪魔したら悪いかなって…」
翔が謝ると彼女は再びまくし立てる。
「隠れて人の練習を覗(のぞ)いているなんて超感じ悪い！　そういう男ってサイテー」
翔は一瞬息を飲んだ。
赤らんだ彼女の表情に何か許せないものを感じた。
「あの、お言葉ですけど、人に聞かれたくないならやめた方がいいですよ。僕も、少し音楽とかをやっているんですけど、練習だって聞いて貰えたら嬉しいです」
「ド素人がわかったようなこと言って」
彼女はそう言い残して更衣室の奥に消えていった。

同時に他のバイトの連中も裏口から入ってきた。
翔は彼女のうしろ姿を見送りながら、ジャンルは違うとはいえ、ステージに立って他人様に何かを表現しようとしている者同士、こんな決裂をする必要はないのに…と思った。
自分が黙って見ていたのは悪かったと思う。
でも少しでも聞いてくれる人は、すべてオーディエンスとして受け止めるべきだということを、反面教師として知ったのは、ちょっとした収穫だと思った。

バイトを終え、私服に着替えているとDOPEからメールがきた。
✉「ドンキの横にあるスタバで待ちあわせよう。オマエにとっても今夜のLIVEは勉強になると思う。俺やナオヤ、ビッグマウス以外にも若手はたくさんいる。もっと広くHIPHOPを知るいいチャ

ンスだろ！」
翔はそのメールを読み終えると、バイトで疲れた身体にピリッと電気が走ったような気がした。

翔はスタバに時間通りに到着した。
店にはいるとDOPEは既に来ていて通り沿いの外のテーブルに座っていた。
「お疲れです、スイマセン待たせて」
「ん、いいよ、ちょっとここのスタッフと先に話していたからさぁ」
「どうかしたんですが」
「いや…トラブルは困るから、うしろからそっと見るようにって言われたよ」
「そうするんですか？」
「喧嘩しにきた訳じゃネェだろ？　もめる必要ないしな。オマワリとか来たら、スゲー店に迷惑かけるし…」
翔は安心したと同時に少し残念な気もした。
心の奥で、DOPEがBBQとマイクでバトルとか始めたらどれだけ興奮するだろうと思っていた。
けど、その気持ちはワザと無視した。
「あと30分ここで待機するぞ」
「わかりました」
「なんか…楽しみになってきた。あいつらのLIVE、ここ最近ちゃんと見たことがないんだよ」

翔はDOPEの表情に、彼が内心、自分と同じように何かしらのト

ラブルを期待しているような気がした。
けど、その度合いが自分とは大きく異なっているとも知っていた。
DOPEの知っているHIPHOPの世界は、自分が知っている何倍も濃くて深くて熱いはずである。
イジメられていた自分がHIPHOPに出会い、こんな短期間でRAPをするようになった状況とは、重みが全然違うと思った。
いつだったか、屋上でDOPEが童子-Tの『少年Ａ』をRAPした後に言った「俺も早く上に上がりてぇ…頂点の景色を見てみてぇ…」というセリフを思い出した。
自分が、ビッグマウスと一緒に努力している以上に、DOPEは努力をしているはずだった。
自分たちの練習の何十倍も、DOPEは練習しているはずだった。
自分にとって、こんなにも濃い生活を、DOPEはずっと前からしていて、躊躇わずにさらに前に前に進もうとしている。
インディだけどミニアルバムのリリースも予定されているらしい。
そのDOPEと対峙しているアーティストBBQ…。
TVにも雑誌にも出てない世界だけど、こんなにもHIPHOPは刺激的で、可能性に溢れている…。
自分たちが座っているスタバの前を、BBOY達の集団が円山町に向かって歩いていった。
時計を見るとちょうど12時を回ったところだった。

翔は2杯目のアイスコーヒーをテーブルに持ってきた。
今夜のDOPEは少し口数が少ないような気がした。

機嫌が悪いという訳ではないけど、何かを静かに思い続けている様子に感じた。
だから翔もあまり話しかけないようにして、スタバの前を通り過ぎて行く、夏休み中の10代の連中を一人一人見ていた。
楽しそうに大きな声で笑いながら過ぎていく女の子の集団が多かった。
ドンキで買い物をしてきたのか、黄色い大きなビニールを抱えている男女の２人組もたくさんいた。
奇声を上げている酔っぱらいの男集団もいた。多分、大学生くらい…。
ほとんどが自分と同世代か、大学生くらいに感じた。
みんなそれぞれ、この夏の熱帯夜に酔っているかのように自分をさらけ出している。
翔はその光景を見ていると、あるリリックが心に浮かんできた。

　"一人見ている、目の前のストリート。
　　物語始まること期待して　不思議と体に感じる季節感。
　　あの挫折感から這い上がり、歩き出し、巡り合い、
　　そして、夏になり…。
　　気持ちには答えはでないけど、
　　それでも問い続けなくちゃ始まらない。
　　初めから間違っていても、最後にすべてを間違えても"

翔は突き動かされるようにカバンからノートを取り出し、そのリリックを走り書きで書き留めた。
目の前のDOPEは驚いてその様子を見ていた。

「何？　リリック?!…」
書き終えるとDOPEが呟いた。
翔は我に返ったかのように照れ笑いを浮かべる。
「すぐに書かないと忘れちゃうんですよ。暗記、無茶苦茶に不得意なんです。携帯に書き留めたりもするんですけど、打ち込んでいる間に忘れちゃったりして…」
DOPEは、翔からノートを取り上げて、リリックを何度か読み返した。
「ハハッ！　やっぱり世の中ってのは面白しれーな」
DOPEはそう言って笑い出した。
翔は陳腐なものを書いたことがいけなかったのかと心配になった。まだ、本当に思ってることを書き留めただけで、韻とか気にしてないし…。

「オマエと知り合ったのはいつだっけ？」
翔はノートをDOPEから奪取して、カバンの中に隠すように仕舞い込んだ。
DOPEの前でリリックなんて書くんじゃなかったとちょっと後悔した。
彼の激しい世界観の前では、今、自分が書いたリリックはメッセージも何もない単なる感情的なリリックで、彼が嫌いな世界観ではないかと思った。

「４月です、学校のトイレでドライバー振り回していたとき…」
「あっ！　そうそう、ありゃ〜マジに危なかった。オマエみたいのが勢いで無我夢中になると、カゲンとかわかんないだろ？　そ

ういう奴に限って、気がついたら人をサクっと殺しちゃったりすんだよ」
翔は答えずにDOPEの顔を見つめていた。
「まだ、こんなのしか作れなくて…」
「前に、屋上でだっけ？　見せてもらった時も感じたけど、ホントお前らしいよな。俺とかには、ヤッパゼッテー無理！」
DOPEが大きな笑顔でそう言った。翔は意味がわからなかった。
「お前と同じ風景を見ても、アチー！ダリー！が先に来るし、次に来るリリックも、ウゼェとかだろ?!　多分」
少し笑いながらDOPEは続けた。

「翔、俺とツルんだりするのも、一区切りだな！　まあ、今日はいいとして…」
翔は混乱した。
理由はわからないけど、何となく破門って言われたように感じた。
「すいません、何か、僕、すごい駄目なことしちゃいましたか？」
翔がそう言うとDOPEは立ち上がった。
「さあ、そろそろじゃん？　BBQ、見に行こうぜ！」
「DOPEさん、何で一区切りなんですか？」
「そんな、深い意味はネーよ！　いいじゃん、オマエはオマエの世界を持ってるし、それは明らかに俺の世界とは違うだろ。オマエはまだ気がついていないけど、オマエは現時点でのオマエのオリジナルを持っているんだよ」
「オリジナル…」
「オマエはそれをもう持っているんだよ。あとは求め続ければいいんだ。その積み重ねがリアルになる。たくさん、日本の

HIPHOPを聞きまくって、もっと上の人でオマエがリスペクトするアーティストから吸収すればいいじゃん！　だから、今日から、俺たちは上も下もない、ただのツレ、まあ、HIPHOP好きなクルーでいいだろ？」
「そんなの困りますよ。もっと知りたいことがたくさんあるんです」

「オマエが知りたいことは、俺の中にはない。オマエの知りたいことは、自分のすぐ近くにあるんだ」
DOPEはそういうと店を出て行った。
翔は追いかけるように後に続く。

店のフロアは物すごい熱気だった。
階段や、２階からもオーディエンスが下を覗き込んでいる。
DOPEが顔なじみのスタッフと話していた。
「翔！　次がラストの曲だって！」
翔とDOPEは、スタッフにアテンドされて、階段を下りてフロアの一番うしろの目立たない薄暗い場所で見ていた。
BBQのオーディエンスのほとんどは少しヤバそうな雰囲気の人たちで、何かキッカケがあれば、すぐにでももめそうな雰囲気に見えた。

最初、翔はBBQのRAPは少しガナっていて荒っぽいように思えたけど、よく聞いていると、それは勢いで、BBQのスタイルで計算されているモノだと思った。
聞けば聞くほどに、RAPのスキルが際立ってきた。
ガナっているように聞こえたけど、リリックの内容もすごく良く

わかり、また、オーディエンスの盛り上がりを捕らえるのが絶妙だった。
コールアンドレスポンスに120％オーディエンスが反応していた。ちょっとした隙を突いて高いスキルのフリースタイルを入れていく。当然、オーディエンスの熱気はさらに上がった。

「少し聞いたらわかっただろ!?」
DOPEが翔の耳元で叫んだ。
「すごいですね。コワイとかディスとかそんなイメージばかりでしたけど、パフォーマンスはヤバイです…」
「そう！　そもそも、俺は奴をバカにしてなんかいない、ただ、リスペクトはできない！　理由は簡単だよ、スタイルが違うし、RAPに対する考え方も違うってことだよ！　あいつは本心からリアルにハードな世界を求めている訳じゃない。もっと日常生活からアンダーグラウンドで、バックグラウンドが危ないヤツはたくさんいるよ、ラッパーでも。そこには、敵わないだろうし、あいつだってもっと普通に上に行きてぇんだよ。やつも俺がそれをわかっていると気がついているから、何か引っかかるんだろう」

翔はステージの上でオーディエンスに何かを投げつけるかのように、ハードなRAPをしているBBQを見た。
どうして彼はHIPHOPに惹かれたのだろう？　RAPを選んだのだろうかと考えた。
大きく見開いた目で睨みつけているが、翔はその目の奥に何か別の柔らかいイメージを感じ取った。
この先彼と深く知り合うことはないと思ったけど、きっとハー

コーなイメージそのままだけで生きてきたわけではないと思った。

曲が終わると、BBQはオーディエンスたちに語り始めた。
「こうやって今日来てくれたオマエらと、最高速な夜を過ごしている俺、本当オマエらに感謝！　あと、ちょっと面白い情報を手に入れちゃったんだよね〜。
DOPEが、クラブツアーをやるらしい！
DOPEとか、ベタな名前でしかも運だけで、未成年のクセにクラブツアーとかやってんじゃねーぞ！　客はドン引きだぜ！
スキルを上げてから出直してきなってことで、クレームはThird-iへ、もしくは本人の家に行ってミサイルお願いします。
世渡りだけで、RAPをしてる奴に向けて次の曲をかますぜ!!」

オーディエンスは両手をあげて、声を上げて喜んでいた。
BBQのDOPEへのディスにスゴイ反応をしている。
翔は凍りついた。
自分が知っているHIPHOPとは全く別の匂いがフロアに漂い始めている。
DJが回すと、シンプルなビートがフロアに響き始めた。
BBQがビートに合わせて体を揺らし、ループしているトラックでRAPを始めた。
それは翔が初めて見る、ディスることが目的のRAPだった。

BBQのリリックが次々とRAPになり、機関銃のようにフロアに

撃ち込まれた。
DOPEのことをディスるリリックが翔の身体を貫通した。
翔は首筋から背中へと冷たい水をゆっくりと垂らされるような気持ちになっていった。
それは遠い昔に忘れた感覚だった…。
抵抗する気力もなくなってしまうような大きな暴力と向き合ったときに感じる感覚だった。
大勢からいじめられだす瞬間、腹に相手のつま先が槍(やり)のように突き刺さる、そのほんの一瞬手前に感じる感覚。

翔はDOPEを恐る恐る見た。
しかしDOPEの顔はとても無表情なものだった。
ただ、その目だけは一点、彼をディスるRAPを続けるBBQのことを静かに重々しく捕らえ続けていた。
またときおり自分をディスるリリックがのっているビートに合わせて体を前後に揺らしていた。
時折、笑みさえ浮かべている。
翔はその笑みを見ると、背中に張り付いていた冷たいものが消えた。

DOPEのその表情は意味のあることのように思えた。
もしかすると彼は過去においてBBQと深い関係があるのでは…。
仲が良かったとは思えないけど、何か意味のある関係を持っていたのだけは確かだと思った。
そうでなければ自分に向かって放たれるディスに対して、あんな笑みを浮かべることはできないはずだ。
その表情は、パワーアップされた好敵手を歓迎しているようにも

思えた。

「どうして、彼はDOPEさんに…あんなにこだわるんですか？」
翔は、フロアに流れる音に負けないように大きな声でDOPEの耳元に向かって叫んだ。
「さあな！　メチャクチャ意識してんのは、気になるからだろ‼
よくいるじゃん！　好きな女の子に意地悪ばかりしてしまうダセェ小学生とか！」
翔はそれ以上は何も聞かなかった。

ステージはさらに盛り上がっているようで、BBQはフロアの最前列と超近い距離感でコールアンドレスポンスをしている。
その雰囲気にフロア全体が大きな渦となって一体化していった。
BBQのRAPがDOPEをディスしているのはわかったけど、パフォーマンスやRAPのスキルがヤバイことは否定できない。
声質もディスるリリックをコミカルに出来るようなレンジの広さがあるように感じた。
もしかすると耳に届く声質だけを比べるのなら、無骨さのイメージを隠さないThird-iのDOPEより、上かもしれないと思った。
ただ、ラッパーとしての存在感や上を目指す強烈なメッセージ。
そして重厚感、ビートに絡むRAPのスキルはやはりDOPEの方が上だと思った。
翔は、もしかするとBBQ自身が、DOPEとのスタイルの差を一番よくわかっているかもしれないと思った。
だからこそ、Third-iやDOPEのことが気になるのかもしれないと思った。

よく聞いてみると、それはリリックにも表れていた。

　♪今夜もガッチリぶちかますぜBBQ
　　リアルに響く　ヤバメリリック
　　教えてやる裏ストリートの真実
　　マイク握り韻踏み仁義なき
　　口だけダセぇ奴ぁ堂々ディスる
　　覚悟しなバトルすっか？　即興でKILL
　　名前負けしてんじゃねえの？
　　何がDOPE　ビビんじゃねえぜ
　　こいつぁマジな勝負
　　ビーフ上等　とまんねえ暴走
　　次々言葉をロード　速攻　消去する
　　4文字　D・O・P・E　楽勝
　　余裕でホーミーとchillin'
　　そろそろ認めちまいな敗退
　　誰もが言ってるぜ渋谷界隈
　　ストリートランキング　No.1は　BBQ
　　裏通りロックしてんのはBBQ　You Know？♪

ディスしているのはわかり切ったことだけど、よく聞いていると、DOPEのRAPの何が良くないとは言っていない。
ただ、自分との対立においてのみ、絶対にDOPEは劣っていると言っているのだ。
それは反対に考えれば、BBQはDOPEに対して自分との闘いを求

めているようにも聞こえた。
「何か、僕には彼が一方的に理不尽なディスをしているようには聞こえないんですけど!!」
翔はDOPEにそう言った。
「そう感じるんだ!?」
「あれ、きっとラブレターみたいなもんじゃないですか?!」
「ラブレターは言い過ぎだろ。遊び相手探してるって感じだろ! 気持ちワリイだろ! あいつからのラブレターは!」
DOPEはそう言って嬉しそうな笑いを浮かべた。

翔はBBQとの元々の関係が気になった
「前に話しただろ! HIKRASSとの一件…あれにアイツも関わっているんだよ。まあ、運命だなこういうのも! アイツもセルアウトは死ぬほど嫌っているから、根本的には俺と近いんだよ。だからこそ、アイツは俺に向かい合うんじゃん?」
「DOPEさんは、アンサーしないんですか?」
「まあ、とりあえずは…興味ないね!」
「でも、僕だってあんなふうに言われたら、少しは腹が立ちますよ」
「自分の好きなことをできれば、俺はそれでいいんだ。言ってんだろ、もっと上を目指したいって。俺は頂点に上がりてぇんだよ! まあただ、客が喜ぶなら、それも楽しいかもしんねぇけど! シーンへのネタ提供だな!!」

「エッ、何ですか…?」
丁度そのとき、BBQが大きく叫び、翔はDOPEが何を言ったのか聞こえなかった。

「ゲームとしてなら面白い。これもHIPHOPだろ！」
DOPEはそう言い残すと、翔と２人で隠れるようにしていたフロアの陰になっていた場所から出て行った。
翔はステージに真っ直ぐに向かっていくDOPEのうしろ姿を見ながら、何が起こったのか理解できずに、ただ、その筋肉質の背を見つめ続けていた。

DOPEはオーディエンスの間を突き進み、ステージの前列に集まっている人の壁を掻き分けると、ステージの上に飛び上がった。
BBQは目の前に突如として現れたDOPEに一瞬驚いたような顔をしたが、すぐに状況を理解したようで大きな笑みを浮かべた。
オーディエンスたちはステージの上で起きた事態がまだ理解できないようでいたが、少しするとDOPEに怒号のようなブーイングをし始めた。
「DOPEインザハウス!!」
BBQはそう言ってDOPEを紹介すると、マイクを突き上げ、続いてそのマイクをDOPEに渡した。
翔はステージの上で始まった２人の対決のような光景を見ながら、自分はどうすれば良いのかと考えた。
けど、足がガタガタと震えていて、一歩も身体が動かないことに気がついた。

ステージに上がってきたDOPEに対して、BBQは少し嬉しそうにマイクを渡した。

それを受け取ったDOPEの表情を翔は見逃さなかった…。
2人の間には、確実に共犯関係のようなものがあると思った。
2人のその表情は、共にアーティスト同士、意識しあっていて、またそれ以上にお互いの存在をリスペクトしているように見えた。
だが、BBQはすぐにDOPEに対して敵意に満ちた挑発的な表情を見せた。
それに連動するようにオーディエンスがブーイングを始め、フロアに敵意が渦を巻き出す。

翔は多くのオーディエンスが、今にもステージに乱入し、DOPEに襲いかかるような気がして、寒気がした。
自らの非力さを知っているゆえに、そんなことになれば何の役にも立たない…。
もしDOPEに何かあったら、最も近い場所にいたクルーとしての自分は失格だ。
けど、DOPEはそんなフロアの空気にビビる感じもなく、敵対するでもなく、おもむろに片手を上げると身体で軽くビートに合わせて体を揺らし、BBQをおもむろに見つめると不意にはじけ飛ぶようなRAPをマイクに叩きつけだした。

　♪*何がYou Know？　だこのクソ野郎*
　　もっとヤバいフリーキーなフローで圧倒
　　しょうがねえな　相手してやっか
　　どうせリリックも用意してたんだろ？
　　このsucker MC♪

それは翔が初めて見るフリースタイルのMCバトルだった。
動画の投稿サイトにUPされていた映像で、MCバトルを何本か見ていた。
スキルもヴァイブスもすごくて、カッコ良くて、見ていて面白かった。

でも目の前のステージで起こっていることは、ネットで見たときよりもスゴイ緊迫感があった。
2人の関係を思うと、コブシがマイクになっているだけという感じで、タイマンの喧嘩みたいだった…。
フロアの空気も一変した。

全く予期していなかった展開と、DOPEの抑揚を押さえた低音の効いたRAPに、好き嫌いに関係なく引き寄せられ、マイクに叩きつけられるリリック一つ一つを否応なしに受け止めてしまっていた。
一瞬にしてフロアの空気を変えたDOPEは、まるで自分のステージであるかのようにRAPを続ける。

　♪しかし相変わらずひがみ　妬みお好きなヘイター
　　おまえは昔から俺に憧れてた
　　受け取ってやるぜそのLove letter
　　ここで白黒つけちまうぜ　ばっくれんな
　　内心ドキドキしてんだろ？
　　聞こえてるぜおまえの鼓動
　　俺からすりゃ今でもただの小僧♪

不思議な光景であった。
オーディエンスたちは、彼の放つRAPの切れ味に、その内容が自分たちの支持するBBQをディスしていることも忘れてしまっているようだった。

>♪バトル上等　即興フリースタイルモード
>　まさしく末期症状　速攻　消去する
>　3文字　YO！　YO！　BBQ
>　パクリの天才　つまりB級
>　渋谷界隈(かいわい)？　ハァっ？
>　日本全国　噂してるぜ　次のリーダー
>　この俺　DOPE　リアルに一番!!♪

DOPEがそこまでRAPすると、マイクをBBQに放り投げ、ステージからフロアに飛び降りた。
翔はフロア乱闘になると思った。
でも、フロアを満たしていたBBQのファンたちは、海が割れるかのように彼に対して道を開けた。
そして、BBQのLIVEを見に来たはずのオーディエンスたちが、一斉に興奮した声を上げだした。
それは敵意に満ちていた先ほどのものとは明らかに異質なモノだった。
DOPEを讃(たた)える歓声ではなかったけど、パフォーマンスをした度胸とスキルに対する興奮のような感じだった。
BBQとしては立場がなかった。
LIVEで作り上げたフロアの一体感を丸ごと奪われたかのようで

ある。
翔はステージに残されたBBQとそのクルーの表情が忘れられなかった。
「もう終わりか？　ハァ!?　俺はここにいるぜ!!　いつでもやってやるぞ」
BBQも握ったマイクで応戦しようとしたが、すぐに去ったDOPEのうしろ姿とフロアの空気がそれを遮断した。

DOPEは小走りで翔の前までやってくると、翔の手を引くように裏口に向かった。
「このまま逃げるぞ！　撤収!!」
２人は出口に向かってフロアから中央の階段へダッシュした。
螺旋状の階段を一気に上り、出口を駆け抜けると円山町の明かりの奥に向かって走り続けた。
オンエアーを通り過ぎると、ホテル街の路地に入り込んだ。
うしろからは誰もついてきていない。
DOPEは乱れた息を整えると、大きな声で笑い出した。

「超オモレー！　ノリでマイクを取ったんだけどさぁ、全然ダメだ。難しいわ！　ヤッパ、フリースタイルは！　これ以上は無理だと思ってダッシュした！」
翔は一瞬にしてフロアの空気を変えたRAPを、全然ダメで難しいと言ったDOPEが最高に格好いいと思った。
いつかは自分もそんな言葉を誰かに言ってみたいと思った。
「カッコ良かったです、あの瞬間のBBQの顔が忘れられませんよ」
「そうだった?!…見てないけど、どんな感じ？」

「電車に乗ろうとして、ドアが目の前でしまって、電車の中から見られている時の感じとか…」
翔がそう言うとDOPEは再び低い声で笑い出した。
「あいつとバトルすんのは初めてじゃないんだけど、昔から、攻めるばかりで、ディフェンスが弱いんだよ。特に不意打ちとか…」
「見ててスッキリしました！」
「まあ、一度遊んでやったから、アイツもしばらくは大人しいんじゃん?!　まあ、ヒートアップしちゃうかもしんネェけど、ヤベ！　ナオヤが待ってるぜ。まっ！てな感じだな今日は、じゃあな！」
DOPEはそう言って、振り向かずにホテルの横にある細い階段を下りていった。

翔は少し遠回りをして、松濤(しょうとう)にあるビッグマウスのマンションに向かった。
途中で再びBBQのファンに出会ってボコられたりしたら怖いから、小走りで向かった。

　♪バトル上等　即興フリースタイルモード
　　まさしく末期症状　速攻　消去する
　　3文字　YO！　YO！　BBQ
　　パクリの天才　つまりB級♪

すべては覚えてなかったけど、頭の中でDOPEが放った即興RAPの印象的なところがループし続けていた。

翔がビッグマウスのマンションについたのは2時過ぎだった。
部屋に入ると彼はMacの前でトラックを作っていた。
翔はビッグマウスの前に行くとノートを取り出した。
「お疲れ！　今日、スゲー大変だったんだけど、説明はちょっと待ってね、今、やっとDOPEのリリックを思い出してきたから…」
そう言いながら取り出したノートに、20分前に起きた騒動の中で、DOPEが即興でRAPしたリリックを断片的に書き出した。
視覚と聴覚と体に一瞬で刺さったDOPEのRAP…。

　　"もっとヤバいフリーキーなフローで圧倒
　　　相手してやっか　どうせリリックも用意してたんだろ？
　　　しかし相変わらずひがみ　妬みお好きなヘイター
　　　おまえは昔から俺に憧れてた
　　　受け取ってやるぜそのLove letter
　　　バトル上等　即興フリースタイルモード
　　　まさしく末期症状　速攻　消去する
　　　3文字　YO！　YO！　BBQ
　　　パクリの天才　つまりB級
　　　日本全国　噂してるぜ　次のリーダー
　　　この俺　ＤＯＰＥ　リアルに１番"

翔はそこまで書き終えると、そのノートをビッグマウスに渡した。
「DOPEがBBQにアンサーしたリリック」

ビッグマウスはよく状況が理解できてない感じだった。
「だからね、BBQがLIVEの最後に、DOPEをディスったんだって。で即興でRAPをやり始めたんだよ。そしたら、DOPEが最後にステージに飛び上がって…」
　ビッグマウスは言葉にならない驚きの声をあげていた。
「で、アンサーしたリリックがそれ！　そしたらフロアもスゲー盛り上がってBBQのLIVEだったのに、何か空気が変わっちゃったんだよね。DOPEは、サクっとRAPしてマイク放り投げて勝ち逃げ。
BBQもマジで予想外だったんじゃん？　その後はDOPEと一緒にヴェノスの前の坂道を超ダッシュ‼
フリースタイルもDOPEは全然だったとか言ってたけど、カッコ良かった！　何よりも完全にアウェーでしょ、もうこっちがドキドキしちゃってさ…」
　ビッグマウスはノートに走り書きで書かれたリリックを見終えると、ノートパソコンのキーボードを打ち出した。

💻『まあ、確かに普段のDOPEのリリックの世界観とは全然違うね。これをRAPしてるDOPEは怖そうだね』
　ビッグマウスはそう言うと手にしているノートを閉じた。
「どうしたの、何かマズイ？」
　ビッグマウスはキーボードを静かに打ち始めた。
💻『実は、オマエがBBQのLIVEに行くと聞いたときに、こんなことになるような気がしていたんだ』
　翔はビッグマウスが、今夜のハプニングをもっと喜んでくれるかと思っていた。

その表情に、彼の気持ちがよくわからなかった。
『本当のことをいうと、いくらカッコ良くても、相手がディスっていたとしても、人のLIVEでステージに上がるのは問題があると思う』
「でも、フリースタイルMCバトルとかの映像を観るとさ…」
『それは両者が納得してやっているものだろ…今回のは、いくら相手がディスしていたとしても、BBQのLIVEだからな』
「そういうのは許されない訳なんだ」
『そんなルールはないけれど、普通にDOPEがBBQのLIVEを潰しに来たって感じる人もいると思う。BBQのバックには怖い人たちがいるし、周りが変な反応をしなければいいけど』
「…でもアメリカじゃないんだし」
『銃があるかないかの違いだよ。みんながみんなまともじゃない。石にぶつかっただけで人は死ぬ。DOPEはもっともっと上に上っていくべき男なんだ。U.S.の抗争を連想させるようなBBQのやり方に巻き込まれても仕方ない』

翔はノートをカバンにしまった。
少し浮かれていた自分のことが恥ずかしくなった。
確かにビッグマウスの言うとおり、無用なトラブルに関わっていく必要はないと思った。
DOPEがステージの上に上ってしまったとき、それをただ黙って見ていただけの自分を思い出した。
スゴクドキドキしたし、怖かった反面、その出来事に少し興奮していた自分もいた…。

『まあ、今日は無事に済んだからもうこんな話はいいよ。2曲目の"D"の、さらにアレンジしたトラックを作ってみたんだ。これで明日、RECして、まあ、ラフだけどMIXしてそのオーガナイザーに送ってくよ。MP3で翔にもメールしておく。あとは結果次第だな。一応、知り合いだけど、裏口入学はないから』
ビッグマウスはそう言うと、新しいトラックを流し始めた。
翔は新たに手が加わったトラックを聞きながら、何度も"D"のリリックをRAPした。

たった数ヶ月前に知り合ったはずのDOPEなのに、もう何年も一緒にいるような気がした。
それは、すごい密度の濃い時間経過を物語っていると思った。
DOPEをリスペクトして想っているといくらでもリリックが生まれてくるような気がした。
この先、ずっと一緒にクルーでいられたら、どんだけたくさんの気持ちがリリックになっていくのだろうか…。
DOPE、ビッグマウス、ナオヤ、そしてマキ…。
自分にとって、かけがえのない人たちを繋いでくれている音楽…
HIPHOP、そして少しだけだけどRAP出来ることに感謝だと思った。

自分との闘い

変わってしまったんじゃない、
変わりたかったんだ。

バイトに向かう途中、翔は新しくアレンジしたトラックをiPodで聞きながら、"D"を静かにRAPしていた。
昨夜はほとんど寝ないでビッグマウスのマンションで練習とレコーディングを重ねた。
さらに良い曲に仕上げるために、2人で改良点を洗い直し、新たな変化も加えていった。
どのような人にこの曲を届けるのかによって、ビッグマウスはトラックのタッチを変えたいと言っていた。
翔は、自分と同じようにHIPHOPが好きで、新しい希望に向かうような同世代を意識したいと言った。

何度かのRECを繰り返し、ビッグマウスがモニターにある声のデータを切り貼りした後に、スピーカーから聞こえてくる自分のRAPを聞くと、不安と同時に、新しい想いが得られることがある。
「自信」
翔はその言葉が頭で浮かんでも、音として口から出すことができなかった。
音にしてしまうとすべてが嘘っぽくなってしまうような気がしたからだ。
翔は今朝ビッグマウスがキーボードに打ち込んだ文字の一つ一つを思い出した。

『今回のデモは結構クオリティが高いと思う。正直、俺もここまでのレベルのものができるとは思っていなかった。
俺自身もオマエの何かに引き込まれるように自分以上のものを作れたと思っている。

あとはオマエが自分だけが感じられる「自信」をRAPに表現できれば、それで何かが完成する思う。
特にLIVEの時はなおさら。たとえ、今回のエントリーに落選しても、それは終わりではなく、単なる選ぶ人の趣味嗜好の問題。
オマエと俺の作るHIPHOPはすでに始まっている。それをもっとリアルなものにしていこう』
今夜、バイトが終わってビッグマウスのマンションに行って本チャンのRECをして、それをオーガナイザーに送る予定だった。

翔は不安になった。
DOPEに出会ってから、ひと時も振り返らず、一呼吸も入れずにHIPHOPと共に走り続けてきた自分。
前だけを向いて全速力で走り続ければ良かったのに、明日のRECが終わると初めてその速度が落ちてしまい、スピードを出し続けることで得られたモノを失うような気がした。
さらに良くない結果であれば…少しカタチになりつつあるモノが消し飛んでしまうかもしれない。
「自信をRAPに…」
落選したとしても結果は関係なく自信をRAPに表現していくことが、自分の夢をリアルにすることだと、ビッグマウスは言う。
翔はその意味がわかっていながら、どうしても最後の何かが掴めず、リアルにならなかった。
だから「自信」という言葉も口に出来ないような気がした。

ポケットで携帯電話が一度振動して、メールがきたことを知らせる。
iPodを停止してメールを確認するとマキからだった。

彼女を自分が関係しているイベントだと偽って LIVE に誘っていたことを思い出した。
あのときは勢いでそう言ってしまったけど、落選してイベントに出演出来なかったときのことは考えていなかった。

✉「今日は雑誌のオーディションに行きます。超不安〜。コレがすべてという訳ではないんだけど、今回はどうしても受かっておきたいんだ。もし受かれば秋から、その雑誌の準レギュラーのモデルになれるんだけど…カナリレベルが高いのはわかっている。
あ〜、こういうときって、周りの女の子がみんな可愛く思えるんだよね。でもよく考えたら、オーディションて、自分と選ぶ側の問題じゃん？　スポーツとかとは違うから、エントリーしている他のモデルたちは、直接闘う相手じゃないんだよね。
闘う相手は自信が揺らいでいる自分なんだよね。私はいつもそう思って頑張るようにしています。
三村が言っていたイベント、何だかわからないけど、ケッコウ楽しみ。だってその話をしていたときの三村は、チョットカッコ良かった。ジャーネ！」

翔は道端に立ち止まり、どう返事を出そうかと考えた。
降り注ぐ真夏の太陽は痛いくらいだった。
エントリーする LIVE のことを、関わっているイベントだと伝えていたけど、マキに対して嘘はつきたくなかった。

✉「暑いっす！　仕事、相変わらず頑張っているみたいだね。俺も話していたイベントのことで朝から晩まで限界に頑張っている。

でも、初めてのことばかりで、結構オチたり、不安になることもあるかも。上手くいかなかったらどうしようとか…。
でもそんなときは、マキをもう誘ってしまっていることを考えるんだ。マキが観に来るんだから絶対に成功させなくてはって。
なんかこの夏、僕たちは互いにそれぞれの闘いをしていると思う。闘うのは自信が揺らいでいる自分という言葉、何かスゲーいいかも!!　サンキュー！　パワーをもらったよ!!』

翔はそうメールを送り返すと、再びバイト先に向かいだした。
突然の雨雲のようにやってきた不安な気持ちは、マキのメールでほとんど消し飛んでしまった。
一番、欲しい気持ちをくれた彼女の存在が自分にとって、どれだけ重要なのかと改めて感じた。

バイトが終わるとビッグマウスのマンションに直行した。
居酒屋のバイト中も、ずっと頭の中でRAPをし続けていた。
"D"をRAPしたりもしたけど、周りのいろいろな音をビートに感じたから、見るものを自由にRAPしたりもしていた。
電車に乗っているときも同じだった。線路を走る列車の音がビートになったりした。
今まで、考えて考えて作ったリリックとかと全然違うノリでRAPが出来ている今の感じをとても新鮮に感じた。

『よし、今夜はダラダラと練習しながらRECするのはやめよう。２曲とも一発勝負でいくつもりで行こう。その方が緊張感も高まるはずだ』

機材のセッティングをしながらビッグマウスが翔にそう伝えた。
翔は２曲のリリックの書いてあるノートを見ながら大きく頷いた。
翔も、今夜は早くRAPをしたくてしょうがないところだった。
マキに本当のことを伝えたおかげなのか、少しだけ自信がRAPに表現できる気がしてた。もっと自分のRAPがリアルになっていけるような…。
ビッグマウスが機材のセッティングを終えた。
目が合うと、互いのHIPHOPに対する気持ちがものすごくリアルに感じられた。

今ビッグマウスが求めているHIPHOPに対するリアル。
翔が向かおうとしているHIPHOPのリアル。
それぞれのリアルが最高のヴァイブスで重なり合おうとしている瞬間であることを、２人は共に強く感じ合っていた。
今夜の２人のやることは一つだけ。
ビッグマウスは、翔がいない間もずっと作業して完成させたトラックを放ち、翔はビートに乗せて、ヤバイRAPをすればいいだけだ。
２人はお互いのすべてを感じ合っているかのように、言葉を交わすこともなかった。

朝日が既に出ていた。
時計を見ると午前５時を過ぎようとしている。
真夏の日々の中で、少しだけ涼しさを感じられる一瞬の時間だった。

ビッグマウスのマンションからの帰り、翔は少し遠回りして円山町を意味もなく歩いてみた。
もう朝だというのに、円山町には自分と同年代くらいで、パワーを持て余している男女が意味もなく歩き回っていた。
円山町の坂を下り、翔はセンター街に向かった。
そして、いつものセンターマックに入った。
５時を越えたら、朝マックが食べれるはずである。
どうしてかお腹がとても空いていた。
一番ボリュームのありそうな「マックグリルド・ベーコン＆エッグ・チーズ」をドリンク＆ハッシュドポテトが付いたバリュー・セットで注文した。
早朝からはかなり重めだと思われる朝マックのセットを、半分寝ているような店員から受け取り２階に上った。
始発を待っている連中も多いのか、半分くらいはテーブルに顔を埋めるように寝ている。
センター街を見下ろせるお気に入りのカウンターに座り、物すごい勢いで朝マックを平らげた。最後に音を立ててドリンクセットのコーラを飲み干すと少しだけ、落ち着いた。

　「本当に完成したんだ…」

カバンからiPodを取り出し、今さっきRECした楽曲をMP3にして入れた２曲を頭出しした。
　「PLAY」
最初の曲のイントロが始まり、翔がボリュームを大きくすると、周りの話し声が聞こえなくなっていく。

すでに、明るくなり始めている早朝のセンター街を、それぞれの想いを抱きながら過ぎていく人たち…。
辛いことも嬉しいことも含めたいくつもの想い…。
この時間の、この渋谷だけに生まれる想い…。
翔は自分と同じ時代に、同じ時間を生きている彼ら一人一人が自分であるかのような気持ちになった。
その光景は、自分とビッグマウスで作り上げた曲に合わせたPVの映像みたいだった。

　♪2人のStory 動き出す
　　俺の感情　Fallin' とにかく君に夢中
　　でも Sorry だっていつも自信なくて♪

翔はセンター街を、疲れたように過ぎていく、痩せた小柄な同世代の男性の背中を見つめながら、マキやDOPEと出会った頃の自分を思い出した。
教室の壁を見ながら、壁になってしまいたいと想っていた自分。
その横顔を想像しようとしたけど、どうしても想像できない。
でも、あの頃の自分を忘れてしまいたいとは思っていない。
始まりの瞬間を否定する必要はないと思った。
ただ、あの頃の自分は想いがどこにあるのかさえも探そうとしていなかっただけだ。

　♪うまく話せないよ　止め処なく
　　目処なく　あふれ出す感情　行く宛てなく
　　まるで果てなく続く迷路のよう♪

DOPEのRAPを知った瞬間に、身体を走った衝撃。
それが初めてHIPHOPという存在を間近に感じたときだった。
もしHIPHOPと出逢わなかったら…。
今となっては想像も出来ないことだけど、もしHIPHOPを知らない今の自分を考えるととても恐ろしくなった。
それはまるで真っ暗な密林を、懐中電灯も何も持たずにさまよい続けるようなもの…。
HIPHOPがすべてを解決してくれる訳ではないけど、目の前の闇を少しだけ照らしてくれる何よりも大事な存在だと思った。

　♪それは見つからない音色のよう　めくるめく新しい世界
　　教えてくれたのはIt's You　いい出会い　And I♪

マキと初めて待ちあわせたのもこのマックだった。
DOPEが出るライブイベントに向かったあの日。
まだ数ヶ月しかたっていないのに、随分と前のことのように感じた。
マキのことをこんなにハッキリと好きになったはあのときからだろう。
でも、マキのことをもっとずっと昔から好きだったような気がして仕方なかった。
もっとずっとずっと昔から…。

マキへの想いをリリックにした1曲目が終わった。
ちゃんと自分の気持ちをリリックにしてRAPしていたと思った。

　『気持ちは言葉にしないと駄目だよ』

逃げ込んだトイレで水をかけられずぶ濡れになっている翔にマキが言った言葉だ。
翔はその言葉のおかげで、やっと自分は想いをリリックにして、RAPにもできたのだと思った。
2曲目の"D"は深いビートと共に重厚な雰囲気のイントロから始まり、ビッグマウスのスクラッチをキッカケに、いきなり激しい雰囲気に変わる。

　♪昨日までのマイナスのサイクル
　　一瞬で眉間打ち抜くライフル♪

翔は自分がDOPEと出会って何が一番変わったのかと考えた。

　♪すべてを変えたDのヴァイブス
　　繋げていくライムBのバイブル♪

強烈なDOPEのヴァイブスに触れ、自分の人生に革命が起きたと思った。
人に自分の存在がわからないようにひっそりと生きようとしていた翔は、何のヴァイブスも持たずに歩き続けてきたのだと思った。
DOPEのヴァイブスは自分を引き出してくれる磁石のようだった。

2曲目を聞き終えると、太陽がセンター街の路面を強く照らしていた。今日も暑い一日になりそう…。
翔は立ち上がるとマックの階段を下り、自分の曲のPV映像のようであったセンター街に出た。

今度はその映像を眺めるのではなく、その世界に入っていく。
いくつもの想いが通り過ぎていったセンター街を、HIPHOPに対する強い思いを抱きながら翔は歩き続けた。
翔はビッグマウスの大きな力を借りて、自分ができることはすべてやりきったと思った。
HIPHOPを体験してから、自分の中に湧き出たすべての感情や感覚を産み落とした。
あとは、音となり曲となったそれが、誰かに伝わることを祈るだけである。
もし叶うなら、DOPEが僕にくれたポジティブヴァイブスのように、聴く人に届いたら素敵だと思った。

翔とビッグマウスは、3日間だけ互いに休みをとろうということで同意した。
ちょうど、4日後くらいにはエントリーの結果がわかるらしい。
連日連夜の作業はさすがに、ビッグマウスにとってもかなりハードだったらしく、充電が必要だと言っていた。
翔はバイト以外の時間を無駄にしたくなかったから、家に居るほとんどの時間、iPodでトラックを聞きながら2つの曲を何度も練習した。

エントリーしたデモは、それなりのクオリティでRECしたつもりだったけど、何度もRAPして練習を繰り返す度に新しい発見や反省があった。

その度(たび)にもっともっと違う感じでRAPをしておけば良かったと後悔したけど、ビッグマウスのＯＫもでたし、自信を持って結果を待つしかなかった。
しかし、１日目の休みはとくにその想いが強くて、バイトをしている最中も頭の中で流れ続けるトラックにひたすらRAPをしていた。

その夜中、寝れずにベッドで寝転がっているとDOPEからメールが届いた。
✉「ビッグマウスに電話をしたら、スゲー疲れてんじゃん…お前ら根性ねえな！　練習も休みだろ？　明日の昼に軽くナオヤと３人で会いたいだんよね。お前のバイトって夕方からだったよな。ファミレスでいいから、昼過ぎにナオヤと迎えに行く」
✉「了解です！　ではお昼に」
DOPEにメールを返すと少し気持ちが落ち着いた。

ビッグマウスと２人だけでの作業が続いていたせいか、自分の心強い仲間達のことを、気持ち的に忘れていた。
今回送ったデモが結果、受け入れてもらえなかったとしても、自分の中に、また自分の周りには、最高のHIPHOPがいくらでも溢(あふ)れていることを忘れていた。
それが一番大事なことであり、今回イベントに出演するという目標はその一部分が外に向かって動き出した始まりの一つでしかない。
今回のイベントに出演するためだけにHIPHOPを大切にしている訳でもないし、ましてやRAPをしている訳でもない。
HIPHOPと出会って間もない自分がこんな急速にRAPと同化して

いけてることで、大切なことを見落としてはいけないと思った。
自分の中に生まれた、HIPHOPという存在と共に生きていくということが第一の目的であり、それがゴールでなくてはいけないからだ。
そう考えると、自分が今感じている不安が無意味だと理解した。
一生懸命作ったデモが評価されることは、今の自分にとって重要なのはわかっていたけど、そんなことよりも、自分の周りにたくさんの仲間がいるということがずっと大事なことだと思った。
あの学校の教室の片隅から自分を立ち上がらせてくれた、HIPHOPという音楽の存在。
それが自分の中や周りにあるということが、どれだけ大事で感謝すべきか…。

比較的近所の山手通り沿いにあるファミレスにナオヤのDODGE（タッチ）で向かっていた。
その車内ではなぜかBBQの曲が流れていた。
「コレって、彼らの曲ですよね」
翔がそう言うとナオヤが笑い出した。
「あの晩、あの後DOPEに会って話を聞いてさ、超チェックしたくなったぜ！　これから先も軽くバトるってこともあるから、奴らの手の内のことを研究しておこうかなって」
DOPEは黙ったままその曲を聴いていた。翔はその横顔を見ながら、いったいどんな思いで彼らの音を聞いているのだろうと思った。

「ナオヤさんはどう思っているんですか？　BBQのことは」
翔がそう言うと彼は流れていた曲を止めた。

「全然、下手じゃないけど、別にムキになる相手とは思わないね。勝手にやってろ！って感じじゃん？　そのうち勝手にいなくなるタイプだな。正直、一部にしか向けられてないだろ、この感じは！?」
翔のBBQに対する評価はもっと高いモノだった。
彼ら独特の、まるで明日も来ないような雰囲気は、オリジナリティがあって魅力的に感じたからだ。
「ナオヤ、俺は反対に、意外にスゲエって思ったよ。あいつのLIVEはケッコウいいよ！　この間のLIVEくらいまではちょっとナメてたけど…」
DOPEが突然そう言った。
少し強い口調に感じた。
「…そうか？　なら、俺も一度LIVEチェックしてみるよ」
翔はこの前のLIVEでのバトルの一件は、DOPEの中に新しいモノを残していったのかもしれないと思った。
「生意気ですけど、僕も、BBQのLIVEはビックリしました。あの盛り上げ方とか、スゴイと思いました。お客さんの巻き込みかたとかも、上手かったし…」
翔が小さな声でそう言うと、前の席の２人は何も答えなかった。
翔は余計なことを言ってしまったと後悔した。
ファミレスではそれぞれにランチセットを頼んだ。

「とりあえず、秋からのクラブツアーが完全に決まったんだよね。日程はまだ少しユルイ感じだけど、地方のイベンターとも話は大体ついた」
食べ終えてアイスコーヒーがやって来た後にナオヤがそう言った。

「おめでとうございます。いよいよ始まりますね」
翔がそう言うと、DOPEは無表情のまま小さく頷いた。
翔は彼がどうしてもっと喜ばないのだろうと思った。
自分なら飛び回るくらいに喜んでしまうのに…。
「まあ、とにかくだ、この秋はかなりヤバイね。超多忙じゃん…？」
ナオヤが雰囲気を和ませるかのように、そう言った。
彼もDOPEの過度に緊張している態度に戸惑っている様子だった。

「オマエのイベントは？」
DOPEが呟いた。
「あさってにわかるみたいです。昨日は眠れなかったけど、でも、DOPEさんたちに会うことになってからは、もう心配するのやめました。信頼できるクルーと大好きなことをしているんだから、もっと楽しまないとって」
翔がそう言うとDOPEは何も答えなかった。
翔は自分が彼を怒らせてしまったのかと思った。
「そうか？　俺はこの間の感じならイケルと思うけどな…オマエのキャラも変わってきてるし」
「DOPEさん、何か問題有るんですか…。今日、ちょっと怖い感じです」
翔がそう言うと、ナオヤが口を挟んだ。
「翔が怖いってさ、DOPE!!　まあ、DOPEは迷ってるんだよ」
「何をですか…」
「この間、決めたことをオマエに言うことに」
翔はナオヤの言う言葉の意味が理解できなかった。

「決めたことってなんですか？　何か、僕やっちゃいましたっけ？　それともクラブツアーで何かするんですか？」
翔がそう言ってアイスコーヒーを飲むと、DOPEは翔の顔をまっすぐに見つめた。
翔はそのタダならぬ雰囲気にアイスコーヒーから手を離した。

「そのツアーなんだけど、オマエとビッグマウスにも一緒に来てもらいたいんだよね…ていうか連れてくことに決めた!!」
翔は周りの温度が一気に10度くらい下がったような気がした。
それなのに一瞬にして、喉(のど)がカラカラになった。
そしてもう一度、DOPEのクラブツアーを想像したとき、不思議な身震いがした。

その夜は、アルバイトを何とかこなして家に帰った。

DOPEの言葉が翔の頭の中で何度も繰り返し聞こえていた。
傷んだアナログレコードのように規則的に繰り返すのではなく、傷ついたCDのように無規則な繰り返しだった。
当然居酒屋での集中力はデタラメだらけで、注文を何度も間違えたり、酔ったお客に怒鳴られたりもした。
うわの空…。

「クラブツアーはスゲーいろいろな場所をまわるけど、完全に週末。だから、金曜日とか土曜日じゃん？　学校は何とかなるだろ！」

DOPEはまっすぐに翔の顔を見ながらそう言った。
翔はDOPEの言葉にかなりテンパッていた。
けど、真剣な表情と向き合っていると、彼の言う言葉の意味がゆっくりと頭の中に入り込んでくる気がした。

「かなり、イベントのことでいっぱいいっぱいだったので…。そもそも、戦力には全くならない気が…」
「関係ネェー！　俺のクルーとしてオマエを誘ってるんだよ!!　サイドキックとか、知ってんだろ！　その役割とか…」
翔はDOPEのLIVEに参加している自分の姿を想像しようとしたが、どうしてもその瞬間の映像が頭に描けなかった。
（ちょっと無理っぽいですよ…）
そう言ってしまう寸前で言葉を飲み込んだ。
何も言わずにDOPEの顔を見つめ返した。

「まあ、イイや！　ここんとこ、オマエにとって展開が早すぎだろ!?　今週中とかに返事くれよ？　ただ、言っとくけど、オマエがイベントに出れるとか、そんなこととは関係ネェぞ！　あと、もう少しオマエのRAPに俺が教えてやれることもある気がしたしよ！」
翔はゆっくりと頷いた。
「ありがとうございます。でも、少しだけ待ってクダサイ。整理の時間がいる気が…でも、本当にうれしくて仕方がないことだけはわかってください…」
「ＯＫ、まあいいや。とにかく、オマエもおれのクルーだろ？　ビッグマウスとの音作り以外にもHIPHOPに触れておけ！」

翔は昼間のファミレスでの時間を思い出しながらバイトからの帰路についた。
全然、整理はついてなかった。
けど、ツアーを一緒に回りたい気持ちが身体の中のほとんどを満たしていた。
その中に、存在する少しの異物感…。
それはエイジアのイベントに出演できなかったら、DOPEのツアーを一緒に回れる資格などないという答えだった。
自分の人生にHIPHOPという存在を導いてくれたDOPE…。
そんな彼が頂点を目指して、踏み出す最初の一歩が今回のツアー。
きっと、表裏一体にHIPHOPとDOPEは存在している。
自分の存在を認めてもらえたことの幸福感は、言葉にできないほどうれしかった。
だからこそ、翔は堂々と彼のツアーに参加したい。
でも、誰だかわからなくて、スキルも無い自分がウロウロしているだけでは、DOPEたちのイメージさえも落としかねない。
答えは出ているはずなのに、その答えがどうしても答えにならなかった。

家に着く途中の公園の小さなベンチに座り込んだ。
目の前を一匹の黒い猫が無愛想に通り過ぎていくだけで周りには誰もいない。
自然と"D"への気持ちを込めたリリックが頭に浮かんできた。
同時に、静寂に包まれている公園の湿った空気を裂いてビッグマウスのスクラッチが聞こえてきた感じがした。
何度も何度も聞いた、ビッグマウスのトラックを瞼の奥で感じな

がら、翔は自然とRAPし始めていた。
さっき通り過ぎた黒猫が何事かと振り向いた。

　♪昨日までのマイナスのサイクル
　　一瞬で眉間打ち抜くライフル
　　すべてを変えたDのヴァイブス
　　繋げていくライムBのバイブル
　　いつも下ばかり向いていた　教室いや社会から浮いていた
　　特に何も取り柄もない　でも別に絶望ってわけでもない
　　いじめられ逃げ出した廊下　思い出なんて一つもない校舎
　　それがあの日から少しずつ変わった
　　あの一言で俺の地球が回った
　　居場所は自分でみつけろ！
　　つかめ誇りを込めろ思いを
　　ガツンときたハードライム　開いたTHIRD-i
　　初めて立ったスタートライン
　　思いを伝えたいリアルに
　　そしていつか来ると信じたい光る日
　　一生忘れないDからのメッセージ
　　ここから始まるファーストステージ
　　昨日までのマイナスのサイクル
　　一瞬で眉間打ち抜くライフル
　　すべてを変えたDのバイブス
　　繋げていくライムBのバイブル
　　ここで初めてレペゼンする
　　MY NAME IS 翔　Dをリスペクトする一生

いつか追いつきコラボレーション
いつか２本のマイクで揺らしたい日本列島
ビッグマウスのヤバいビートに乗り
つかみたいストリートドリーム
だからもう後戻りはしない　うしろ振り向かない
下向かない　Don't cry！
Ｄの流派　一撃必殺　このステージの一角　かます一発
１ and ２ ３ ４ ５ ６　今までの人生に決めるハイキック
教えてくれる優しさと強さ　近づくほど感じるすごさ
これからも前歩き見せてくれヤバい生き方
みつけたい自分なりの生き様♪

DOPEとの時間への想いを込めたRAPだった。
聞いていたオーディエンスは無愛想な黒猫１匹。
答えにならなかった答えが、いつの間にか翔の中で言葉になっていた。
エイジアのイベントに出演できたら、自分から頭を下げて、ツアーに参加させてくださいと言えばイイと思った。
ダメだったときのことは今は考える必要はない。
超スッキリして、何でこんな簡単な答えが出てこなかったのかと思った。

携帯にメールが届いた。
見るとマキからだった。
まるで自分の気持ちを彼女に見透かされているような気がした。
✉「何してる感じ？　バイトは終わった？　超疲れすぎで、家で倒

れているから、ヒマだったら電話チョーダイ！」
メールを見た翔は、答えが出たこともあって、少し気持ちがアガりながら公園のベンチでマキに電話をかけた。

「ゴメーン！　そっちから電話させちゃって」
「全然ＯＫ！　バイト終わって家に帰ってる途中だし」
「ふーん、じゃあ良かった。こっちはちょっとオチちゃってさ…」
マキのそんな風に沈んだ声を聞くのは初めてだった。
まるで２、３歳くらい歳をとってしまったかのようだった。
「えっ何？　どうしたの？」
「前に話したじゃん？…雑誌のオーディションのこと…ダメだったよ。もう、絶対に余裕だと思っていたのに。なんか超自信なくした」
翔は彼女の傷ついた気持ちを心配すると同時に、自分のデモテープに対する不安感が蘇ってきた。

「そうなんだ…」
「大したオーディションじゃなかったんだよ。結構自信もあったし」
「正直、良くわからない世界だけど、そういうときも、あるよ」
あまり、想像で話したり、慰めたりしたくなかった。
「そうだけど、今回だけはショックが大きくてさ」
「俺だって…」
翔はそう言いかけて言葉を戻した。
彼女と自分とではスタートや、抱えているチャンスや才能の差が違いすぎると思った。
だから、自分だって超人生の分岐点にいるんだ!!とか気軽に言え

なかった。
「三村、今から会ってよ…。なんか、どうしていいのかわからなくなったし。このまま一人で考えるとかなりバッド!!」

「今から…？」
翔はマキが初めてみせる態度に混乱した。

「そう、今から。だってさ、休学まで考えてたのに。わかるでしょ？　ねえ、うちにおいでよ明日の夕方まで。親は旅行に行ってるし」
翔は公園の街灯の明かりを見つめながら、次に言うべき言葉を探していた。
ここ２、３日の出来事の多さに、明らかに思考回路がショートしかかっていた。
それでも大きく波打つ心臓の鼓動が、誰もいない公園に響いている気がして翔は慌てて周りを見回した…。

正直、親が留守だという家に自分を誘ってくれるマキの言葉に翔は戸惑った…。
マキのことだから、それが大して深い意味をもってないことはわかっていた。
きっと、この時間に着替えてファミレスまで出掛けるのが面倒くらいな感じ。
でも、マキを意識している翔にとって、わかっていてもそれ以上

の意味についてどうしても考えてしまう。

「あ、三村、今なんか、変なこと考えたっしょ…？」
次の言葉が見つからずに携帯電話を握りしめたままの翔。
マキの笑い声が耳元で響いた。
「絶対、今、妄想膨らませている‼　親がいないとか言ったから。サイアク！　エロい‼」
翔は頭が混乱して、どう答えて良いかわからなくなって、カラカラの声で言った。
「う～ん、ちょっと違う…女の子の家なんて行ったことないし…」
「嘘だあ～、親がいないからエッチなことができるかもって思ったんでしょ？」
マキがいつもの感じで、冗談半分でからかっているのはわかっていたけど、翔は自分の気持ちの一番奥の暗い扉を開けられたかのような気がした。
一番大事に感じている相手に、一番、見られたくないモノを見られたときのよう。
「相談とかされているのに、俺がマキにそんなこと思う訳ないじゃん‼」
翔はそう言って携帯電話を切ってしまった。

自分のデモのこととか、マキがオーディションに落ちたこととかでナーバスになったんだと思った。
初めてマキに強い言葉を使った。
携帯電話の画面を見つめながら、自分が勢いで言ってしまった言葉に後悔を感じてた。

慌ててあんな言い方をしたことが、反対に自分が変なことを考えている証拠になっている気がした。
家はヤバイからファミレスにしようと言えば良いだけの話だと思った。
あんなに想いを募らせていた相手に対して感情的になってミスった。
自分の器がちっちゃくて、こんな時に子供っぽい自分を恥ずかしく思った。
あ〜15秒前に巻き戻したい！
せっかく相談とかの電話だったのに、完全に嫌われた。
もっとスマートに応えることができるように、練習しよう。
RAPだって、練習して少しは出来るようになったし…。
でもどうやって？

そのとき、見つめ続けていた携帯電話のモニターが光り、マキからメールが届いた。
そこから先に進むのが怖かった。
絶交を告げるメールかもしれない！

✉「ゴメン！…からかうつもりはなかったんだよ。ただ、今夜は超オチてたから、誰かに自分の言葉を聞いてほしかっただけなんだ。そしたら、ミムラが浮かんで。でも、私がからかっていると誤解してしまったみたいだね。ゴメン‼　また明日にでもメールちょーだい‼」
翔は携帯電話を握りしめている手の力が緩んでいくのを感じていた。
✉「コッチこそゴメン。冗談もわからないちっちゃい人間で。明日

またこちらからメールします…」
　翔はそこまでメールを書いて、そこにもう一つ自分の気持ちを告げるべきな気がした。
　自分があんな言い方をしてしまった、
　本営の理由。

✉「あさって、僕も、ちょっとした結果がわかるんだ。言ってみれば、マキにとってのオーディションに近いかも。実はマジ不安。スゲー毎日ドキドキで。自信は多分数パーセントだけ。でも、落ちたとしても、それは次の始まりなだけで、今の終わりではないと思えるようになった。悪い、ミムラのくせに生意気言って」
　翔はメールを送ると、家に向かって歩き始めた。
　携帯電話が再び光る。
　マキからのメールだ。
✉「サンキュー！　今日はこのまま寝ちゃうことにした。んじゃ明日ね。あと、あさってにわかる、ミムラの何かへのチャレンジ、私は誰よりも応援している！　これマジだよ」
　誰よりも応援している…この言葉に胸が締め付けられた。
　彼女が自分の何かを認めてくれた気がした。
　ほんの少しだけど、彼女への想いを込めたリリックのように、少しだけ彼女との距離が近くなったような気がした。
✉「テンパった僕の言葉を誤解してくれなかったことに感謝！　あと、あさってのことだけど、それも、そんなこと自体ができるようになったのも、マキのおかげかも。オヤスミ」
　翔はメールを返信すると、自分の小心に笑ってしまった。
　せっかくマキが自宅で会ってくれるというのに、勝手に照れて、

大騒ぎしただけ。
同時にマキに会いたいという気持ちが身体の中で吹き出し始めた。
今すぐにでも彼女の家まで走っていきたくなった。
でも、その気持ちを力で抑え込むように家に向かって歩き続けた。

> ♪想いながら歩く　遅いだけど気づく
> 　笑えない誤解が　会えない時間が
> 　叶える未来へと続いた
> 　純真無垢　愛に気づいて
> 　安心すぐ会いに行きたい　愛を築きたい
> 　届かないこの手が　その手に重なるまで♪

ゆっくりだけど、確かに近づいているマキと翔の時間。
それを感じると彼の中でいくつかのリリックが生まれた。
夏の湿り気があるアスファルトを歩く自分の足音のリズムに、誰にも聞こえないように小さな声で翔はRAPした。

夏の日差しに焼けこげそうな渋谷のセンター街を、翔は一人汗をかきながら歩いていた。
そこを通り抜け、松濤(しょうとう)方面…ビッグマウスのマンションに向かう途中だった。
いつもマキと待ちあわせるセンターマックの前を通り過ぎる。
２階席のガラス越しに同年代の男女２人がいた。
いつもの翔のように通りを見下ろしている。

思わず彼らと目が合った。
みんな、どんな思いでこのセンター街を見下ろし、過ぎていく人間にどんな思いを持っているのだろうかと考えた。
自分はどんな10代に見えるのだろうか。
夏の太陽に焼けた肌を晒している見ず知らずの同年代の連中。
翔は、ふと、この渋谷に集まっている同年代すべての連中が、もしかすると自分と仲間になってくれる可能性のある存在のような気持ちになった。

こんな気持ちは初めてだった。
居心地の悪かった中学校、壁になってしまいたかった数ヶ月前の自分。
仲間や友達なんていう言葉は使う機会も、それを使う意味もわかろうともしなかった。
でも、HIPHOPに出会ってからの自分は、いつの間にか他人と知り合い、彼らと何かを作り出し、またそれを知らない誰かに伝えようなんていう大胆なことをしようとしている。
他人から見たらとても怖そうなDOPEについてまわり、多くの事を教えてもらい、渋谷の街のすべてが振り返るようなマキをとても近くに感じている。
天才的と言っていい才能を持つビッグマウスの才能と向かい合い、自分の中にあるすべてのモノを臆せずに、少しだけど目の前に差し出せるようになった。
そして、この街の見知らぬ同年代の前に立ち、RAPしようとしている。
翔は自分が出会ってしまったHIPHOPという存在が、自分と見ず

知らずの彼らのような同年代の仲間をつなぐ、ある種の交信手段だと気がついた。

『勘違いだよ』

翔は立ち止まり振り返った。
通りを埋め尽くす喧噪をすり抜けるように、誰かが自分を呼んだ。
夏のセンター街を埋め尽くす、果てしない数の若者たち。
彼らの顔が蜃気楼のように揺らいでいた。そのずっと向こう、センター街の入り口のゲートの下に地味なシャツを着た痩せた少年が立っていた。
こちらをじっと見つめている。
それは数ヶ月前の過去の自分のよう…。

『そんなところにいたらダメだよ』
彼の声が聞こえた。
「もう君とは話したくない」
翔は答えた。
『帰ろうよ。こんな街は大嫌いなんだ。表面だけに感じる。みんな気取ってるし、無意味に格好つけていてさ…。ウザい音楽ばかり流れていて』
彼の声は震えていた。
「確かにみんながやさしい訳じゃない、でも、同じ時間を生きている仲間だと思う」
『僕は独りが楽なんだ。いつからそんな風に変わってしまったの？』

「変わってしまったんじゃない、変わりたかったんだ」
『僕みたいな、ズブ濡れのいじめられっ子は嫌いという訳だね』
「想いを言葉にできなかった自分は嫌いだよ」
『だって怖いんだよ。みんな強そうだし』
「いくら大勢の強い連中だって、僕を殺すまではしない。でも、君は僕を殺すことも簡単にできそうだね」
『ああ、もしかしたら、そっちの方が楽だからね』
「怖いよ、君が」
『ねえ、もう一度聞くよ。HIPHOPなんて無意味だって、あんなの盆踊りと一緒だよ。ただ踊って、時間が来たらおしまい。明かりが消えて太鼓の音がやんだら、また、元の独りぼっちになるだけ』
「それでもHIPHOPしかないんだ。たとえそれが盆踊りでもかまわない。仲間や友達と出会えることもある」
『みんな僕を素通りさ…』
「黙っているだけの君の責任だよ。僕は想いを言葉にすることにしたんだ。その先に最高のRAPもある」
『騙されているんだよ』
「誰に？」
『DOPEにも、マキにも、みんなオマエのことなんて本気で考えていないよ。笑いモノにして遊んでいるだけ』
翔は凍りついた。夏の日差しの下だというのに、汗が冷たくなっていく。
「まさか、そんなこと…」
『やっと気がついたね。DOPEだって君をパシリにしたら便利なだけ。あいつは自分が上にあがりたいだけなんだよ。用が済んだら、君なんてポイだよ。マックのゴミ箱の腐った食いかけのハン

バーガー。
マキだって、あんな芸能人みたいにきれいな女性が君のような、さえない男を相手にする訳がない。
彼女にとってその意味とメリットは、何なんだよ…？
簡単だよ、彼女だって自分のモデルの活動が不安なんだ。そのグチをいつでも好きなときに聞いてくれる相手として君が便利なんだよ。役目としては道端のお地蔵さんみたいなものだよ』

翔はセンター街の入り口から自分に語りかけてくる蜃気楼のような男の言葉が、すべて本当のように思えてきた。自分は、ただその真実から都合良く目をそらしてきただけかもしれない。すべてはただの思い違い。
『さあ、こっちに戻っておいでよ』
翔はその場にうずくまってしまいたい気持ちになった。
彼の言うことが、すべて本当だったら、いや、半分でも本当だったら、今までの自分の想いや、過ぎていった時間の意味はどこかに消し飛んでしまう。

　♪蜃気楼の中に立っている　あの頃の自分
　　HIPHOPその意味も知らなかった　あの頃の自分
　　気分はサイアク　言い分は歪曲
　　でも仲間と出会い語らい　自分を改革　舞い上がる
　　心の意味にも触れなかった　あの頃の状況
　　仲間からの影響で　その全部を消去
　　音のある自分を識別　あんな自分と決別
　　OK　くれる仲間の了解は格別　誤解じゃない

そう　もう一回
扉はまだ開けてない　だから負けてない
変わった訳じゃない
変わりたかったんだ　他人は関係ない
思われるのを待っているんじゃない
思い続けるだけ　その意味が大切♪

そんなリリックが浮かんできた。
するとポケットで携帯電話が鳴っていた。
出るとビッグマウスからのメールだった。

✉「翔、オマエ今どこにいる」
　慌てて返事を打ち返した。
✉「センターマックのチョイ先。そっちに向かっている」
✉「丁度いい、そこで立っていろ、俺もそっちに向かっている。あと少し」
　不安がよぎった。
　翔は待ちあわせているのにどうして彼が自分を探しているのだろうと思った。

　少しすると、センター街の奥からビッグマウスが汗だくになって走ってきた。
「どうしたんだよ、ビックリしたよ」
　翔がそう言うと、ビッグマウスは翔に抱きつき、うめき声のような声を喉からもらして、彼の背中を痛いくらいに何度も叩いた。
　翔はビッグマウスの喉から出てこない言葉を聞かなくとも、彼が

言っていることが理解できた。
汗だか涙かわからなかった。
ただ、とても塩辛い液体が止め処なく鼻や唇の上を流れていった。

「ビッグマウス、ありがとう。2人でステージに立とう‼ エイジアのステージに立とう‼」
そう言った翔はさっきまで自分が立っていた方を振り返った。
蜃気楼のような、センター街の入り口の男はもう、いなくなっていた。

初めてのステージ

#10 Live Stage

あれは僕の本当の思いを言葉に…リリックにしたんだ

不意にCOMA-CHIの「Love music feat. TARO SOUL」のRAPが耳元で響いて目が覚めた。
COMA-CHIはマキからの着メール音にしてある。

✉「とうとう今日じゃん…」
見るとかなり長いメールだったから、後でシャワーを浴びてからゆっくりと読もうと思った。

不思議な気分だった。
彼女にイベントの話をしたのは夏休みが始まったばかりのころだった。
そして今日で夏休みが終わる。
短いようにも感じたけど、過ぎ去っていった時間や、自分の中に生まれたものを、目の前に一つ一つ並べてみた。そしたら、自分の中に過ぎ去ったこの夏休みの時間…その大きさや重さがわかる気がした。
翔はベッドからから起きあがって、寝汗で湿っている身体をタオルでふいた。
開けたままの窓から顔をだして、マンションの中庭を見下ろしてみた。
炎天下の中、小学生くらいの子供たちがサッカーをしていた。
確か自分もあの頃は、同じ場所でよく遊んだ。
まだ、自分の劣等感に気がつかなかった時代だ。
周りの友達や、学校の同級生たちも、他人と自分との能力や運の差など大して意識していない時代。
汗だくになって、何かを絞り出さなくても、自分の居場所があっ

た時代。
でも、今は違う。
そんなものが転がっているのは子供の時だけだとわかった。
そんなものはすぐに奪われてしまい、どれだけお願いしても、木っ端微塵にされてしまう。
だから、自分の居場所を見つけるため、自分の想いを言葉にするため、汗だくになって走り続けるしかないと知ったんだ。

シャワーを浴びようとリビングに行くと、父親が出掛けようとしていた。
「おっ！　翔、お金ありがとうな。バイトっていったって、ああいう居酒屋は大変だっただろ？」
「全部じゃなくてゴメン。年内にはなんとかするから」
昨夜、この夏休みのバイト代すべてを父親に渡した。
借りた20万円の半分と少しだけだったけど、それでも少しだけ気が楽になった。
「あんな事件はお前だって初めてなんだ、こっちは親なんだから気にするな。今日は休みだけど、ちょっと仕事関係の人に会ってくる」
昨夜遅く、父親と母親が転職の話をしているのを聞いてしまった。
給料は下がるけど、昔の同僚が経営している都内にある会社に移れるかもしれないということだった。
閑職当然の転勤よりはずっとマシだと言っていた。
「仕事、お父さんも大変だと思うけど、頑張ってね。俺も、ちゃんとやっているからさぁ。心配しないでいいよ」
「この夏休み、お前が何だっけ？　ほらっ外国の音楽に打ち込ん

でいるの、お母さんはわかっていなかったけど、俺はちゃんとお前の顔が変わってきたと思ってたよ」
「お父さんも、転職して落ち着いたら、また釣り三昧できるじゃん」
翔がそう言うと、父親は少し寂しそうな笑みを浮かべて出て行った。丸まった背中が少し疲れているような気がした。
シャワーを浴びたあと、部屋で携帯電話のマキからの長いメールを読み始めた。

✉「とうとう今日じゃん！　超楽しみというか、私までドキドキ！
LIVEを見る前に超伝えたかったことがあるからメールでね。
先週、ミムラから今日のLIVEに出るって話を聞いたじゃん？
実は、マジ心臓が爆って驚いたよ。けどすごい嬉しかった。
でも、不思議なんだ。同時に、私はちょっとジェラったみたい。
変でしょ？　私だって、秋からは休学して、頑張るし、ミムラに負けない!!って心で叫んじゃった（笑）。
誤解しないでね、勝ち負けじゃないのはよくわかっている。
私が妬いちゃうくらいに、今日のイベントに出演するミムラはすごいってこと！
だって私なりにネットとかで調べたら、このイベントは、カナリ注目されてるみたいじゃん。
何か、今日出る新人でスゴイ注目されている人がいるでしょ？
レコード会社の人とかも結構いるかもね。
それに撮影の時のメイクさんが、HIPHOP好きで、今日のイベントのことを聞いたらカナリ詳しく知っていた。このイベントに出れるアーティストは、いつも注目されるってさ!!
それを聞いたら思わず嬉しくて、何でだろ？　泣きながら、その

イベントに同級生の男の子が出るんだって、私の大親友なんだって、興奮しながら言ったんだ。
そうしたらそのメイクさん、マキちゃんはその人のことが好きなんだね…だって。
そんなんじゃないんだ、しょっちゅう会ってる大親友だよって訂正しておいたよ（笑）。
じゃあ、頑張ってね、私はゲーハー先輩と一緒に行って、一番前で見ているから。
一度も瞬きもせずに見ているから」

翔は携帯電話をベッドの上においた。
涙を流して喜んだというマキの顔を想像しようとしたけど、どうしても背が高くて、気の強そうなマキしか頭に浮かばなかった。
マキのメールは、自分の夢や自分の存在を受け止めてくれているようでスゴクうれしくなった。

昨夜、DOPEに電話をもらったときの言葉を思い出した。

「好きにやれよ。客のためじゃなくて、自分や、自分の周りの誰かにRAPすればいいじゃん。その姿を結果、客が見るんだ」

翔はステージの一番前で自分を見ているマキの顔を想像しようとしたけど、ステージからの眺め自体を知らないせいか、どうしても上手く想像できなかった。
時計を見た。
あと、10時間後に、そのマキの姿を見ることになる。

翔はマキからもらった沖縄土産のキジムナーの人形に家から持ってきた魚の目玉をお供えした。
目を閉じてこれから始まるLIVEの成功をお願いする。
控え室になっている２階に、リハの音が響き始めた。
最初の出演者のリハが始まった。
マイクチェックやPAバランスの作業に混じって聞こえてくるトラックの重低音…。
今のリハはBBQクルーの若手、ZIPPOという名のアーティストだ。
そのトラックやリリックの内容とかの感じがすごくBBQに似ていると思った。

あっけなく時間とはやってくるものだと思った。
今ステージにいるZIPPOと、その次のアーティストのリハが終わると翔とビッグマウスたちの番がやって来る。
すべてのエネルギーと想い、そして時間をこのステージ目指して費してきたこの夏。
翔はリリックを書き留めているノートをめくっていた。
DOPEと出会って知った、想いを言葉にするということ。
隅が丸くなって汚れているそのノートには、この数ヶ月で書いた、たくさんのリリックが書き留めてある。
丁寧に書かれているものもあれば、走り書きやメモ程度のものもある。

♪掴め誇りを　込めろ思いを
　　マイクで変えるライフ　ロックする裏通りを♪

ふと、初めて聞いたThird-iの曲が頭に浮かんだ。
一瞬でそのサウンドに身体が突き刺されたようだった。
初めて書いたリリックを、自然に浮かんだトラックにのせてRAPしてみた。

　♪雨の教室　一人の季節
　　過ぎた痛みを越えて　消して
　　ゆっくりと開いていくドア♪

最初のページは、化学の時間の時に初めて書いたリリックだ。
さらにノートをめくった。
学校の屋上でマキがモデルとして頑張っていく決心を聞かされたとき、どこか寂しさを覚えながら彼女への想いを書いたリリックがあった。

　"君と会って　少し変わってきた
　　俺に笑ってくれた君が　くれた自信
　　メールを書いて君に送信　添付(てんぷ)したい想い
　　君の返信が届くまでの高揚
　　届いたときの動揺が変わる安心この状況は
　　俺にとっては前進
　　伝えられない　気持ちを　握りしめる夜
　　伝えたいけど　毎日だけ　過ぎていく夏

伝えたいとき　どうして　届かない声
　　伝えるべき　この物語　始まりは君"

その先には、電車で喧嘩をして、初めて警察に補導されたときのものがあった。
自分の中で、初めて尖った気持ちをリリックにしたものだ。

　"自分の人生に契約
　　RAPする生き方を誓約
　　軽薄な警察　が顔色偵察
　　戦意喪失を見て　無力に口説く
　　刑事の笑み　そして提示する罪
　　THE POLICE STATION
　　雑魚ぽくして　死ねないしょ〜
　　THE POLICE STATION
　　腐れ　ポリさん　屍でしょう
　　THE POLICE STATION
　　ぜってえ　ポックリ　逝くでしょう〜"

今考えると、あの喧嘩もくだらないものだと思った。
互いに痛い思いをしてまでトラブルにする必要などなかったと後悔した。
けどこのリリックを書くきっかけになったと考えると、あの生まれて始めてのリアルな暴力も、少しは意味のあったモノかもしれない。
ノートをめくっていくと、そこに書かれているリリックには、そ

の瞬間のいろいろな思いがとても精密に込められていると感じた。
さらにページをめくると、今日これからRAPする、マキへの想いのすべてを込めた「2人のストーリー」と、DOPEに運命感じた"D"。
ビッグマウスが翔の隣にやって来るとラップトップに文字を打ち始めた。

『どんな気分？　俺はちょっと緊張している。ここのステージにはケッコウお世話になったから、慣れているはずなのに。でも、悪いことじゃないと思っている。反対にこの緊張感は闘争心みたいなモノだ』
翔はノートを閉じるとビッグマウスの顔を真っ直ぐに見た。
どうしてか自分よりも小柄な彼の内側から、力強い何かを感じた。
「DOPEさんから、客とかのためじゃなくて、自分や仲間たちにRAPするつもりでいけって言われたよ」
翔がそう言うと、ビッグマウスはゆっくりとうなずいた。

あと3時間後に始まるLIVE。
翔は不思議とあまり緊張していなかった。
何百人の前に立つことなど、まるで気にもならなかった。
ステージの上で無数のオーディエンスの前に立つことよりも、最前列にいてくれるDOPEとマキの存在だけが気になっていた。
2人が目の前で見ていてくれれば、それだけで、何も怖くなかった…。

『このLIVEが終わったら、その時、きっと俺たちは何かを感じ

ると思う。これがゴールではなくて、最初の小さな一歩だって』
ビッグマウスはキーボートにそう打ち込んだ。
翔はその一歩の先にある本当のゴールとは何だろうかと考えた。

初めて立ったエイジアのステージ。
そこから見渡すオーディエンスのいないフロアは無機質で、得体の知れない広さを感じた。
前にマキと一緒にDOPEのLIVEを見たときは、全く意識することのなかったフロアの空間…。

中学2年のときを思い出した。
意地悪でラジオ体操係に強引にさせられ、校庭で全校生徒に向かってラジオ体操をしたことがあった。
恥ずかしかった。
加えて何回も間違えてしまい、体操の教師からも文句を言われた。
そのときの校庭を見渡す壇上の眺めとステージはどこか似ている感じがした。
怖がっているのだろうか…。
翔は自分に聞いてみた。
あまりに恥ずかしくて、ラジオ体操が滅茶苦茶になってしまったあの時…。
自分の手足に全く意識が届かなかったあの感じ…。
このステージで自分のRAPが全然違うモノになってしまったらどうしよう…。

数時間後、数百人のオーディエンスの前で大恥をかき、目の前で観ているマキとDOPEを心の底から落胆させるのだろうか。
けど、今の自分の中にあるものは、あの頃とは明らかに違うという確かな感触があった。
それが何なのかはわかっていた。

　『言葉と仲間』

今の自分の中には、あの頃と違い、思いを形にした「言葉」や、最高の「仲間」がいる。
それを知っている自分だから、怖がるはずがないと思った。
翔は振り返った。
その最高の「仲間」であるビッグマウスがスクラッチをして、始まりの合図をする。

翔がゆっくりと頷くと、ステージ上にあるモニターから聞きなれたトラックが流れ出した。
翔はいつものようにRAPした。
初めてのマイクを通す感触…でもあれだけ練習したせいか全く緊張しなかった。
ただ、フロアに響く自分の声が自分でない気がして、ちょっと違和感を感じた。
モニターでトラックを聞いて、ピッチを合わせることに戸惑ったけど、それも慣れてしまえば思い切って声を出しやすくて、よりRAPすることに集中できた。

リハが終わった。
時間はすごく短く感じた。
残った時間、大まかなPAさんへの指示などの作業はビッグマウスが慣れた様子で短時間で行ってくれた。
結果から言うと、いろいろと考えていた割には思ったよりもスムーズにできた。
けど、何か一つだけ、ほんの小さなモノが足りない気がした。
このままでオーディエンスがいるステージに立っても、きっと何の問題もないと思う。
でも、翔はその足りない何かをLIVEが始まるまでに見つけなくてはいけないと思った。
その足りないモノが何なのかまるでわからなかった。
ビッグマウスがさっき言った、「最初の一歩」ということに関わっているような気がした。
控え室に戻って汗を拭いていると、少ししてビッグマウスも戻ってきた。
彼は翔の肩を強く叩くとノートPCのキーボードを叩き始めた。

『いい感じだと思う。オマエは当然、俺も含めてだ。
さっきフロアで観ていたオーガナイザーなんて、リハなのに俺たちの完成度の高さに気づいていた。
見に来る関係者に、俺たちが要注目だってプッシュできるって言ってた。オーガナイザーの表情が変わったよ。久々に本気な感じで嬉しかったよ。
思わず出ないはずの声が出てきそうなくらいだった。
最高だな。俺たち、ちゃんと自分たちの力で何かを形にしようと

しているんだ。
それも、大きい力を持ったものを作ろうとしているんだ』
ビッグマウスのタイピングの音が強く、とても興奮している感じだった。
翔はそんな表情を見せる彼を初めて見た。
確かに上手くいっている。それは自分でもわかっていた。技術的な部分ではあまり不安がないことも確認できた。

でも、どうしてなのか、何か小さなモノが欠けているという感覚がしていた。
きっとそれがなくてもオーディエンスたちは、好みの差はあっても、真っ直ぐに自分のRAPを聴いてくれるだろう。
けど、マキとDOPEが目の前にいる限り、その欠けたモノ無しでRAPするわけにはいかなかった。
「ビッグマウス…自分でも、いい感じになっていることはわかっている。
でも、何でだろ？　何かが今の自分に足りない感じがしてる。本当に小さなものなんだけど、それがないといけないような気がしてスゴイ不安なんだ…」
翔が真剣な顔でそう言うと、ビッグマウスは表情を変えた。そして、再びキーボードを打ち始めた。
『翔…きっと、それは探しても、どこにもないはずだよ』
「エッ！　何で!?　何でそんなことわかるんだよ!?」
翔は思わず大きな声を出してしまった。
『たぶん、それはLIVEが始まったら、自分自身で探すものなんだ』
「始まってからじゃ、遅いんだよ」

💻『じゃあ、LIVEは一生できない！』
　翔はビッグマウスを見つめた。
　２人がそんなに強い視線を向け合うのは初めてだった。

　本番前に、オーガナイザーから舞台に出たり、ハケたりするタイミングや持ち時間、順番などの説明があった。
　１時間後には客入れが始まって、しばらくのDJタイムの後に、オーガナイザーに選ばれた翔たちが順番にLIVEを行う。
「今日のLIVEに出る自分たちはおそらく、例えば、初めて大きな公園に散歩に出る小犬のようなものだと思う。そこで君たちはいろいろなものに出会っていく」
オーガナイザーがスタッフやアーティストたちの前で話し始めた。
翔は彼の視線に強いモノを感じた。
彼の視線は、大きなビジネスに関わっている大人が発するモノだと感じた。
翔は、今夜が内輪の発表会や学園祭とかと違う、リアルな大人のビジネスとしての目線を受けるステージであるとあらためて感じた。
翔は向かいに立っている、ZIPPOのMCが絡みつくような敵意に満ちた視線を送っているのに気がついた。
彼はオーガナイザーの話を全然聞いていない感じだった。
気味が悪かったけど、翔は無視するようにオーガナイザーの言葉に集中した。
「俺は、自分たち一人一人のスタイルやオリジナリティをそれぞれに考えて、可能性があると思ったアーティストに集まっても

らったつもりだ。
テーマはリアルとかPOPとかのスタイルの主張じゃなくて、HIPHOPの新しい可能性を作っていって欲しい。今日みたいな夜の積み重ねから次の世代のRAPスターが生まれると言ってもオーバーな話ではないと思う。
その次世代のRAPスターは、俺だけが感じていてもしょうがない。今日のLIVEが単なる発表会じゃないってことを、またこのイベントの高いクオリティを今日の客にしっかり見せてやってくれ。以上」
オーガナイザーの言葉の一つ一つに、翔はとてもリアルな重みを感じた。
大人が言う言葉に対して、自分の中にあるモノがこれだけシンクロした経験は初めてだった。

控え室の前でZIPPOのMCが翔に近づいてきた。
「ワックMC、レベル下げて恥かかせるなよ」
嫌なヴァイブスがズシンと翔の胸に響いた。
ビッグマウスは少し離れた場所で、2人を冷静に見ていた。
翔はこういうときの対処に慣れていない自分に気がついた。
「LIVEは初めてです。よろしくお願いします」
翔はそう言って頭を下げた。
「アー！ こいつウゼー！ DOPEだけじゃなくて、オメーもマトにかけっぞ!!」
彼はそう言って翔の胸を突き飛ばすと、自分の控え室に戻っていった。
その様子を見ていたビッグマウスがすぐに近くにやって来た。

「マトにかけるって…すごいね。ふつうに俺なんか弱いのに…そんなに強そうに見えたのかな。何かチーマーの抗争みたいじゃん？」
翔がそう言うとビッグマウスは「相手にするな」といった表情を見せた。
翔はタメくらいのあいつがDOPEって呼び捨てにして、翔に見せた今にも刃物で刺してきそうな目つきが心に残った。
自分はあんな目を他人に向けたことは一度だってない。
あんな目を何のために使うのだろうかと考えた。
時計を見るとLIVEの始まりまで1時間を切っていた。

控え室で翔は高まる高揚感に包まれながらも、同時にまだ見つけられていない「足りていない何か」について考えていた。
ビッグマウスはLIVEが始まってから見つけるモノだと言っていたけど、それからでは遅いような気がして仕方なかった。
一瞬、DOPEに電話して、彼の言葉を聞きたくなったけど携帯に伸ばした手を止めた。
そんなことを考えているから、あんなヤツに突き飛ばされる始末なのかもしれない。
ビッグマウスがラップトップに何かを打ち始めた。

💻『翔、とうとう始まるぞ。もう俺からは何もアドバイスもないし、オマエの中にも俺に聞くべきことはないと思う。
今夜のLIVEは上手くいくはずだし、楽勝だろ。当たり前のように上手くいかなきゃ、もう、RAPなんて、やめたほうがいいと思う。リスナーでいるっていう選択だってある。

ただ、さっきオマエが言った疑問について、俺も少し考えてみた。LIVEが初めてのオマエが、自分に何かが足りていないと思ってしまう感覚。LIVEが始まってから見つけろと俺が言ったことは間違っていないと思う。オマエはずっと独りでここまでやって来たからわかっていないんだ』
「独りじゃないよ、仲間とだよ」
『いや、仲間はオマエと同体だから独りでしかない。俺の言っているのは、ステージで向き合うオーディエンスという生き物の手触りを知らないということなんだ。
ただ、それを知るのは簡単なんだ。熱くできるかは別だけど…。
だから、今は何も心配しないで、初めて触れる、その生き物の触り心地を楽しみにしていれば良いと思う』
「理屈ではわかっているんだ。でも、何か足りていない感覚が残っていて」
『最後に言う。その感覚も音楽のリアリティだろ。すべてが完全じゃない。設計図なんて二の次なんだ。
生きているその瞬間、瞬間の、リアルな感覚に自分を漂わせるんだ。今だってあの三流MCにドツかれたじゃないか。あれだって今夜のリアルなんだ。あいつに何を感じた。何を見せてやりたい。それがHIPHOPだよ』
ビッグマウスはそう告げるとラップトップを閉じた。

翔はあのMCに突き飛ばされた胸の真ん中に残っているわずかな痛みを感じた。
触るとズキンとした。
するとその痛みがスイッチであるかのように、ステージに向かい

たいという気持ちが、まるで壊れていたバルブが開いたかのように溢れ始めた。
ステージでオーディエンスの前に立ちたい。
そして、目の前にいるはずのマキとDOPEに自分のRAPを聞いてほしい。
いつの間にか、少し忘れてしまっていた、リアルな瞬間の思いを、臆せずに言葉にするという感覚。
翔は、今夜のLIVEは、足りているとか、足りていないとかなんて一切関係ないんだとやっと気がついた。
時計はまだその時間を指していないけど、すべてはもう始まっている。
あとはビッグマウスのスクラッチから始まる、最高のトラックが聞こえてくるのを待つだけだ。

DJがブースで準備を始め、明るかった照明が、ゆっくりと落ちていった。
曲が流れ始めると同時に、エントランスの扉が開けられ、客入れが始まった。
ドリンク代を含めて1,000円ということもあり、予想以上の集客のようだった。
2階の控え室になっているフロアにも、たくさんのオーディエンスたちのヴァイブスがダイレクトに伝わってくるような気がした。
フロアがほとんど、埋まっていると聞いたとき、翔は嬉しいと同時に、そんなたくさんのオーディエンスの前で初めてRAPする

ことのリアリティを今ひとつ感じていないことに気がついた。
その理由は自分でもわかっていた。
翔がRAPしたいのは、オーディエンスのためというより、マキとDOPEのためという気持ちが強かったからだ。

フロアに流れる音が少し弱まり、MCのマイクが入った。
今夜のイベントの内容と、出演者についてアナウンスをした。
「ZIPPO!!」
最初はBBQクルーのZIPPOだ。
オーディエンスたちの中には彼らのゲストも多いみたいで、１曲目からフロアが振動するくらいの盛り上がりになった。
フロアの盛り上げ方も上手く、彼らのゲストを中心に、コールアンドレスポンスもフロア全体に広がっていった。
翔の順番は彼らの次だった。
ビッグマウスに呼ばれ、控え室からステージ上手(かみて)のソデに向かって降りていった。
ステージ横のソデに着くと、どうしてか大音量で聞こえているはずのZIPPOたちのRAPや重低音が響くバスドラムも、自分の耳に聞こえなくなっていることに気がついた。
聞こえてくる音はすべて、水の中でモヤモヤと聞こえているようなモノばかり…。

ステージから漏れる明かりやストロボライト。
その先を見つめながら、翔は自分が辿(たど)り着いてしまったこの場所の意味を考えていた。
何のために振り返りもしないでここに向かってきたのか。

何を求め続けていたのか…。
高校に入学した早々に教室でイジメのターゲットとされたあの春。
たった数ヶ月前なのに、今考えると自分が生きてきた年数よりも昔のことのように感じる…。
まるで前世の淡い記憶だ。
だから、今の自分には、もうそんなことは意味がなくなっているのだとわかった。
振り返ることで、前に進む力を得ていた自分はもう終わりだ。
どうしてHIPHOPの世界にここまで入り込んだのか、もう忘れているような気がした。
今、やるべきことは決まっている。

気がつくとZIPPOたちの２曲目が終わっていた。
彼らの仲間たちは、フロアで最後まで大きな声をあげている。
ビッグマウスが翔の背中にそっと手を触れた。
自分よりも身体の小さなビッグマウスの小さな手だ。
彼は翔の耳元で何かを言った。
言葉をうまく話せない彼が絞り出した言葉。
「ハ・ジ・マ・リ…」
すると翔の耳に聞こえてくる音が突然クリアになった。
その瞬間、身体が軽くなった。
言葉を残して、ビッグマウスは一人、DJブースに向かった。

「ネクスト・アーティストはまさに次世代っていうよりこのLIVEがお披露目となる超新人!!　孤高のラッパー、DOPEもチェックしている面白いヤツだ！　トラックメイカー＆DJは

ビッグマウス!! チェックしときな!」
MCが翔たちを紹介すると同時に翔はステージに出た。
暗いフロアを埋め尽くすオーディエンスは人というよりは、ゆっくりとうねっている真っ暗な海のように感じた。

ZIPPOの仲間らしき数人がブーイングの声をあげた。
DOPEという言葉に反応しているようだった。
予想の範囲内ではあるけれど、気持ちの良いモノではなかった。
けど、彼らの声を押しのけるように、翔の名前をコールする女性の声が聞こえた。

マキの声だった。
照明の明かりで彼女の姿は見えなかったけど、ステージの目の前、数メートル先で彼女が一人で大きな声を出しているとわかった。
マキの存在感に、フロアに何かの化学変化が起きたかのようだった。
翔のことを大して知りもしないオーディエンスの一部が、彼女の声に続いて、翔の名前を呼んだりした。
ZIPPOの仲間以外のほとんどのオーディエンスはDOPEという言葉に、大きなグッドヴァイブスで応えてくれた。
DOPEが力をくれているみたいだった。
そのコールは徐々に広がっていき、フロア全体に翔の名前が響きだした。
ブーイングをしていたZIPPOの仲間たちは、反対に居場所がなくなったかのように自然と黙ってしまった。

翔は嬉しくなった。

今すぐRAPしたい気持ちで一杯だった。
マキが目の前で見ていてくれる。
そしてDOPEもその横にいるはずだ。
　「ハ・ジ・マ・リ」
ビッグマウスの言葉が聞こえたような気がした。
同時に彼のスクラッチが聞こえ、待ち望んでいた最高のトラックがモニターから聞こえだし、フロアに落ちていった…。
イントロを刻みながら繰り出すビッグマウスのスクラッチ…けどそれはいつもの練習やリハの時のスクラッチとは違っていた。
DOPEの曲やDOPEの声をネタにしたものだった。
イントロも途中でリピートし、聞き慣れたDOPEのリリック「掴め誇りを!!」が何度も巨大なスピーカーから放たれた!!
その瞬間にフロアの空気が変わった。
スクラッチでネタにしたDOPEとMCが口にしたDOPEという言葉がリンクして、オーディエンスたちはステージにいる２人がただのド新人ではないことを感じ取っていた。

何かが足りないという自分の疑問に対して、これが彼の言っていた答えなのだ。
オーディエンスの手触りなのだとわかった。
翔はビッグマウスの本当のすごさを改めて感じた。
マイクを持ち、ステージの一番前にゆっくりと進んだ。
スクラッチされるDOPEの言葉が背中を押してくれて、自然と暗闇の海に向かって行くことができた。
ビッグマウスの演出で、最高のオープニングになった。
激しいスクラッチで音が止んだ。

一拍の沈黙の後、いつもの聞き慣れた、少し優しいイントロとトラックが流れ出すのと同時に、照明が変わった。
その瞬間…すぐ目の前でマキの顔が見えた。
本当に目の前、手を伸ばせば触れられるような距離に彼女はいた。
数百人のオーディエンスの存在感が消えていた。
感じているのは目の前のマキのことだけだった。
翔はずっと彼女に言いたかったことを思い出した。
ずっと言えなかった、いくつもの言葉。
最高に可愛くて、背が高くて、手足が長くて、触れることも出来ないようなマキという存在。
今、それらのすべてを彼女に言える。

　♪2人のStory 動き出す
　　俺の感情 Fallin' とにかく君に夢中
　　でもSorry だっていつも自信なくて
　　うまく話せないよ 止め処なく
　　目処なく あふれ出す感情 行く宛てなく
　　まるで果てなく続く迷路のよう
　　それは見つからない音色のよう
　　めくるめく新しい世界 教えてくれたのは It's You
　　いい出会い And I

　　悲しい気持ち打ち明けたい できるなら俺が君の側にいたい

　　今はまだ やっぱ言い出せない 明日また
　I give it Give it to U Baby

今はまだ　やっぱ言い出せない　明日また
I give it　Give it to U　Baby
目の前のやるべき事　お互いあるから　やっぱ日ごと
離れてく2人の距離感じる　だから今俺にできること
伝わる　伝わらない　それ関係なく
等身大の想い乗せる　*ONE TAKE R.A.P*
いつかは君のその目の前で
歌わせてよ君のその目を*Mine*で
　今はまだ　やっぱ言い出せない　明日また
I give it　Give it to U　Baby..
　今はまだ　やっぱ言い出せない　明日また
I give it　Give it to U　Baby ♪

翔は、最後のバースでマキを見ながら、RAPした。
少し、ピッチがずれたけど、ゆっくりと最後のリリックを言葉にした…。

　♪・・・今はまだ　やっぱ言い出せない・・・♪

トラックが少し先に終わって、フロアに翔の声の残像がゆっくりと広がった。
自分でも確認できるその残像をフロアに感じながら、達成感を一瞬噛み締めることができた。

初めてだった。

これだけの思いを、真っ直ぐにすべて伝えられた。
リリックにあった「言い出せない…」
だけど、どうして言い出せないかをすべて伝えられたと思った。

マキもフロアから翔のことを瞬きもしないで見つめ続けていた。
翔は目の前のマキを見つめながら、自分がずっと思い続けていたこと…。
自分がマキに持っている気持ちのすべてを、伝えたと感じた…。
２人の間に、言葉が生まれたような気がした。
それは文字にはならない言葉。
口から声にしてもどこかに消えてしまう言葉。

でも、その言葉の意味や手触りを、翔とマキは互いに知っているような気がした。
ふと、気がつくと、フロアは静かな夜の海に戻っていた。
オーディエンスたちは何か不思議なものに出会ってしまったかのように、全員、ステージを見つめたまま動きもしなければ、何も言わなかった。
ただ、静かにステージ上の、小柄な翔を見つめていた。
翔はステージの上からその光景を見ながら、どうして、みんな静かなのだろうかと思った。
もしかして、自分の終わり方に余韻がありすぎたのかもしれないと思い、
「ありがとうございました…」

と言葉で締めたその瞬間に、フロアが大きく揺れた。
フロアにいる数百人の賞賛のレスポンスが、翔には何万人のものであるかのように感じられた。
翔は一瞬、意味がわからなくなって、思わずDJブースにいるビッグマウスの横に行った。
「これって、どういうことなんだろう。うけたのかなあ…?」
翔がビッグマウスにそう言うと、ビッグマウスは翔の腕をとても強く握った。
翔は彼の小さな手から伝わるものにすべてを理解した。

(ビッグマウスと作ったものは成功したんだ!)

翔はやっと自分とビッグマウスの努力…そして信じてたものが、間違っていなかったと理解した。
ステージの真ん中に戻ると、翔はオーディエンスにもう一度大きく頭を下げた。
自然とそうしていた。
自分とビッグマウスが必死で作ったモノを、真っ直ぐに喜んでくれたということが嬉しくて仕方なかった。
ステージに降りていき、一人一人に感謝の思いを伝えたいくらいだった。

翔は再びマキを見つめ、頭を下げる思いで、ゆっくりと瞬きをした。
マキはそんな翔を真っ直ぐに見つめながら、頭上に手をかかげて細くて長い指で拍手し続けていた。

「あの、僕は今この瞬間が、初めてのステージでした。ありがとうございます」
翔はフロアを見渡しながら思いを言葉にした。
「全然、経験がないから、練習したり、リリックを作ってた時、LIVEってどんなものだろうって、ずっと考えていました。LIVEの実感…？　手触りとかについても、ずっと想像していました。それが、今、やっとわかったような気がしました。とても柔らかくて、温かくて、すごい手触りだと思いました。本当にありがとうございました。スゴイ感謝です」
翔がそう言って再び頭を下げると、翔の名前を呼ぶ声がフロアのあちこちから聞こえた。
何となく、フロアにできていた温かい余韻にゆっくりとフタをするように、ビッグマウスが、音を流し始めた。

"D"の始まりだ。

イントロは、翔が初めて聞くものだった。
マキを想った曲とは全く違うイメージのトラックが始まる。
重厚で、映画のサントラとかを連想させて、すごいことが始まるような期待を感じる雰囲気のトラックだった。
フロアのオーディエンスも、そのトラックの雰囲気に、１曲目の世界観とは全く違うものをすぐに、感じたようだった。
そして、２曲目が始まったことを体内に入ってくるビートと共に理解していった。
２曲だからしょうがないけど、全然違う曲を一度リセットさせて聞いてもらうには、スゴイいいフックだと思った。

ビッグマウスのことだから、曲のギャップを計算して、用意していたのだろう。
翔はビッグマウスのキャリアと才能が、どこまで深いモノなのだろうかと、思わず身体が震えた。

いつもの"D"のトラックがスクラッチで、滑り込んできた。
RAPし始める前に、DOPEの顔が見たかった。
DOPEはどこにいるのだろうかと思った。
マキの隣や、その周り、前の方を見回したけど、どこにも見あたらなかった。
でも、翔はDOPEの存在感を感じていた。
彼がまるで真横で自分の肩に手を乗せていてくれるような存在感を感じていた。

（絶対にこの場所にいる）

彼のことだ…自分を甘やかさないように、きっとフロアの隅の暗い場所から自分を見ていてくれている、と翔は思った。
彼と出会ったことで、この場所まで来れたことを伝えたかった。
「D!!…ありがとう!!」
翔は大きな声でそう叫んだ。
フロアのオーディエンスたちも、翔の言葉の意味を理解したように、トラックに体を揺らしながらヒートアップしていった。
ビッグマウスがヘッドフォンを肩に挟み、空いた右手を天にかざし、上下に跳ねさせた。
オーディエンスも同調し、ビートに合わせて手を上げた。

目の前のマキも嬉しそうに両手を上にかざしていた。
ステージからのライトにその目から涙が流れているのが見えた。

（始まるんだ!!）

翔は自分の中に、何か大きなエネルギーの塊のようなものが満ちてくるのを感じていた。
身体の中が熱くなり、爆発寸前の原子力がお腹の中に現れたような気分になった。

フロア全体を盛り上げるトラックに身体を預けながら、フロア全体を見回した。
すると、PA卓がある２階の一番奥の壁際にDOPEの姿が見えた。

（DOPEだ!!）

PA卓の横の壁に寄りかかって、自分を真っ直ぐに見つめていた。
リズムを顎でとりながら、そしてゆっくりと頷いてくれた。

翔はDOPEと、今の自分のすべての思いがリンクしたような気持ちになった。
もう何も怖がることや、足を止める必要はない。
自分の中にあるすべての抑えきれないエネルギーを、フロアに向けて、全力で放出すればいいだけ。
「見せてみろよ、俺に、見せてやれよ、ここにいる全員にオマエを」
翔はDOPEがそう言っているのが聞こえた。

ハッキリと、彼独特の重々しい言葉が耳の中で響いた。

「DOPE!!」
翔がそう叫ぶ瞬間、その瞬間を予想していたように、ビッグマウスが一瞬すべての音をOFFにした。

「DOPE!!」

言葉だけが、フロアのすべてに突き刺さった瞬間、ビッグマウスの放つスクラッチと共に翔のRAPが始まった。
フロアが嘘みたいに大きく揺れた。

♪昨日までのマイナスのサイクル
　一瞬で眉間(みけん)打ち抜くライフル
　すべてを変えたDのヴァイブス
　繋げていくライムBのバイブル
　いつも下ばかり向いていた　教室いや社会から浮いていた
　特に何も取り柄もない　でも別に絶望ってわけでもない
　いじめられ逃げ出した廊下　思い出なんて一つもない校舎
　それがあの日から少しずつ変わった
　あの一言で俺の地球が回った
　居場所は自分でみつけろ！
　つかめ誇りを込めろ思いを
　ガツンときたハードライム　開いたTHIRD-i
　初めて立ったスタートライン
　思いを伝えたいリアルに

そしていつか来ると信じたい光る日
一生忘れないDからのメッセージ
ここから始まるファーストステージ
昨日までのマイナスのサイクル
一瞬で眉間打ち抜くライフル
すべてを変えたDのバイブス
繋げていくライムBのバイブル
ここで初めてレペゼンする
MY NAME IS翔　Dをリスペクトする一生
いつか追いつきコラボレーション
いつか2本のマイクで揺らしたい日本列島
ビッグマウスのヤバいビートに乗り
つかみたいストリートドリーム
だからもう後戻りはしない　うしろ振り向かない
下向かない　Don't cry
Dの流派　一撃必殺　このステージの一角　かます一発
1 and 2 3 4 5 6　今までの人生に決めるハイキック
教えてくれる優しさと強さ　近づくほど感じるすごさ
これからも前歩き見せてくれヤバい生き方
みつけたい自分なりの生き様♪

"D"のRAPが終わった。
フロアにいたすべてのオーディエンスが、その曲に込められた意味を理解してくれてるようなレスポンスをくれている。

翔はフロアに向かって、何度も頭を下げた。
フロアにいるすべての人は、新しい才能を感じていた。
何か新しいシーンが始まっていくことも予感することが出来た。
「翔‼‼」
フロアから自然と賞賛まじりに翔の名前が呼ばれた。
翔がどんな少年で、何でRAPをしてるのか、どの位リアルなのか、これからどんなアーティストを目指すのか、一切何も知らないのに、まるでずっと翔を見守ってきたかのように親しみを込めて翔の名前を何度も繰り返した。
嬉しくて泣き出したい気分になったけど、嬉し涙でも、ステージの上で涙を見せるのは嫌だった。
目の前にはマキがいるし、2階にあるPA卓の横ではDOPEがステージを見てくれているはずだ。

翔は目の前にいるマキを見た。
彼女は盛り上がっているフロアの中で、真っ直ぐに翔のことを見つめながら小さく拍手を繰り返していた。
2階を見ると、そこにはDOPEの姿はなかった。
彼のことだ、翔のパフォーマンスとオーディエンスの反応を見て安心して帰ったのだと思う。
何となくだけど、DOPEはいつまでも甘えていてはいけないと言っているのだと思った。

「ホント…今日はありがとうございました。これからもっともっとHIPHOPを知って、たくさんの想いを言葉にしていきたいと思います」

翔がそう言うと、ビッグマウスが横にやって来て、彼の手を掴んで闘いの勝者のように上にあげた。
翔は一気に身体の力が抜け落ちた。
少しでも気を抜けばその場にへたり込んでしまいそうだった。
ビッグマウスはそのまま翔の手を掴んだまま、ステージのソデへ翔を引っぱっていった。
入れ違いにMCのマイクが入ったけど、その言葉も意識の遠くに…薄れていった…。

何分くらい経ったのだろうか…。
気がつくとフロアを映すモニターの明かりが視線の先でボンヤリと輝いていた。
控え室で翔は半分意識が飛んで、グッタリとしていた。
「お疲れ様だね！　すごい良かった…。私の知ってる三村じゃなかった。カンドーして言葉が見つからないよ」
視線の先にマキの顔が現れた。
大好きな、毎日何度も思い出している彼女の顔が目の前にある。
翔は思わずマキとハグをしたかったけど、もちろんそんな勇気はなかった。

「ずっとボーっとしてたよ!?」
マキの長い腕に頭を抱えられるかのようにして、翔は起きあがった。
見回すと、控え室になっているフロアには２人だけだった。
「ビッグマウスはイベントのスタッフと外で話しているよ」
翔は乾いた汗でベトベトしている顔をタオルで拭いた。
急に、汗で濡れたＴシャツの冷たさを感じた。

「ごめん、何か…意識が完全に飛んでたかも…」
「ビッグマウスも、完全燃焼だから、しばらく放っておけって言っていたよ」
マキはそう言ってペットボトルのお茶を紙コップに注いだ。
「…上手く、いったのかなあ？」
翔がそう言うとマキは紙コップのお茶を渡しながら無言で微笑んだ。
「自分では、あんま良くわからないかも。ただ、フロアのヴァイブスは感じたんだ。でもそれが上手くいったという答えじゃないから」
「上手くいったじゃん。でも、そんなことより、きっと三村の中で何かが生まれたはずだと思う…」
「みんな、マキやDOPEのおかげだよ。俺はホントここまで、2人に導いてもらった気がする」
「違うよ、反対だって！　みんなが三村に何かを感じたんだよ。いじめられっ子だった三村が、自分の力で何かを見つけ出そうとしている。その姿に、みんな自分の中にもある同じような思いを感じたんだよ」
「その言葉にホント、安心した。どんなにたくさんのレスポンスよりも、僕はマキにそう言われるのを待っていたと思う」
「ありがとう、最初のあの曲、とってもきれいなリリックで…本当に、三村がスゴク光ってた…」
「…あれは、あれは僕の本当の思いを言葉に…リリックにしたんだ」
「ウン…。伝わったよ、全部」

マキはそう言うと、翔のことを強く抱きしめた。
翔は今起きていることに対して、どう対応してよいか全くわから

なかった。
彼女の胸の中でまるで子供のように動かずにジッとしていた。
でも、自分のマキに対する思いが、全部じゃないけど、ちゃんとした形で伝えられたことは、彼女の腕から伝わる力強さから理解できた。
翔はゆっくりと彼女の背中に手を回した。
強く彼女を抱きしめたかっただけで、それ以上の意味はなかった。
２人は何も言わずに抱き合ったままでいた。
翔は、このまま彼女と今のままでいられるなら、明日まで抱きしめ続けられるような気がした。

扉が急に開くと、ビッグマウスが飛び込んできた。
２人は照れくさそうに互いの背中に回した手を離した。
ビッグマウスはそんなことは全く気にもとめていないかのようで、今そこで幽霊を見たかのような顔つきだった。
翔は彼のそんな顔を見たことがなかった。
「タ・イ・ヘ・ン…」
ビッグマウスは喉の奥から苦しそうに言葉を絞り出し、翔に携帯電話を渡した。

「もしもし、翔です」
携帯電話に恐る恐る耳を近づけた。
「翔か？　ナオヤだ。今、DOPEがいる病院に向かっているんだ。あいつ…オマエのLIVEを見に行く途中、神泉の駅の近くで、誰かに刺されたらしいんだ。かなりヤバイらしい。今、広尾の日赤病院にいる」

そう言って電話は切られた。
翔は映画のワンシーンに自分がいるような気持ちになった。
「どうしたの…何があったの？」
マキが不安そうに呟いた。
「どうして…だって、DOPEはさっきフロアの一番うしろで…」
翔はビッグマウスに引きずられるかのように控え室を出た。

夏の終わりに

#11 Another Day

またいつか…
2人が本当に会うべきとき、僕たちは出会うと思う。
あの廊下で出会ったときみたいに。

円山町の坂を駆け上がり、道玄坂に出ると、翔はビッグマウスとマキと３人でタクシーに飛び乗った。
夏休みの夜の渋谷は渋滞していてなかなか進まない。
翔はイライラする気持ちでいっぱいになった。
さっきLIVEを終えて、あんなに充実感で満たされてアガってた気持ちは遥か昔の夢のように感じた。
渋谷の夜を楽しそうに笑顔で歩いていく人々、全員が腹立たしく感じた。
聞こえてくる楽しそうな音楽や、無数の笑い声が耳に突き刺さった。
「なんでこんなに混んでいるんだよ!!」
翔は思わず呟いた。
すると、マキがその気持ちを察しているかのように彼の耳元で囁いた。
「こういうとき、周りは落ち着いていなくちゃ…。いくらイライラしても状況は変わらないよ。反対に余計なトラブルになるだけ」
マキはそう言うと翔の手を強く握った。

「でも…どうしてなんだろう。DOPEはさっきフロアで…」
翔は、LIVE中に、ステージの上から見た、２階のPA卓の横で自分を見つめていてくれたDOPEの姿を思い出した。
「DOPEがフロアでどうしたの…？」
翔は自分がフロアのうしろでDOPEの姿を見たことをマキにもビッグマウスにも、今は言わない方が良いと思った。
薄暗いフロアでのことだし…。
もしかしたら、見間違いだったのかもしれない。
けど、ステージからの照明が何度か彼の顔を照らし、翔はそれを

しっかり見ている。
リズムを顎(あご)でとりながら、そしてゆっくりと頷(うなず)いてくれた。
「見せてみろよ、俺に、見せてやれよ、ここにいる全員にオマエを」
DOPEが彼独特の重々しい言葉でそう言っているのを、翔はその姿からハッキリと感じ取った。
いや、ハッキリと、耳の中で響いた。

「…いや…別に。どうして…どうして刺されたのかな？」
ビッグマウスが翔の顔を見つめていた。
翔の考えていることを感じ取っているかのようだった。
さっきのLIVEの時、DOPEを見たことを、ビッグマウスはうしろから見ていて感じ取っていたのかもしれないと思った。
翔はビッグマウスの顔を見つめた。
彼も同じようにDOPEの姿を見たのだろうか…。
だけど、全然、つじつまが合わないと思った。
だって、DOPEは渋谷の隣の駅、神泉駅近くで刺されたという。
もし、強引につじつまを合わせるというのなら、刺されたままの身体で神泉駅から10分近くの距離を歩いてエイジアまで来たことになる。
それで出血したままでLIVEを観ていき、再び神泉駅まで戻って救急車で運ばれたことになる。
いくらDOPEでも、そんなことが可能とはとても思えなかった。
それに、もしDOPEがエイジアに血だらけで入ってきたのなら、エントランスにいる人が見逃すわけもない。
翔は、自分の目に映ったDOPEの姿をもう一度思い出した。
何で自分にはあんなにハッキリとDOPEが見えたのだろう…？

何でDOPEをあんなに力強く感じることが出来たのだろう…？

何度考えても出てくるのは、とても嫌な答えだけだった。

渋谷の街の渋滞を抜け、タクシーは六本木通りを広尾の日赤病院に走った。
翔は過ぎていく街の明かりや車のヘッドライトやテールライトをボンヤリと見つめていた。
涙に滲むその明かりの中に、DOPEと出会った瞬間から今まで、何度となく顔を向き合わせて語り合った彼の顔が浮かんだ。
彼がいなかったら、一体、自分はどうなっていたのだろうかと考えた。
きっと、あの学校の教室の隅で、壁と机の上だけを見つめながらジッとしているだけの毎日だったはずだ。
でも、DOPEと出会って、自分の人生に初めて、リズムやメロディ、そして思いを言葉にできるリリックが生まれた。
翔は彼が自分にとって何なのだろうかと考えた。

「友達、仲間、HIPHOPを教えてくれた先輩、師匠、カリスマ、…同級生」
「ツレ、クルー、親友、先生、憧れ…」
どうしてだろう…DOPEの存在はどの言葉にもあてはまらない…。
DOPEのことを知らない他人から見れば、彼はきっとスゴク怖そうなワルに見えると思う。
でも、音楽に真っ正面から対しているときの彼は、好奇心と知性と感性に溢れたスゴク惹かれる表情をする。

なのに、仲間といるときの彼の笑顔は、ホントに何でも相談にのってくれて、頼れる感じで、ずっと前からの幼なじみのようだった。

ステージの上でパフォーマンスをしている時の彼はまた別人だ。
まるで、その空間のすべて法則を作り出す全能の存在のような神々しさに溢れている。
それがDOPEだ。

タクシーが日赤病院についた。
3人はタクシーから飛び出し、病院の受付で、ちょっと前に刺されて運び込まれた男のことを尋ねた。
「現在、手術の最中です。規則でご家族の方以外はお通しできません」
翔はすがる気持ちで何度もナオヤの携帯に電話したけど、聞こえてくるのは無機的な留守番電話の声だけだった。

募る不安に押しつぶされそうな翔たちは、家族の方たちに自分たちがここで待っていると伝えて欲しいと頼んだ。
「私たちがそのことを相手方に伝えることは出来ますが、それ以上はご家族の方たちの判断になります」
その言葉に、ナオヤの留守番電話と同じような絶望感を感じた。

きっと苦しんでいるDOPEに、何も出来ないことへの絶望…。
受付の人の言葉からDOPEの深刻な状況を察しての絶望…。

人の気配がない病院の受付は、翔たちをもっともっと不安にさせる。

「こんなときに、自分たちがスゲー何にもできないガキだって痛感する…胸が痛い…」
翔がそう吐き捨てると、マキが再び翔の手を強く握った。
「今は待つしかないじゃん…。焦ったって、彼が治るわけじゃないよ…私だってスゴク苦しいよ…」
翔はマキの顔を見つめた。
涙が止まらなかった。
大好きなマキにもっと強い自分でいたかったけど、涙がいくらでも溢れてきた。
自分がちっぽけで、どうしようもなく役に立たない存在に感じられた。
さっきのLIVEも、高校も、これからのことも、すべてがどうでも良かった…。
ただ、もう一度DOPEのRAPを、あの迫力のある低い声を…もう一度聞きたいだけだった。

もう一度…。

もう一度…。

気がつくと夏休みが終わっていた。
今日から学校が始まる。

翔は学校に向かう電車に乗っていた。
窓の外の景色はまだ夏のままなのに、8月から9月になって、何か太陽の日差しの色が変わったような気がした。
翔の向かう高校の近くには他にもいくつかの学校があるから、タメくらいの学生たちが電車の中にはたくさんいた。
みんなそれぞれに自分の過ごした夏休みのことを大きな声で話していた。

「ずっとバイトだったよ」
「うちの夏練、先輩、ウザ過ぎ」
「2キロ太ったよ」
「夏期講習」
「マジ!?　ハワイかよ。オマエ英語いけるの？」
「早く冬休みにならないかなあ」

翔は掴んだつり革にもたれるように車内の揺れに身体を任せていた。
「ずっとHIPHOP…」
口の中で呟いた。

ウルサイ電車の中では誰にも聞こえない。
電車が翔の高校がある駅に着いた。
車内にいたほとんどの学生たちが降りていく。
翔はつり革にもたれたまま、その光景を見つめていた。
電車を降りない翔のことに気がついた数人の生徒がいた。
彼らは電車を降りないでいる見たことのある同じ学校の生徒に不思議そうな視線を送っていた。

ただ、誰も翔に話しかけたりするものはいなかった。
扉が閉まった。
電車は再び走り出す。
学校に向かっている生徒たちの数人がボンヤリとした視線で翔を見送った。
翔も彼らのことを見つめていた。
遠ざかっていく駅のホームに残っていく彼らの姿。
翔はその光景を見ながら、その駅のホームに降りることは一生ないような気がした。

翔は、自分が彼らから離れていくのか、それとも自分から彼らがズレていくのか、どちらなのだろうと思った。
その答えがどちらであろうとも、きっといつかはみんなこんな風景を見ることになるのだろう。
それが自分は少し早かっただけ。

電車は走り続けた。
１時間半も走り続ければ、終点は神奈川県の海のある小さな町だと翔は知っていた。
海の近くのその駅には一度も降りたことがなかった。
この電車に乗るたびに、路線図を見上げてはいつも見ていた、一番隅にある駅。
平日の午前中だったから、その終点の駅に降りた人は10人もいなかった。
電車を降りると空気の匂いが変わった。
学校のあるあの駅が、もうすごく遠い場所に感じた。

まるで、外国の知らない街の一つのようだった。
学校の教室や、校内のいろいろな風景。見慣れているはずの、それら一つ一つも遠い昔にみた白黒写真のよう。
改札を出て、海沿いに向かう知らない商店街を歩き続けた。

突き当たりにある大きな通りを渡ると海があった。

9月の海岸にはまだ夏の匂いが残っていたけど、人はほとんどいなかった。
海岸のド真ん中で座った。
靴を脱いで、靴下も脱いだ。
カバンからiPodを取り出し、ヘッドフォンをつけた。
焼けた砂浜から足の裏に伝わる熱さに、夏の残りを感じた。
たった1ヶ月と少し、生まれて初めて、自分の可能な限りの全速力で、心臓が破裂しそうになっても走り続けたこの夏休み。
エイジアのステージで初めて見て、そして体験した、LIVEという不思議な存在。
それは生き物のようで、精密なマシンのようで、可愛い玩具(おもちゃ)のようで、ときには恐ろしい兵器のようにも感じた。

　♪掴め誇りを　込めろ思いを
　　マイクで変えるライフ　ロックする裏通りを
　　ただのアウトロー沈めた数を勲章と勘違い
　　思い違いが　次の破壊を生み出す
　　残るコブシの痛みも消せずに作り出す
　　この衝動　抑えきれない行動

うしろで響くサイレンにも無表情
感情に変化なし　光なし
なにも見えない先のほう　終わりなき暗闇
もがき鳴らす合図の音
つかみ叫びぶっぱなすマイクロフォン
掴め誇りを　込めろ思いを
マイクで変えるライフ　ロックする裏通りを
響くドープビート闇を切り裂く
光を探す意思こいつはシリアス
抜け出すこのワンチャンス逃さねえ
ぜってえこのままじゃ終わらねえ
上がるモチベーション　俺は落ちねえぞ
目指すNew Stage　ヤベえ高次元の
最新のライミン　外さねえタイミング
常にトップはるストリートランキング
自分に眠る　誇りを呼び起こす
このマイク1本で革命起こす
掴め誇りを　込めろ思いを
マイクで変えるライフ　ロックする裏通りを
掴め誇りを　込めろ思いを
マイクで変えるライフ　ロックする裏通りを♪

太くて、熱くて、優しく、まるで鋼鉄の塊のような、DOPEの声。
自分でも届かない、心の奥深くのスイッチが押されるよう…。
こうして何度でも、DOPEのRAPを聞けることに、スゴク感謝し
たい気持ちになった。

ポケットの中で携帯電話がメールが届いたことを知らせていた。
ビッグマウスからだ。

✉「翔、明日、７時に代々木のスタジオで待っている。新しいトラックを聞いて欲しい。ナオヤさんもDOPEに作ったトラックを持って来るよ。翔にRAPしてほしいみたい。レーベルの人からもメールがたくさん来ている。
　俺たちが乗っているこのデカイ乗り物は、もう走り出して加速し始めている。もう俺にも、オマエにも止められない」

翔は立ち上がった。
昨夜まで、DOPEのCDを聞く度に止め処もなく流れていた涙はもう出なかった。

翔はその薄暗い部屋で、携帯電話のモニターを見つめていた。
久しぶりのマキからメールだった。
今現在の彼女の活躍は時々聞いていた。
コンビニのファッション誌の表紙に、５人くらいで並んで出ているのを先月にも偶然見た。

✉「久しぶり、先週、本屋で三村が出てた『４１１』を買ったよ。小さかったけど、すぐ見つけた。LIVEたくさんしてるんだね。
　注目の新人みたいな感じで書いてあった。
　インディーズでリリースの予定もあるんでしょ。マジ感動だよ。
　なんか、あまりに雰囲気が変わっていたから、嬉しいと同時に少

しショックだった。
でも誤解しないでね。ただ、私が知っている三村じゃなくて、完全にアーティストの翔なんだなって…。
もしかしたら、あのゲーハー先輩よりも高い場所に辿り着いているかもしれないと思ったよ。三村にとっては寂しいかな？
でも、それが成長するってことだから仕方ないよね。
DOPEのうしろを追いかけていた三村が懐かしいかな…。
でも追いかけてるだけじゃダメもんね。
私も仕事は、全部が全部思い通りじゃないけど、ケッコウ頑張ってるよ。楽しい半分、辛いが半分。
半年間くらいかな？　連絡も取らなかったし、会ってなかったけど、私たちはきっと、何か強い、運命を持っている２人だと信じてる。
また、２人の進む道が重なる日が来るのを楽しみにしています。
マキより」

寄りかかっている壁が規則正しく振動していた。
壁一枚挟んで、隣のフロアでは横浜のグループがリハをしている。
携帯電話のモニターを見つめながら、翔はマキと最後に会ったのが、もう半年前だということを思い出した。
最後に会ったのは、去年の年末…。

あの日は、雪が降り出しそうなくらいに寒い夜だった。
その夜、翔は５回目のエイジアのステージに立った。
スゴイ集客のイベントで、メインは童子-Tが出演して、流派Rとかの音楽番組も取材に来ていた。

イベントは超盛り上がって、LIVEも大成功だった。
若手組として、翔とビッグマウスや、BBQ系の若手や、ZIPPOたちも出ていた。
あの時突然、DOPEがいなくなって、彼らの翔たちへの攻撃的な感じに変わりはなかったけど、頑張って相手にしないということを通していた。
BBQとかの仲間やバックにいるヤツらがDOPEの事件に関わっているという疑いや噂(うわさ)は、渋谷の街では当たり前のように語られていた。
でも、真相は今もわからないままで、警察も未だに犯人を特定することもできずにいた。
あの後、翔は、どうしてかその事件に対して復讐(ふくしゅう)のような感覚をもつことができなかった。
反対に、もし犯人がわかってしまうと、きっと自分の中に復讐をしなくてはいけないという気持ちが固まってしまいそうで、このまま誰が犯人かわからないでいてくれた方が楽なような気すらしていた。
何となくだけど、DOPEもきっとそんなことを望んでいないような気がしていた。
きっとどこかで、スゲーしくった‼…って苦笑いをしているだけのような気がした。
だから、翔はあの事件に関すること自体にあまり関わることを避けていた。

去年の年末…その日の夜、LIVEが終わった後、控え室で翔とマキはキスをした。

すごく自然なキスだった。
ずっと前からこの瞬間が決まってたかのように肩を抱き合った。
そして吸い込まれるようなマキの目を見て、唇を近づけた。
スゴク長いキスだった。

「このイベントが終わって、来年になったら、もうあの夏のこともぜーんぶ、去年…っていうものになっちゃうね」
翔は答えずにいた。
その瞬間、どうしてだろう…何かが自分の中で変わってしまったことに気がついた。

目の前で、自分だけに不用心なくらいに可愛い笑顔を見せてくれているマキに対して不思議な違和感を覚えていた。
それは2人が持つ、その時点までの運命のすべてを使い果たし、2人ができることがその時点で終わってしまったような気持ちだった。
翔はマキのことを見つめながら、こんな気持ちになるなら、キスなんてしなければ良かったと思った。
マキもそんな翔の気持ちを感じたのか、長い沈黙の時間の後、少しだけ微笑んで、何も言わずに控え室を出て行った。
翔もそんなマキを追わなかった。

それから半年…。
HIPHOPと出会って2度目の夏。
夏の日差しを感じると、去年の夏の始まりを思い出した。
何もわからないで、DOPEのうしろについていくだけで精一杯

だったあの頃…。
あんなに何かに打ち込めたのは人生で初めてだった。
それは音楽を中心に生活している今でも同じだった。
あのときの加速感が身体に残っているからこそ、今現在の毎日の努力も続いている。
でも、マキの言うとおり、それだけで進んでいけるほど、この世界が優しくないということもわかってきた。
DOPEと出会ってからの、この１年半の経験だってきっと最初の第一歩にもなっていないかもしれない。
進み続けるべき道は、まだまだ先が長い、とてつもない長い旅の始まりだと思った。

✉「またいつか…２人が本当に会うべきとき、僕たちは出会うと思う。あの廊下で出会ったときみたいに。
　ずぶ濡れでトイレから逃げ出してきたとき、マキが偶然、廊下を通りかかったのと同じように。　翔より」

翔はメールを返信した。
何でなんだろう…両目に涙が溢れてきた。
感情が、どんどん巻き戻っていくみたいだった。
DOPEの一周忌でも、その後に思い出しても、何度DOPEのRAPを聞いても、もう涙一つ流すことはなかった。
涙は、あの夏の日の海ですべて枯らしたはずだった…。
だけど、翔は声を出して泣いた。

もう一度悲しい感情が全身を突き抜けた。

心は痛かったけど、音楽が…HIPHOPが自分を包んでくれる気がした…。
癒してくれる気がした…。

今の僕には、HIPHOPがある。RAPすることが出来るんだ…。

少しすると、ドアがノックされて、ビッグマウスが部屋に入ってきた。
今夜のLIVEは初めてのフィーチャリング楽曲がある。
翔より少し上の世代だったけど翔には無い世界観を持っているアーティストだった。
たくさんHIPHOPを学んで、新しいことを少しずつカタチにしている。
これからも、もっともっと新しいことをやっていきたいんだ…。
気がつくと、目の涙はもう乾いていた。

翔は、LIVEの時、いつもイントロとして使う曲がある。
その曲のトラックは、DOPEの『掴め誇りを』をネタにサンプリングした曲だった。
翔のRAPが入って一つの曲として完成する。そしてDOPEをうしろに感じてパフォーマンスが出来る。
この曲は初めてのエイジアで、ビッグマウスがくれたプレゼントだった。
今の翔には、DOPEの『掴め誇りを』というリリックに応えられる自信が少しできていた。

マイクを握って、最初にこの曲をRAPするとき、いつも思う言葉がある。

　『気持ちは言葉にしないと駄目』

トイレからズブ濡れになって逃げ出してきた翔に、マキが言った言葉だ。

そして、その言葉をたくさんの人に伝える、最高の方法を教えてくれたのがDOPEだ。

突き抜けていくとき 〜あとがきに代えて〜

　高校生である10代の少年の日々をケータイ小説として書き始めようとしたとき、やはり、どうしても思い出さずにはいられない記憶が私の中に重々しくあった。

　遙か彼方に過ぎ去ってしまった高校生のときの記憶。若い肉体以外は何も価値がなかった、どこにでもいるただの少年。

　今のように電脳的にも情報化されていない昭和末期の空の下。私は、東京都の郊外にある、比較的富裕層の子息が多いといわれる私立高校を、夏休みの終わりと同時に退学状態で放り出された。

　その状況になったほとんどの理由は、いくつかのバッドタイミングが重なったことと、思春期に訪れる暴力的な「さかり」からくるトラブルが積み重なったことだ。

　良い学校といえるかは微妙なところであるが、学校側の体制に常軌を逸脱しているようなものはひとつもなく、逸脱したかったのは私自身であった。

　幸いにも夜の校舎の窓ガラスを全部割ったりはしなかったが、そこの教師たちとは最後まで何一つとしてまともな触れ合いや、会話をした記憶がない。

　きっと教師たちにとって私は、今風に言えば「モンスター・ステューデント」。

　高校を退学してしまうだけで、人生の落伍者と決めつけられてしまうような、高校不適応者に対して「未開拓」な時代の話である。シンボリックにわかりやすい「お馬鹿さん」の1人でしかなかったはずだ。

　また、学校側の冷ややかな対応も今となっては理解できる。当時はバ

ブル経済を前に、時代が急速に加速していた世相下である。満員電車に乗り遅れたり、途中下車しようとする「個性的な者」へ、救済の手を差し伸べる余裕もなかったのであろう。

　ネットという存在さえ夢でしかなかった当時は、今とは何から何まで違っていた。まず、自分を取り巻いているトラブルがどれ程の特殊下にあるのか、同様の者の存在、もしいるなら彼らと連絡を取り合ったり、相談し合えるのかなど。それらの情報をスピーディーに共有化するツールそのものが存在していなかった。

　今のようにネットで「不登校」「高校中退」「高卒資格」と検索すれば数秒で、それらに対応する情報のサイトまで辿り着ける状況とは訳が違う。そんなものが何一つとしてない当時というのは、学校生活というシステムの森で一度迷いだしたら、そのまま誰にも声をかけて貰えずに、樹海の奥に向かって歩き続けてしまうようなものである。ちょっとのトラブル、イコール即遭難のようなものである。

　だが、情報共有化がすべてを解決しているかは疑問も残る。反対に増えすぎた「避難所」の迷路で迷い、問題点を複雑怪奇にするだけという見方もできる。現在の高校中退者の現状を知るほどに、巨大な情報の共有が、結局は大した救いになっていないのかもしれないと思うこともある。

　だが、電脳空間という逃げ場があったなら、当時の私も、迷わずそこに逃げていた。少なくとも当時の時代より容易に、「復活」するための解決策を得られていたかもしれない。

　そんなことを望めるわけもなく、当時の自分は親にも頼れずに孤立化していくのみだった。「引きこもり」ではないので家にも居たくはなかった。仕方がないので、隣駅にあった多摩川の河川敷まで自転車で行き、古本屋で買った古典文学を読むことくらいしか思いつかなかった。

　「初めての小説」

自分の現状を少しでも冷静に写実化すれば何かが見えるかもしれないと思い、河川敷で虫に刺されながら、いくつかの短編小説を書いたりしてみた。
　だが、小説という表現方法は複雑過ぎて、瞬間的な反応を求める10代の心理と相性が良いとは言えなかった。加えて、読者のいない小説家になっても孤独さが増すばかりだった。
　あの時にケータイ小説があったなら、河川敷から良い作品を発表していたかもしれない。だが、そんなことはＳＦ映画の世界だけの話である。
　最終的に、そんな私がどうやってそのヤバい状況を乗り切ったかは、一番イヤだった行為、一学年下げての別の学校への「復学」だった。
　プライドを賭けて嫌がっていた行為が最大の救済となったという結末だ。
　その決断はその年代の息子を持っていても不思議ではない、40歳の大人である現在の自分からみれば、まさに大した「英断」である。
　頑(かたく)なプライドを融解(ゆうかい)することは、人生の窮地(きゅうち)から脱することにおいて、100点満点の正解であるといっても良いだろう。
　新たな学校に通い出してからは、すべてが思うように上手くいきだした。最高の学生生活を努力を伴いながら楽しんだと思う。
　だが、1000人以上の他生徒と大勢の教師たち全員を敵に回しても守り続けてた、その歳なりのプライドをあっさりと捨ててしまった自分に対する裏切りの思いは消えなかった。
　器を取り替えただけで救われるのなら、辞めた学校でも、最初から尻尾(しっぽ)振ってお座りをしておけば良かっただけなのである。
　妥当な正解を選び、路上詩人のように、河川敷で小説を書き続けることを選ばなかった自分を蔑(さげす)んだ。
　「リリック」

ヒップホップ・カルチャーというものの中核を成す、その言葉に出会ったときに、私は多摩川の河川敷で小説を書いていた自分を思い出した。当時の自分がヒップホップと出会っていたら、あの河川敷で「リリック」を書いていたかもしれないと思った。
　「羨ましい」
　私はこの小説を書いていて、翔という少年を心底羨んだ。
　ヒップホップという、自分の奥底に蠢いているものを、比較的容易に自分の表面にすくい上げることを可能とするツールとの出会いと共に、膠着していた自分のバッドタイミングと無意味な「さかり」が融解していく様を思い描いていると、本当に羨ましくて涙が出た。
　あの河川敷で行き場のない小説を書いていた自分が、ヒップホップと出会い、たくさんリリックを作って、そんな仲間と出会えていたら、きっと復学という「英断」を選んだ自分を蔑むこともなかったであろう。
　10代の自分なら、あの河川敷でどんなリリックを作ったのだろう。DOPEのような先輩に出会っていたら、どれだけ頼もしかったであろう。
　この小説を書いていて、ときどきそんなことを考えていた。

　今後の翔の高校生活。それらを時々考えることがある。DOPEとの永遠の別れの後、彼はどこに向かうのであろうか。あと一歩で掴めたかもしれないDOPEたちの「夢」。すべてが容易にリアルになる訳はないが、翔は、やはりステップを踏み出していくのかもしれない。当時の私も、踏みとどまることなど考えもしなかったからだ。

　　2008年7月
　　　　　　　　　　　　　　　　　　　　タンジール（大鶴義丹）

本作品はフィクションです。一部、実在する人名・団体名など固有名詞が登場していますが、了承を得ています。
また、本文中に飲酒・煙草等に関する表現、いじめや暴力的な描写がありますが、これらを助長する目的はありません。
未成年者の飲酒・喫煙は、法律で禁止されています。

タンジール（大鶴 義丹）

1968年、劇作家 唐十郎と女優 李礼仙の間に生まれる。高校時代より、NHKのテレビドラマなどに出演。日本大学藝術学部在学時代に映画『首都高速トライアル』により本格デビュー。その後、テレビドラマ、映画、舞台演劇を中心に俳優活動を続ける。大学在籍中の1990年に『スプラッシュ』で第14回すばる文学賞を受賞して小説家デビュー。著書に『スプラッシュ』『湾岸馬賊』『ずっとよるだったらいいのにね』『オキナワガール』『ファルス』『ワイドショウ』『フェイス』『昭和ギタン』など多数。

2008年9月1日 第1刷発行

著 者
タンジール（大鶴 義丹）

プロデューサー
YARD 中山 徹

装丁デザイン協力
YARD 遠山 郁生

協 力
dwango 梅田 恵美・中瀬 知子・土肥 千晶

endless communications

協力アーティスト
清水 翔太・童子-T（以上、リリック提供）
加藤ミリヤ・TARO SOUL・SIMOM・COMA-CHI

発行者
宮下 玄覇

発行所
ミヤオビパブリッシング
〒150-0001 東京都渋谷区神宮前3-18-16
TEL/FAX 03-3393-5070
URL http://www.miyaobi.com/m/

発売元
株式会社 宮帯出版社
〒602-0062 京都市上京区堀川通寺之内東入
TEL 075-441-7747 / FAX 075-431-8877
URL http://www.miyaobi.com
振替口座 00960-7-279886

印刷・製本
モリモト印刷 株式会社
乱丁・落丁本はお取り替え致します。
定価はカバーに表示してあります。

ISBN978-4-86350-288-8 C0093
©Gitan Otsuru 2008 Printed in Japan

ミヤオビパブリッシングの本

シューズ toto 著

甘く切ない青春ラブコメ♪
あなたは初恋、幼なじみ…
覚えていますか？

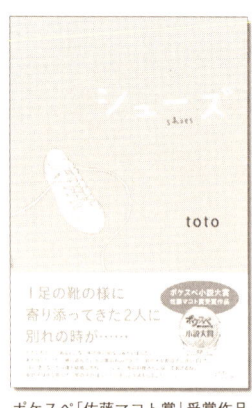

幼なじみの恵美と亮
やがて高校生になった2人は同じテニス部に。
そこへ、美少女・申矢が入部してきて…。
幼いころの純粋な思いを大切に。
生きることの意味、優しさ、
人を愛することの素晴らしさを教えてくれる
純愛ラブコメディー。装丁は松岡史恵。

ポケスペ「佐藤マコト賞」受賞作品

四六判 上製 240頁　定価1,050円（税込）　ISBN978-4-86350-113-3

「毛筆書とケータイ文字の融合」新しいメッセージブック

読むだけで大開運 ミラクルが起きる ステキな本

インスピレーション書道家 堀向勇希 著

心にしみる書のメッセージブック

読むだけで心がハッピー＆ラッキーになる本。幸せレシピを満載!!
これを読めば明日からの生活は心ワクワク！
すべてがバラ色に輝いて見えることまちがいなし。

B6判 並製 96頁　定価1,000円（税込）　ISBN978-4-900833-56-2 C0095

しあわせになる 恋の法則

原宿の星読み師☆taka 中島多加仁 著

あなたの恋のみちしるべ

あなたは今、本当に求めた異性と出会っていますか？自分らしい恋愛
をしていますか？「紫微斗数」という東洋占星術を駆使し、女性が恋愛
を通して本当のしあわせをつかむ方法を説く指南書。装丁は松岡史恵。

B6判 並製 216頁　定価1,000円（税込）　ISBN978-4-900833-51-7 C0095